HELENA

Livros do autor publicados pela **L&PM** Editores

O alienista
Casa velha
Contos
Contos fluminenses
Dom Casmurro
Esaú e Jacó
Helena
Iaiá Garcia
A mão e a luva
Memorial de Aires
Memórias póstumas de Brás Cubas
Quincas Borba
Ressurreição
Várias histórias

Machado de Assis

HELENA

Fixação de texto, notas e posfácio de

RODRIGO BREUNIG

Coordenação editorial, biografia do autor, cronologia e panorama do Rio de Janeiro por LUÍS AUGUSTO FISCHER

Texto cotejado com a edição crítica do Instituto Nacional do Livro, estabelecida pela Comissão Machado de Assis

www.lpm.com.br

L&PM POCKET

Coleção **L&PM** POCKET, vol. 163

Texto de acordo com a nova ortografia

Coordenação editorial, biografia do autor, cronologia e panorama do Rio de Janeiro por Luís Augusto Fischer

Fixação de texto, notas e posfácio de Rodrigo Breunig

Primeira edição na Coleção **L&PM** POCKET: março de 1999
Esta edição na Coleção **L&PM** POCKET: março de 2025

Capa: Ivan Pinheiro Machado
Ilustração: *Jeune fille en veste rouge*, James Jacques Tissot
Revisão: Elisângela Rosa dos Santos, Lia Cremonese e Lolita Beretta
Mapa: Fernando Gonda

CIP-Brasil. Catalogação na Fonte
Sindicato Nacional dos Editores de Livros, RJ

A866h

Assis, Machado de, 1839-1908
Helena / Machado de Assis; fixação de texto, notas e posfácio por Rodrigo Breunig; coordenação editorial, biografia do autor, cronologia e panorama do Rio de Janeiro por Luís Augusto Fischer. – Porto Alegre, RS: L&PM, 2025.
224p. : il. - (Coleção L&PM POCKET; v. 163)

"Texto cotejado com a edição crítica do Instituto Nacional do Livro, estabelecida pela Comissão Machado de Assis"
Apêndice
Inclui bibliografia
ISBN 978-85-254-0970-6

1. Romance brasileiro. I. Breunig, Rodrigo. II. Fischer, Augusto, 1958-. III. Título. IV. Série.

09-6023. CDD: 869.93
CDU: 821.134.3(81)-3

Rua Comendador Coruja, 314, loja 9 – Floresta – 90220-180
Porto Alegre – RS – Brasil / Fone: 51.3225.5777

Pedidos & Depto. comercial: vendas@lpm.com.br
Fale conosco: info@lpm.com.br
www.lpm.com.br

Impresso no Brasil
Verão de 2025

Sumário

Nota sobre a edição

*Luís Augusto Fischer**

Esta edição dos romances de Machado de Assis, integrando a comemoração brasileira em torno do centenário de falecimento do grande escritor, pretende colaborar para uma leitura mais profunda e mais proveitosa de sua obra. A coleção abrange os nove romances tradicionalmente conhecidos do autor mais o texto *Casa velha*, ora tratado como conto, ora como novela, que Machado em vida publicou apenas como folhetim, e que recebeu edição completa em livro somente em 1944, por Lúcia Miguel Pereira, texto que nós, seguindo a opinião de especialistas como John Gledson, acolhemos na galeria de seus romances.

Muitos deles foram primeiro publicados de forma seriada, em revistas, para só depois aparecerem em livro. São eles, por ordem de redação:

Romance	Publicação seriada	Publicação em livro
Ressurreição	(sem edição seriada)	1872
A mão e a luva	Jornal *O Globo*, set-nov 1874	1874
Helena	Jornal *O Globo*, ago-set 1876	1876
Iaiá Garcia	Jornal *O Cruzeiro*, jan-mar 1878	1878
Memórias póstumas de Brás Cubas	*Revista Brasileira*, mar-dez 1880	1881

* Professor de Literatura Brasileira da UFRGS e autor de diversos livros, entre os quais *Machado e Borges*, *Literatura Brasileira: modos de usar*, *Dicionário de porto-alegrês* e o romance *Quatro negros*.

Casa velha	Revista *A Estação*, jan 1885-fev 1886	1944 (póstuma)
Quincas Borba	Revista *A Estação*, 1886-1891	1891
Dom Casmurro	(sem edição seriada)	Dezembro de 1899 – o livro fica pronto em Paris. Janeiro de 1900 – o livro chega no Rio de Janeiro.
Esaú e Jacó	(sem edição seriada)	1904
Memorial de Aires	(sem edição seriada)	1908

Tendo em vista o leitor não especializado – o leitor escolar, o leitor universitário, o leitor leigo em geral –, esta edição coloca ao alcance de todos um texto criteriosamente revisado e enriquecido com alguns materiais ilustrativos. Como parte desse projeto, apresentamos aqui os critérios que organizaram a edição.

(a) Quanto ao texto dos romances: como sabem todos os especialistas, a obra de Machado de Assis ainda hoje não recebeu uma edição crítica total; todas as edições que circulam padecem, em alguma medida, dessa ausência. Por isso, a L&PM tomou as seguintes precauções: primeiro, o texto foi cuidadosamente revisado, tomando em conta as edições Jackson e Aguilar, as mais completas em termos extensivos (mas ambas com muitos erros), assim como as edições Garnier, feitas ainda em vida pelo autor, e as edições da chamada Comissão Machado de Assis (instituída em 1958), que iniciaram o trabalho de edição crítica.

(b) Quanto à ortografia: como se sabe, depois do tempo de vida do autor e depois do trabalho da Comissão, houve reformas ortográficas que alteraram significativamente a ortografia da língua portuguesa. Isso significa que o texto das primeiras edições (Garnier), assim como o texto das edições mais completas (Jackson e Aguilar) e o da edição mais controlada cientificamente (a da Comissão) requerem atualização ortográfica. As providências que tomamos foram basicamente as seguintes: atualizamos a grafia de palavras ("dous" para "dois", por exemplo), incluindo os topônimos ("Rubicão" em lugar de "Rubicon") e a acentuação; utilizamos as formas aportuguesadas de termos estrangeiros incorporados ("almanack" para "almanaque", por exemplo), salvo em casos em que o contexto impusesse a manutenção da forma original; grafamos as formas de tratamentos e as abreviaturas conforme a regra atual; introduzimos sistematicamente o travessão nos diálogos quando da passagem do discurso direto, do personagem, para o relato do narrador e vice-versa; em alguns poucos casos, introduzimos ou retiramos vírgulas que marcam adjuntos adverbiais longos; e introduzimos vírgulas em orações de evidente caráter explicativo, isto é, não restritivo. Não se tratou nunca de alterar vocabulário eventualmente desusado, nem de mudar características expressivas da pontuação do autor (que, por exemplo, usa abundantemente vírgulas não obrigatórias e não totalmente canônicas para separar predicados referidos ao mesmo sujeito); em todos os casos, a intenção foi a de tornar fluente a leitura para o leitor do português de nosso tempo.

(c) Quanto às notas: foram apostas notas de rodapé nos seguintes casos – (1) tradução linear de citações em língua estrangeira; (2) esclarecimento sumário, com pequenas notas biográficas das personalidades mencionadas no texto, bem como de autores citados; (3) esclarecimento de alguma palavra desconhecida para o leitor médio e de importância vital para a compreensão do texto; (4) esclarecimento de algum eventual dado histórico ou geográfico indispensável à boa intelecção do texto. Não se tratou de esclarecer toda e qualquer palavra que o leitor médio ou escolar de hoje desconheça, mas de explicar palavras, dados ou referências específicas sem cujo conhecimento o texto não faz ou perde sentido.

Além dessas providências, dotamos os livros de um aparato destinado a contribuir para uma leitura proficiente: uma *biografia* sumária; uma *cronologia da vida e obra* de Machado, acrescida de episódios decisivos da vida brasileira e ocidental no período de vida dele; um *panorama do Rio de Janeiro* na época, contendo esclarecimentos sobre aspectos culturais e históricos hoje bastante distantes do leitor, relativos a horas do dia, horários das refeições, vestimenta, meios de transporte, dinheiro, diversões e aspectos da vida social do período; um *mapa* do Rio de Janeiro, em que são apontados os principais itens da geografia da cidade e do estado referidos no romance machadiano; por fim, um *ensaio crítico*, elaborado por especialista, que oferece ao leitor um panorama do debate que o livro despertou e continua despertando em seus leitores.

Pequena biografia de Machado de Assis

Luís Augusto Fischer

A vida do maior escritor brasileiro de todos os tempos ainda é bastante desconhecida, e talvez assim permaneça para sempre. Machado de Assis pouco escreveu diretamente sobre sua infância e juventude, e muitas vezes parece ter mesmo decidido silenciar sobre vários aspectos de sua vida pessoal. Para dar um exemplo: depois da morte da esposa, ele mandou destruir a correspondência que havia mantido com ela. Perdeu-se um material que certamente poderia ter contribuído para nós, seus pósteros, sabermos mais a respeito de sua intimidade. Mesmo na maturidade, quando se havia convertido em uma figura de prestígio público, há aspectos bastante obscuros de sua experiência. Quando começou seu problema de saúde? Por que ele não manteve laços claros com parentes seus e de seus pais? É verdade que ele renegava sua condição de descendente de escravos?

Essas perguntas e várias outras permanecem lamentavelmente sem resposta clara. Mas isso não desautoriza as perguntas: por mais que saibamos que a obra de arte nunca responde diretamente aos aspectos da vida real do autor, a vida de um grande artista sempre interessa, em alguma medida, para a compreensão de sua obra. Nem que seja para a gente admirar como é que o sujeito pôde, em meio a seus tormentos pessoais, inventar os mundos que inventou, flagrar as tantas coisas que flagrou.

Para quem gosta de encontrar paradoxos, a vida de Machado de Assis é um terreno promissor. Menino pobre, nascido no morro do Livramento, relativamente perto do Centro da cidade do Rio de Janeiro – a capital, sede dos poderes do Império do Brasil e por isso mesmo chamada de "a Corte", e a mais importante cidade brasileira de então –, numa situação social precária, subiu todos os degraus possíveis para quem contava apenas com seu trabalho, vindo a falecer em confortável situação econômica, sem nunca ter sujado as mãos em negócio escuso, numa história repleta de méritos próprios. Tornou-se nada menos que o mais importante escritor de sua época no país, reconhecido ainda em vida quase unanimemente, tudo isso coroado, como um símbolo final, com a eleição para a Presidência da Academia Brasileira de Letras. Num país que foi escravista até quando tal regime não era mais sequer rentável do ponto de vista econômico (1888), e em se tratando de um pobre descendente de escravos, Machado não é apenas um caso curioso; é uma das mais eloquentes exceções concebíveis.

Joaquim Maria Machado de Assis nasceu no Rio de Janeiro, em 1839 (21 de junho), filho de Francisco José de Assis, um pintor de paredes e dourador, mulato (filho, por sua vez, de escravos alforriados), e de uma portuguesa açoriana, imigrada menina para o Brasil, Maria Leopoldina Machado de Assis, que fazia serviços domésticos. Os dois sabiam ler e escrever, coisa bastante rara para sua condição social; casaram-se relativamente tarde: ela com 26 anos, ele com 32. Sua família – os pais, ele e uma irmãzinha mais nova, Maria, que morreu de sarampo antes dos cinco anos – formou-se na condição de agregada da família rica que vivia numa propriedade senhorial, no Livramento; pai e mãe trabalharam ali. Os padrinhos do menino foram gente dessa família, o que é mais um sintoma de sua condição humilde, porque era típico que filhos de agregados buscassem a proteção dos senhores mediante apadrinhamento.

Ficou órfão de mãe ainda menino, antes dos dez anos; o pai voltará a casar em 1854, quando Joaquim Maria andava pelos quinze anos; a nova esposa chamava-se Maria Inês, tinha sangue negro como o pai, e estava com 33 anos ao casar (Francisco estava com 46 anos e morreria não muitos anos depois disso). Não se tratava de gente miserável, mas pobre; seus avós e seus pais eram todos pessoas livres, isto é, não escravos, mas todos dependeram de algum tipo de proteção de gente de cima, pelo menos em alguma época de suas vidas. Em termos atuais, pertenceriam a um estrato inferior da classe média (supondo abaixo deles os escravos), ou a um estrato superior da classe baixa.

Para entender mais de perto esse quadro, é preciso pensar em uma realidade que para nós não é muito simples de conceber: um mundo em que cotidianamente se cruzavam nas ruas e nas casas indivíduos livres e outros escravos, sendo que entre os livres havia muitos com ascendência africana, visível na cor da pele. Como saber exatamente quem era o quê? E mais ainda: entre os livres havia muitos alforriados, quer dizer, libertados em seu período de vida; mas essa alforria em muitos casos era reversível, isto é, aquele antigo proprietário podia registrar, em documento de valor legal, que concedia a liberdade para seu escravo desde que este mantivesse bom comportamento, ou permanecesse servindo ao antigo dono até a morte, etc. Homens e mulheres livres desde sempre, como Joaquim Maria, seu pai e sua madrasta, podiam ser tomados como alforriados ou, pior ainda, como escravos, ao andarem pela rua; inversamente, escravos podiam ser tomados por homens livres, ao cruzarem a mesma rua.

Coloquemos na conta as datas de referência: em 1850 (Machado com onze anos), é editada uma lei que proíbe o tráfico de escravos, o que ao mesmo tempo fecha a fonte costumeira de mão de obra e complica a vida dos escravos aqui existentes e os que nasciam de ventre escravo, que agora tinham mais valor de mercado e por isso mesmo eram mais vigiados; em 1871 (Machado adulto, já com 32 anos, já funcionário público) sai a lei do Ventre Livre, que demorou para ser aplicada mas que representou outra novidade importante, porque colocava um horizonte de tempo para a vigência da escravidão; e só em 1888 (Machado maduro, com quase cinquenta anos) viria a lei Áurea, que acabou com a escravidão legal no Brasil.

Voltemos à meninice de nosso escritor. De poucos dados documentais se tem certeza; daí por diante há muita especulação. Uma delas sugere que ele teria renegado viver com a madrasta, que era quituteira e doceira. Mas essa renegação é pouco crível, já que na altura dos quinze anos ele começou a trabalhar regularmente, e pouco depois já estava morando fora da casa familiar. É certo também que estudou pouco tempo em escolas formais, mas soube continuar vivendo e aprendendo, o que incluiu o português, algum latim e o francês (mais adiante dominará o inglês e chegará a estudar o alemão e o grego clássico). Como fez esse caminho? Uma especulação fala de ele ter aprendido francês com um padeiro emigrado para cá. Teria sido sacristão, conforme outra dessas estimativas; teria vendido doces em uma escola (feitos, possivelmente, pela madrasta) em troca de assistir aulas; tudo é muito incerto em matéria de informação sobre sua infância e juventude.

Os biógrafos, para suprir essas lacunas, costumam recorrer ao que Machado escreveu nas crônicas, nas quais de vez em quando evocou aspectos não tanto pessoais, mas sim da cidade de sua infância, e na ficção, em que registrou algo da vida de menino (como no famoso "Conto de escola", que documenta uma sala de aula e a relação entre colegas) e algo talvez da vida da antiga propriedade senhorial de seus primeiros anos (como no romance *Casa velha*). Trata-se de deduções possíveis, mas não totalmente confiáveis, que de todo modo ajudam a acercar-nos daquele período.

A parte bem documentada de sua vida, aquela que tem a ver com o que escreveu, começa aos quinze anos: nessa idade aparecem seus textos, primeiro poemas (todo mundo queria ser poeta em 1854, ele com quinze anos, auge do Romantismo), depois crítica literária e teatral. Nessa obra inicial se percebe já o metódico de sua atuação: Machado dá sempre a impressão de compensar com esforço e organização os aspectos arbitrários da vida. A poesia desse período não traz novidade, mas as crônicas e os ensaios sim, porque mostram o jovem intelectualmente impetuoso, dotado de um notável desejo de consertar o mundo – ele quer teatro mais sério, recusando as grosserias do que nós chamaríamos de "pastelão"; ele quer o jornal como um meio de educação cívica do leitor; ele quer uma literatura envolvida com a vida do povo de seu país e de seu tempo. Tais ideias foram, de certa forma, mantidas ao longo da vida; mas o ímpeto arrefeceu, e aquele jovem de texto combativo deu lugar a um ironista que, como um personagem seu, tinha "tédio à controvérsia".

De todo modo, antes dos dezoito anos já o encontramos trabalhando, algum tempo como caixeiro no comércio, depois como aprendiz de tipógrafo na Tipografia Nacional. Daí por diante vamos encontrá-lo sempre metido em trabalhos letrados, atuando como revisor de editora e de jornal, como jornalista mesmo, e mais tarde ainda como funcionário público no campo administrativo. Uma figura imprescindível em sua vida, na altura dos dezessete anos, é Francisco de Paula Brito: editor, jornalista e, mais que isso, animador cultural, tinha idade para ser pai de Machado de Assis, e de certa forma foi seu tutor, nesse começo de vida intelectual. Mulato e defensor do fim dos preconceitos, Paula Brito reunia intelectuais e escritores, oferecendo em sua loja um raro ponto de encontro cultural na cidade, que serviu para Machado, o jovem pobre e esforçado, enturmar-se com gente já importante no mundo das letras e com jovens promissores, como Casimiro de Abreu. O jovem Joaquim Maria vive, assim, nas duas pontas do processo intelectual, como funcionário técnico (tipógrafo e revisor) e como autor. Ao contrário de gente como José de Alencar ou Casimiro de Abreu, escritores de família abastada, Machado só podia mesmo era trabalhar, duro e bastante.

O Rio de Janeiro de sua infância se modifica muito, com o passar do tempo. A cidade imunda dos anos 1830 conhece um surto de desenvolvimento forte com o auge da produção do café, nos anos 1850, momento que se acompanha de uma intensa sofisticação dos hábitos culturais da cidade, incluindo jornais novos, editoras, livrarias, teatro, música. A partir de 1870, começam a crescer duas campanhas que empolgaram as pessoas sensíveis: a luta pela Abolição e a batalha pela República. Na virada do século, no final da vida de Machado, a cidade conhece uma revolução urbanística, que modificou radicalmente o Centro e a antiga Zona Sul, derrubando casebres e construções coloniais para dar lugar a prédios de arquitetura requintada, na intenção de tornar o Rio uma metrópole modernizada, uma cidade que queria pensar-se como europeia, ainda que mantivesse na miséria dezenas de milhares de ex-escravos e pobres em geral.

Enquanto isso, Machado trabalhava, o tempo todo. Nem pensava em folgas, e quase nunca tirava férias. O período mais longo de repouso aconteceu por força de doença: na altura de seus quarenta anos teve uma crise que apareceu como um problema nos olhos (ele temeu ficar cego); pela mesma época, manifestou-se duramente a epilepsia, que já o acometia e que o acompanharia para sempre (parece haver relação entre as duas coisas, a cegueira temporária e a epilepsia). Por sorte, já estava casado com Carolina Xavier de Novais, uma mulher muito culta, portuguesa, que seria sua companhia até o fim da vida (ela morreu em 1904, e ele quatro anos depois). Estando acamado por aquela crise de saúde, foi para Carolina que ele ditou os primeiros capítulos da obra que marcaria uma tremenda mudança em sua escritura: as *Memórias póstumas de Brás Cubas*. Talvez essa crise de saúde tenha sido um motor, assim, para a radicalidade com que Machado forçou os limites da narrativa que até então praticara, dando lugar a uma estratégia de grande inventividade e incrível força crítica: um morto, Brás Cubas, resolve contar coisas sobre sua vida; e, como está morto, não precisa preservar nada, ninguém.

Em 1867 recebe uma comenda do Imperador (cavaleiro da Ordem da Rosa), o que indica seu relativo prestígio social, e entra para o serviço público, emprego estável e bem pago, o que deve ter sido uma bênção para quem vinha de baixo e queria ter condições de escrever criativamente. No ano seguinte, conheceu Carolina, e mais um ano depois, aos trinta anos, casa com ela. Daí por diante sua vida pessoal vai ser bastante serena: um casamento que parece ter sido muito amoroso e certamente foi produtivo para suas pretensões intelectuais e artísticas, junto com uma carreira funcional ascendente, que vai culminar na destacada condição de Diretor-Geral de Ministério. Não tira férias longas, não para de trabalhar, nem se aposenta. No ano de 1908, que marcará a edição de seu último e magnífico romance, *Memorial de Aires* (poucos meses antes de sua própria morte), Machado licencia-se para tratar da saúde, que já andava precária. Tinha 69 anos, uma vasta e já reconhecida obra, e uma carreira exemplarmente bem-sucedida na burocracia do serviço público.

Quase não dá para imaginar uma conciliação entre essa serena e metódica figura com o criativo e ousado escritor que sacudiu a serenidade do romance de amor em *Dom Casmurro* (1900) ao inscrever nas entrelinhas o vírus letal do ciúme, a terrível sensação de traição que Bento Santiago alimenta a respeito de sua própria esposa, Capitu. É quase impossível imaginar que um sujeito tão afastado de preocupações menores, tão distante dos arroubos nacionalistas que comoveram os de sua geração (tanto em sua juventude, com a moda indianista dos anos 1850 e 1860, quanto em sua maturidade, no episódio da luta pela República, nos anos 1880), um sujeito tão cosmopolita, fosse também um indivíduo tão pouco viajado. Como se sabe, mas custa crer, Machado nunca foi ao exterior, e o limite de suas andanças brasileiras foi Petrópolis e Vassouras, no estado do Rio, e Barbacena, já em Minas, cidades bastante próximas da capital federal de então.

Machado foi um elegante. De tudo que dele se sabe, nunca usou expedientes escusos para encontrar seu lugar na sociedade brasileira ou na literatura de seu país. Não teve padrinhos a quem pudesse recorrer para conseguir favores ou subir posições sociais; não praticou as mesquinharias tão comuns no mundo artístico como plataforma para firmar-se na opinião pública. Tudo leva a crer que se trata realmente de um raro caso de cidadão brasileiro que veio muito de baixo e subiu por méritos próprios, sendo simultaneamente um artista de grande poder crítico. Essa trajetória autônoma mais se salienta se levarmos em conta que seus pais e avós viveram, pelo menos em parte de suas vidas, na dependência de alguém bem posicionado socialmente, precisando de algum favor.

É certo que ele, como sua cidade e o mundo, foi mudando ao longo do tempo. Em traços largos, pode-se dizer que Machado principia sua carreira como jornalista, poeta e dramaturgo, atividades que se desenvolvem ao longo dos anos 1860, época em que também faz algumas traduções do francês. Nos anos 1870, continua praticando poesia, mas vai deixando o drama e o jornalismo para concentrar suas atenções na crítica – nesses anos escreve um conjunto apreciável de ensaios ainda hoje interessantes – e na prosa narrativa. Depois de 1880, vai praticamente abandonar poesia e crítica para dedicar mais atenção à narrativa, em romances e contos, e à crônica, gênero que ele elevou a patamares inéditos. Quanto à visão de mundo, pode-se dizer que nosso autor passa de um liberalismo acentuado na juventude para uma posição cada vez mais desiludida e cética, motivo de fundo de sua ironia constante, aguda e sutil. Dá a impressão de que foi afinando seus instrumentos de análise da sociedade brasileira, o que lhe permite partir de uma visão relativamente ingênua e atingir essa condição superiormente irônica, ao mesmo tempo crítica, cética e radicalmente humana.

Joaquim Maria Machado de Assis, muitas vezes referido com o apelido "Bruxo do Cosme Velho" – "bruxo" pela inventividade, por aquela espécie de feitiço que se encontra na obra dos grandes artistas, "Cosme Velho" por ser este o bairro do Rio de Janeiro em que ele viveu os últimos anos de sua vida –, não teve filhos, como aliás boa parte de seus maiores personagens: Brás Cubas, Quincas Borba, Bento Santiago, os gêmeos Pedro e Paulo, o conselheiro Aires. Debilitado, mas reconhecido no mundo intelectual, morreu no dia 29 de setembro de 1908. Por determinação expressa deixada antes da morte, foi enterrado no mesmo jazigo em que estava, fazia quatro anos, sua amada Carolina.

Cronologia: vida e obra de Machado de Assis

1822 **Brasil:** • Independência do Brasil

1839 **Vida e obra:** • Nasce Joaquim Maria Machado de Assis
Brasil: • Nasce Casimiro de Abreu (morto em 1860)
Mundo: • Nasce Paul Cézanne, pintor francês (morto em 1906)

1840 **Brasil:** • Dom Pedro II proclamado Imperador, aos quatorze anos • Fim da Cabanagem, no Pará • Introdução do daguerreótipo no Brasil (começos da fotografia)

1841 **Vida e obra:** • Nasce a irmã, Maria (que morre em 45, de sarampo, antes dos cinco anos)
Brasil: • Fim da Balaiada, revolta popular, no Maranhão

1843 **Brasil:** • Primeira linha regular de navios entre o Rio de Janeiro e a França
Mundo: • "Conto de Natal", Charles Dickens (1812-1870)

1845 **Brasil:** • Fim da Revolução Farroupilha, no Rio Grande do Sul

1848 **Mundo:** • "Manifesto comunista", de Karl Marx (1818-1883) e Friedrich Engels (1820-1895) • Revolução na França: começo da Segunda República

1849 **Vida e obra:** • Morre sua mãe
Mundo: • Morre Edgar Allan Poe (1809-1849)

1850 **Brasil:** • Lei Eusébio de Queirós: extinção do tráfico de escravos • Lei de Terras • Nesta década, o piano torna-se frequente nas casas da elite carioca e brasileira

1851 **Brasil:** • Inauguração da linha a vapor transatlântica entre o Rio de Janeiro e Liverpool

1854 **Vida e obra:** • Estreia em jornal com um poema • Seu pai casa de novo, com Maria Inês, mulata, doceira e quituteira
Brasil: • Começo da iluminação a gás no Rio de Janeiro • É inaugurado o primeiro trecho da estrada de ferro entre o Rio de Janeiro e Petrópolis

1855 **Vida e obra:** • Começa a colaborar na *Marmota*, revista de Francisco de Paula Brito (1809-1861), que era impressor e livreiro
Brasil: • É organizada a Sociedade das Sumidades Carnavalescas, a primeira dedicada ao carnaval, contando com José de Alencar, Manuel Antônio de Almeida e outros entre os sócios, e o próprio Imperador e família como entusiastas

1856 **Vida e obra:** • Primeiro emprego, como caixeiro, com Paula Brito • Aprendiz de tipógrafo na Imprensa Nacional, função em que permanece até 1858 • Publicação das primeiras prosas ensaísticas
Brasil: • Lançamento da *Confederação dos Tamoios*
Mundo: • Flaubert (1821-1880) publica *Madame Bovary*, na França

1857 **Vida e obra:** • Primeira tradução do francês, um poema de Lamartine
Brasil: • Dom Pedro II cria a Imperial Academia de Música e a Ópera Nacional • José de Alencar (1829-1877) publica *O guarani*
Mundo: • Charles Baudelaire (1821-1867) publica *As flores do mal*, na França

1858 **Vida e obra:** • Ensaio "O passado, o presente e o futuro da literatura" • Publicação de seu primeiro conto, "Três tesouros perdidos"

1859 **Vida e obra:** • Ensaios: "Ideias sobre o teatro" e "Aquarelas" • Emprego: redator de *O Espelho*, pela primeira vez remunerado para escrever • Conhece

Charles Ribeyrolles (1812-1860), jornalista francês, republicano e culto; traduz para o português textos dele de *O Brasil pitoresco*
Mundo: • Charles Darwin (1809-1882) publica *A origem das espécies*, na Inglaterra

1861 **Vida e obra:** • Teatro: *Desencantos* • Tradução para o teatro, a primeira publicação em livro assinada por Machado: *Queda que as mulheres têm pelos tolos*, do francês Victor Hénaux
Brasil: • Início do processo de saneamento na cidade do Rio de Janeiro
Mundo: • Começa a Guerra Civil nos Estados Unidos (até 1865)

1862 **Mundo:** • Victor Hugo (1802-1885) publica *Os miseráveis*, na França

1863 **Vida e obra:** • Publica *Teatro de Machado de Assis*

1864 **Vida e obra:** • Teatro: *Quase ministro* • Primeiro livro de poesia: *Crisálidas*

1865 **Vida e obra:** • Ensaio: "O ideal do crítico"
Brasil: • Começa a Guerra de Brasil, Argentina e Uruguai contra o Paraguai
Mundo: • Libertação total dos escravos nos EUA, ao fim da Guerra Civil

1866 **Vida e obra:** • Teatro: *Os deuses de casaca* • Tradução: *Os trabalhadores do mar*, de Victor Hugo
Brasil: • José de Alencar (1829-1877) publica *Iracema*
Mundo: • Ligação telegráfica entre a Europa e a América • Dostoiévski (1821-1881), na Rússia, publica *Crime e castigo*

1867 **Vida e obra:** • Agraciado com a Ordem da Rosa, no grau de cavaleiro (o primeiro de seis graus), uma comenda concedida por Dom Pedro II para quem fosse reconhecido como sendo fiel ao Imperador e como tendo prestado bons serviços ao país • Nomeado ajudante do diretor do *Diário Oficial*; sai do jornalismo diário

1868 **Vida e obra:** • Conhece Carolina, irmã de seu amigo Faustino Xavier de Novais
Brasil: • Linhas de bonde sobre trilhos no Rio de Janeiro

1869 **Vida e obra:** • Falecimento de Faustino • Casamento com Carolina Augusta Xavier de Novais

1870 **Vida e obra:** • *Falenas*, poesia • Primeiro livro de contos: *Contos fluminenses* • Tradução: *Oliver Twist*, de Charles Dickens (parcial, a partir do francês)
Brasil: • Fim da Guerra do Paraguai • "Manifesto Republicano": começo da onda pró-República • Estreia *O guarani*, ópera de Carlos Gomes, baseada no romance de Alencar • *Espumas flutuantes*, poesias de Castro Alves

1871 **Brasil:** • Lei do Ventre Livre (também chamada Lei dos Ingênuos), em 28 de setembro
Mundo: • Comuna de Paris • Conclusão da unificação do Império alemão

1872 **Vida e obra:** • Primeiro romance: *Ressurreição*

1873 **Vida e obra:** • *Histórias da meia-noite*, contos • "Instinto de nacionalidade", ensaio • Ascensão na carreira: é nomeado primeiro-oficial da Secretaria de Agricultura, Comércio e Obras Públicas
Brasil: • I Congresso Republicano em Itu (SP) • Inauguração do cabo marítimo efetiva a ligação telegráfica entre o Brasil e a Europa

1874 **Vida e obra:** • *A mão e a luva*, romance

1875 **Vida e obra:** • *Americanas*, poesia
Brasil: • Onda de imigração de portugueses para o Rio na segunda metade desta década

1876 **Vida e obra:** • *Helena*, romance • Promovido a chefe de seção
Mundo: • Patente do telefone, por Graham Bell

1877 **Brasil:** • Rio de Janeiro e São Paulo são interligados por ferrovia • Dom Pedro II instala telefones entre o palácio e residências de ministros • Chiquinha Gonzaga compõe a polca "Atraente", um dos primeiros chorinhos • Morre José de Alencar
Mundo: • Primeira gravação de sons, por Thomas Edison

1878 **Vida e obra:** • *Iaiá Garcia* • Ensaio sobre *O primo Basílio*, de Eça de Queirós • Séria crise de saúde, que o obriga a uma temporada de descanso (de dezembro de 1878 a março de 1879)

1879 **Vida e obra:** • Ensaio: "A nova geração"
Brasil: • Inauguração da rede de iluminação elétrica na estação central da estrada de ferro Dom Pedro II
Mundo: • Thomas Edison cria a lâmpada incandescente durável

1880 **Vida e obra:** • Entra, a 6 de fevereiro, em licença de um mês, por estar sofrendo dos olhos. • Designado oficial de gabinete do Ministro da Agricultura

1881 **Vida e obra:** • *Memórias póstumas de Brás Cubas* em livro
Brasil: • *O mulato*, romance naturalista de Aluísio Azevedo (1857-1913)
Mundo: • *Retrato de uma senhora*, romance de Henry James (1843-1916)

1882 **Vida e obra:** • *Papéis avulsos*, contos • Licença de três meses para tratamento de saúde

1883 **Brasil:** • *O abolicionismo*, de Joaquim Nabuco (1849-1910)

1884 **Vida e obra:** • *Histórias sem data*, contos
Brasil: • *Meridionais*, poesia parnasiana de Alberto de Oliveira (1857-1937)

1885 **Vida e obra:** • *Casa velha* (romance de publicação seriada; em livro só seria publicado em 1944)
Brasil: • Lei dos Sexagenários

1886 **Vida e obra:** • Começo da publicação seriada de *Quincas Borba* (até 1891, quando sai em livro)
Mundo: • *O médico e o monstro*, de R. L. Stevenson (1850-1894) • Primeiro veículo automotor movido a gasolina

1888 **Brasil:** • A Lei Áurea: fim da escravidão • *O Ateneu*, de Raul Pompeia (1863-1895) • *Poesias*, de Olavo Bilac (1865-1918)

1889 **Vida e obra:** • Promovido a diretor da Diretoria de Comércio na Secretaria da Agricultura
Brasil: • Proclamação da República, em 15 de novembro
Mundo: • Exposição Universal de Paris comemora o centenário da Revolução Francesa; o Brasil é a única monarquia a tomar parte no evento

1890 **Brasil:** • *O cortiço*, de Aluísio Azevedo (1857-1913)

1891 **Vida e obra:** • *Quincas Borba*, romance

1892 **Vida e obra:** • Promovido a diretor-geral do Ministério da Viação

Brasil: • O Rio de Janeiro passa a ser a primeira cidade sul-americana a contar com serviço de bondes elétricos

1893 **Brasil:** • *Broquéis*, poesia simbolista de Cruz e Sousa (1861-1898) • Revolta da Armada, no Rio de Janeiro, e Revolução Federalista no Rio Grande do Sul (até 1895)

1895 **Brasil:** • Primeira exibição de um filme no Brasil

1896 **Vida e obra:** • *Várias histórias*, contos • Escolhido por aclamação para dirigir a primeira sessão preparatória da fundação da Academia Brasileira de Letras
Brasil: • Guerra de Canudos (até o ano seguinte)

1897 **Brasil:** • Início das atividades da Academia Brasileira de Letras

1898 **Vida e obra:** • Com 31 anos de serviço público, é posto em disponibilidade (fica sem tarefas, mas recebendo) por não ter "formação técnica" • Ao final do ano, retorna à ativa, para sua felicidade

1899 **Vida e obra:** • *Páginas recolhidas*, contos
Brasil: • Chiquinha Gonzaga compõe *Ó, abre alas*, a primeira marchinha carnavalesca
Mundo: • *A interpretação dos sonhos*, de Sigmund Freud (1856-1939)

1900 **Vida e obra:** • *Dom Casmurro*, romance

1901 **Vida e obra:** • *Poesias completas*

1902 **Brasil:** • Início da gravação de discos no Brasil • Início de uma grande reforma urbana do Rio de Janeiro, com o prefeito Pereira Passos • *Os sertões*, de Euclides da Cunha

1904 **Vida e obra:** • *Esaú e Jacó*, romance • Falece Carolina, sua esposa por 35 anos
Brasil: • Revolta da Vacina no Rio de Janeiro
Mundo: • Morre Anton Tchékhov (nascido em 1860), contista e dramaturgo russo

1905 **Mundo:** • Albert Einstein publica os artigos iniciais da Teoria da Relatividade

1906 **Vida e obra:** • *Relíquias de casa velha*, último livro de contos

1908 **Vida e obra:** • *Memorial de Aires*, último romance • Falecimento, em 29 de setembro
Brasil: • Centenário da chegada da Corte portuguesa ao Brasil • Nasce Guimarães Rosa

Panorama do Rio de Janeiro: alguns elementos para compreender o mundo de Machado de Assis

I – Vida cotidiana

Horas do dia

Horas Canônicas: horas definidas pelas práticas católicas, em que os religiosos rezam. As igrejas e capelas badalavam os sinos em algumas delas, de forma que era comum se organizar o dia por esses sons. Vale lembrar que até 1889, ano da Proclamação da República, o Brasil era um país oficialmente católico. As principais referências a horas canônicas são:

Laudes: o momento inicial do dia, o raiar do dia.
Prima, terça, sexta e **nona**: respectivamente 6h, 9h, 12h e 15h.
Véspera ou **Vésperas**: 18h.
Ave-marias: horário do fim da tarde, também conhecida como "hora do ângelus", anunciada por três badaladas que chamavam os fiéis para a oração.

Refeições

Antes de haver iluminação a gás (chegada ao Brasil em 1854), as tarefas noturnas eram feitas com iluminação a vela ou com lamparinas com óleo de baleia, duas formas precárias de prover luz. Isso significa que poucas tarefas podiam ser realizadas sem a luz natural; assim, as refeições eram feitas de dia. A luz elétrica (instalada no Brasil a partir de 1880, mas tornada comum apenas na virada do século) mudou o panorama: várias tarefas passaram a ser exequíveis à noite e as refeições puderam se estender até mais tarde. Vale lembrar que os romances de Machado de Assis, com exceção dos dois últimos, têm suas ações localizadas entre 1840 e 1870, aproximadamente.

Na educação dos seus filhos, feita em casa e com preceptores, Dom Pedro II estipulou: levantar-se às 6h; assistir à missa; almoço às 8h; ler e estudar; jantar às 14h; preparar lições;

passear às 17h30min; cear às 21h; recolher-se às 21h30. Ao longo do século XIX, cada vez se oferecem mais alternativas para refeições na rua, em hotéis, pensões, bares, restaurantes, em horários mais variados que o das refeições caseiras.

Almoço: refeição feita por volta das oito horas da manhã. Ou seja: aquilo que chamamos hoje café da manhã ou desjejum.
Jantar: a principal refeição do dia, servida às 14h, mais ou menos.
Merenda: refeição possível, sempre leve, ao cair da tarde ou no começo da noite.
Ceia: a última refeição do dia, servida em torno das 21h.

Roupas

Genericamente, o século XIX vai sofisticar muito a vestimenta feminina, envolvendo-a em fantasias que têm muito de erótico e que marcam um longo período de entronização da figura da mulher como delicada, misteriosa, desejável, vestida de modo meio celestial no sentido de viver como que fora do mundo cotidiano do trabalho. Quase no sentido oposto, o mesmo período vai simplificar a vestimenta masculina, sem que isso necessariamente signifique empobrecimento; haverá sofisticação nos tecidos e na composição do traje. Quanto aos tecidos, o século XIX vai criar uma gradativa distinção entre aqueles utilizados pelos homens e pelas mulheres: para elas, há os tecidos vaporosos, como organdi, musselina e tule; para eles, os mais grosseiros e ásperos, como o linho e a lã. Chita, de algodão, é o tecido mais simples; seda, veludo e lã são os mais nobres, ao lado de produtos sofisticados fabricados pela nova indústria têxtil, como brocados de ouro e prata, tecidos com flores coloridas, gazes, tules.

Claro que estamos falando das classes ricas, sobretudo as que viviam nas cidades, e apenas secundariamente nos referimos às classes médias urbanas, que desde sempre copiaram os modelos de cima, mas com atraso de anos. Os de baixo, particularmente os escravos, vestiam como era possível, com roupas de tecido grosseiro que apenas serviam para tapar o corpo; os escravos, mesmo os urbanos, não costumavam usar sapatos, pois era um item mais caro do vestuário e também uma forma de civilidade superior reservada apenas aos livres e aos libertos.

Podemos pensar em três fases para descrever as roupas do século XIX:

Primeira: após a chegada da família real portuguesa ao Rio, no começo de 1809, a cidade ganha um enorme prestígio, porque agora ali estará a vida da Corte, por definição uma vida sofisticada. As elites brasileiras até então concentravam-se nas cidades mais antigas e desenvolvidas, como Salvador ou Ouro Preto, ou em suas fazendas, no interior, em detrimento do Rio de Janeiro. O século XIX começou com uma moda tendendo ao simples; as mulheres deixaram de lado espartilhos, anáguas, saltos altos, e os vestidos passaram a ser mais simples. No entanto, nas cerimônias oficiais da corte no Rio a vestimenta ainda era modelada pela moda aristocrática do século XVIII. Homens vestem calções de pernas largas, com botas de montar; o chapéu masculino é o tricórnio. O **rodaque** – paletó comprido, quase atingindo os joelhos – aparece bastante na ficção do século XIX. No entanto, cairia de moda em meados do século, parecendo então uma vestimenta de gente modesta, não de gente rica.

Segunda: nas décadas de 1830 a 1860, uma onda de requinte tomou conta da moda. É abandonado o modelo de simplicidade; volta o espartilho, as mangas dos vestidos femininos serão enormes, e os vestidos se sobrepõem à **crinolina** (armação ampla e arredondada, que em meados do século passou a ser feita de aço); toda a roupa feminina terá muitas rendas e fitas, babados e folhos. Esse padrão conhecerá uma variação mais moderna nos anos 1870 e 1880, com os vestidos decotados, de cintura muito apertada, e com a crinolina reduzida às **anquinhas**, armações muito menores do que antes, arrematadas com um laço, nas costas, ressaltando a curva suave das ancas. A invenção da máquina de costura permitia grande sofisticação nos trajes. Para os homens, a moda é a casaca, de abas longas atrás, e a cartola, que pode ser alta ou baixa. Em lugar dos antigos calções, agora só se usam calças.

Terceira: no fim do século, saem de moda as anquinhas, mas os chapéus crescem em importância, havendo de todos os tamanhos, conforme a formalidade da ocasião e a hora do dia. Para os homens, o traje se simplifica, o paletó substitui a casaca e entra na composição do terno – calça, colete e paletó do mesmo tecido –, assim como o chapéu de feltro substitui a cartola; a gravata preferencial ainda é em forma de borboleta, mas os mais sofisticados já começam a usar a gravata oblonga, semelhante às de hoje.

Meios de transporte

Transportes marítimos

Barca: embarcação a vapor simples, utilizada para percursos pequenos, como para ir até Petrópolis (ia-se da cidade do Rio até o fundo da baía e dali pegava-se um veículo de tração animal para subir a serra), Niterói (antiga Praia Grande) e outros destinos na baía de Guanabara.

Paquete: barco a vapor pequeno e veloz, de frequência mensal, que desde 1851 ligava o Rio (saindo do cais Pharoux) à Europa.

Transporte coletivo terrestre

Bonde: veículo de rodas que se movimentam dentro de trilhos por tração animal. Usado no Rio de Janeiro a partir de 1868.

Ônibus: a palavra (do latim *omnibus*, "para todos") designou primeiro uma carroça para passageiros e depois um bonde de tração animal.

Transporte individual terrestre

Cabriolé: carruagem pequena, leve e rápida, de duas rodas, capota móvel e puxada por apenas um cavalo. Mais moderno que o *landau* e o *coupé*. No Rio de Janeiro, o cabriolé ficou popular depois de 1839, mas há quem diga que chegou já em 1817.

Cadeirinha: meio de transporte que consiste em um assento com encosto, coberto e geralmente fechado, montado sobre dois longos varais paralelos que são conduzidos, à frente e à traseira, por escravos; liteira pequena. Usado no Brasil somente até os anos 1840.

Caleça ou **caleche**: antiga carruagem de quatro rodas, com dois assentos, um diante do outro, puxada por dois cavalos, com capota recolhível.

Carroça: veículo de quatro rodas, puxado por um ou dois bois, de feitio grosseiro, destinado ao transporte de mercadorias e também de pessoas. Aparece mais como "carro de bois".

Carruagem: nome genérico dos carros de tração animal; quando designa um meio de transporte específico, é um veículo de quatro rodas sobre molas, puxado por duas ou mais parelhas de animais, para transporte de passageiros, suas malas e bagagens, e para funções de correio. Também chamada de "diligência".

Coupé ou **cupê**: antiga e pequena carruagem fechada puxada por dois cavalos, de duas portas e geralmente dois lugares, com o cocheiro num banco à frente.

Faeton: carruagem leve, sem cobertura, de quatro rodas. O nome foi utilizado pela primeira vez em 1788. Os veículos desse tipo eram muitas vezes guiados pelos proprietários, em geral pessoas abastadas.

Fiacre: antiga carruagem de aluguel, normalmente puxada por um só cavalo.

Landau: carruagem de quatro rodas e dois bancos de passageiros que se defrontam, coberta com capota em fole dividida em duas seções que se podem arriar, levantar ou remover independentemente uma da outra. Puxado por quatro cavalos, era um carro dispendioso, só usado por gente muito abastada.

Sege: antiga carruagem fechada, de duas rodas e um só assento, com a frente fechada por cortinas ou vidraça e puxada por dois cavalos.

Tílburi: carro moderno visto no Rio a partir de 1830, de duas rodas e dois assentos, com capota e sem boleia, puxado por um só animal.
Traquitana: carruagem com quatro rodas, um só banco para duas pessoas e a frente fechada por uma cortina.
Vitória: Carro macio e leve, com capota móvel, puxado por dois cavalos, surgido em meados do século XIX. As mais elegantes eram pretas, sem decoração.

Dinheiro

Pataca ou **patacão**: moeda antiga de prata que valia 320 réis.
Réis ou **reais**, plural de **real**: antiga base unitária do dinheiro usado no Brasil; as cédulas eram múltiplas e as moedas, frações de mil-réis.
Mil-réis: base unitária prática do meio circulante brasileiro.
Conto de réis: mil vezes mil-réis.

II – Diversões

Música

Poucos gêneros de música eram aceitos pelas classes cultas. Em primeiro lugar em matéria de sofisticação estava a música de concerto, sem letra, chamada "erudita" ou "clássica". No Brasil, havia pouca chance de cultivo dessa tradição, mas ela de todo modo existia, quando menos ao lado da música religiosa católica, também erudita e cultivada em igrejas e na Corte. A **ária** pertence ao mundo do canto erudito europeu: é um canto solo, em geral fazendo parte de uma narrativa maior (uma ópera, por exemplo). Em meados do século XIX, houve no Brasil uma febre de piano: importava-se o instrumento, e as famílias de posses faziam suas filhas aprenderem a tocá-lo para exibição em saraus. Nos salões das famílias de boa posição, fazia sucesso a **quadrilha**, dança coletiva, com evoluções previamente estabelecidas. Também era forte o prestígio da **valsa**, dança que acompanha o gênero musical de mesmo nome, de enorme sucesso no Brasil a partir de meados do século XIX; seu compasso ternário se presta a evoluções elegantes, mas seu andamento é vivo e o par dança enlaçado, o que a torna mais sensual que a quadrilha. No limite do tolerável pelas famílias da elite brasileira estava a **modinha**, um tipo de canção lírica nascida no mundo luso-brasileiro, quase sempre de tema amoroso mas também com alguns elementos mais picantes, que podia ser acompanhada de piano ou violão. O gênero também recebia composições sem letra, apenas para piano.

Entre os gêneros populares, em regra mais sacudidos e lascivos, o Brasil conheceu vários. O **cancã** é uma dança de cabaré, na verdade uma coreografia, alegre e meio acrobática, na qual as dançarinas jogam as pernas para o alto, num movimento que as faz erguer e sacudir as saias com as mãos. É dança francesa, de muito sucesso entre o público masculino, pelo aspecto sensual. Evidentemente não entrava em casa de família, nem em clubes sociais elegantes. O gênero mais empolgante desse grupo, que foi um furacão no plano da música popular, era a **polca**, atualmente chamada de "choro". De ritmo rápido, sensual e vibrante, era dançado pelo par enlaçado. Havia também o **tango** e outros gêneros dançantes populares, como a **mazurca** e o **schotisch** (o futuro xote), o **entrudo** e o **zé-pereira**. No final do século, um desenvolvimento combinado de polca, **habanera** e tango se chamou de **maxixe**, modalidade extremamente sensual e vibrante de música e dança. Esses gêneros todos se combinaram com variadas formas de batucada, no caminho do samba, que só define seus contornos nos anos 1910.

Lugares de passeio

A cidade do Rio de Janeiro foi vista desde sempre como um lugar lindo, paradisíaco, com inúmeras belezas naturais. Era o caso da baía de Guanabara, assim como das pequenas enseadas internas, como a de Botafogo, que Rubião admira no começo de *Quincas Borba*; era também o caso do morro do **Pão de Açúcar** (sem bondinho, que só seria colocado ali em 1912).

Além disso, algumas obras de engenharia logo se mostraram charmosas o suficiente para despertar interesse das pessoas, nativas ou estrangeiras, como foi o caso do **Jardim Botânico**, criado já em 1808, por Dom João VI, como um viveiro de plantas exóticas que ao longo dos anos se converteu num local de passeio e pesquisa botânica. O mesmo se pode dizer do **Passeio Público**, ainda mais antigo: foi projetado no século XVIII pelo famoso Mestre Valentim e reformado nos anos 1860 sob coordenação do engenheiro e paisagista francês Auguste Glaziou. Existente até hoje, ficava na beira do mar e permitia uma contemplação única da enseada da **Glória**. Hoje, pelos sucessivos aterros, fica bem dentro do traçado urbano, junto ao Aterro do Flamengo. Igualmente existente até hoje, o Campo de Santana, ou **Campo da Aclamação** (atualmente Praça da República), também era local de passeios, sobretudo depois do ajardinamento comandado pelo mesmo Glaziou.

Para passeios mais distantes, havia a chamada **Floresta da Tijuca**, mandada plantar por Dom Pedro II numa região que, na primeira metade do século XIX, era uma zona rural para passeios a cavalo. Outro destino era **Petrópolis** e outras localidades na serra. A família do imperador e muitos nobres e endinheirados para lá rumavam assim que o clima começava a esquentar, na entrada do verão, pois a cidade do Rio ficava empestada com os esgotos a céu aberto e as doenças tropicais. Essa gente retornava para a cidade quando o calor amainava, o que coincidia com a retomada das festas nos salões da Corte.

Entre todos os passeios urbanos, a **rua do Ouvidor** era o predileto. Dotada de poucos quarteirões, primeira rua do Rio a ter iluminação pública a gás, em 1854, mas calçada com paralelepípedos apenas em 1857 – antes seu piso era de pedras irregulares –, ela era todo um mundo. Antiga, do tempo colonial, ela foi o centro nervoso da inteligência, da moda e mesmo da política da Corte. Seu prestígio só arrefeceu quando foi aberta a avenida Rio Branco, no começo do século XX, e para esta moderna artéria se transferiu parte do comércio.

Na rua do Ouvidor se instalaram muitos dos principais jornais do Rio de Janeiro, que eram também os principais do país: *A Nação, Jornal do Comércio*, o *Diário de Notícias*, o republicano *O País*, a *Gazeta de Notícias*, etc. Também ali se fixaram revistas e se inventaram movimentos literários, como o Simbolismo. Na redação da *Revista Brasileira*, em 1896, foi criada a Academia Brasileira de Letras. Na rua do Ouvidor estavam as principais livrarias e editoras, como as de

Laemmert, Garnier e Francisco Alves; o primeiro vendedor de livros antigos também nela abriu seu negócio.

Era lá que tinham suas lojas profissionais franceses do ramo da moda: o famoso cabeleireiro Desmarais, muitas costureiras trazidas diretamente de Paris, comerciantes de tecidos chiques, como Wallerstein, a florista Madame Finot, o fabricante de guarda-chuvas Villan. Era no Ouvidor que ficava a famosa confeitaria Carceler, de um francês com esse sobrenome (depois ela se mudou para ali perto, na rua Direita). Restaurantes, cafés, hotéis e pensões; lojas de charutos e estabelecimentos que vendiam sorvetes; magazines e alfaiatarias; joalherias e relojoarias; consultórios médicos e odontológicos; lojas que venderam as primeiras máquinas de costura no Brasil, em 1853; até fotógrafos e, claro, a primeira experiência de "animatógrafo", mecanismo de projeção de imagens que é o pai do cinema; a Casa Edison, primeira gravadora de discos do país. Estamos falando, portanto, de tudo o que era refinado, moderno e cosmopolita nessa matéria, tudo isso em umas poucas quadras.

Salões, clubes, teatros e bibliotecas

Ao longo de todo o Segundo Império, foi comum as pessoas abastadas e nobres, e eventualmente estrangeiros e viajantes destacados, participarem de festas sofisticadas, que aconteciam nas casas de grandes proprietários rurais, altos burocratas, grandes comerciantes, nobres ricos. Eram os "salões": falava-se por exemplo no "salão da Marquesa de Abrantes" ou no "salão de Nabuco". Tratava-se de reuniões que não raro se compunham de jantar, após o qual acontecia um sarau, em que as filhas da família tocavam piano e cantavam alguma ária, uma canção lírica francesa (em francês, naturalmente) ou mesmo uma modinha brasileira. A seguir havia um baile, no qual se dançavam preferencialmente valsas e quadrilhas, e talvez alguns *schotisches*.

Nesses salões imperava a moda parisiense nos trajes e nos penteados. O período preferencial dessas reuniões era entre maio e setembro, os meses menos quentes, já que os demais eram passados em Petrópolis, cidade de clima mais ameno.

O historiador Wanderley Pinho qualificou a rua do Ouvidor como "um salão a céu aberto", numa eloquente comparação.

Como havia uma corte imperial europeia em plena cidade tropical, também era esperável que nos palácios da família de Dom Pedro II se oferecessem festas pomposas. Mas não era o caso. Fosse por modéstia, fosse por temperamento menos cortesão ou por outro motivo, o certo é que o imperador brasileiro não gostava muito da vida mundana desses salões. O último baile do Paço, quer dizer, do Palácio Imperial, ocorreu em 1852, o que significa dizer que desse ano até 1889 não se promoveu tal festa no Palácio.

Nos salões também podia acontecer alguma encenação teatral, que, em regra, ocorria mesmo era nos teatros da cidade, palco de peças estrangeiras e nacionais e também de espetáculos de canto lírico e música orquestral. Nos teatros era possível assistir às funções na plateia, nas frisas (onde ficam os camarotes, entre os quais os dos nobres) ou, como era o caso dos espectadores com menos dinheiro, estudantes e alguns jovens candidatos ao mundo letrado, na galeria superior, conhecida como "torrinha", "poleiro" ou "paraíso", como havia no **Teatro Lírico** e no teatro que primeiro se chamou Real Teatro São João (inaugurado em 1813), depois Teatro São Pedro de Alcântara (1826), em seguida Teatro Constitucional e finalmente, após 1923, Teatro João Caetano.

Outro teatro importante no Rio de Machado era o teatro **Ginásio Dramático**, nascido como Teatro de São Francisco em 1832, que após 1855 se notabilizou por levar peças modernas, do chamado realismo francês, para público exigente, peças mais discretas e mais profundas do que os dramalhões – exatamente como queria o jovem crítico teatral Machado de Assis. Outros teatros do período eram o **São Januário** e o **Provisório**, nome popular do Teatro Lírico Fluminense. Os dramalhões, ao lado das comédias populares, do teatro musical e das encenações e atrações meio circenses (o chamado "teatro de variedades" ou *vaudevilles*), faziam o gosto da população mais simples, que se divertia também nos cafés-concerto ou cafés-cantantes, nos cabarés e casas de diversão noturna. O teatro **Alcazar Lírico** era o palco preferencial desses espetáculos para populares. Vale registrar que a partir de 1845, mais ou menos, alguns dos teatros promoviam bailes de máscaras, ligados ou não ao período do carnaval.

Falando em carnaval: pode-se mencionar o miolo do século XIX como um marco na evolução de sua história. Entre as classes populares ainda vigorava a brincadeira do entrudo: as pessoas levavam para a rua bolas ocas de cera contendo líquidos mais ou menos suspeitos, que eram lançados contra qualquer passante. Entre as elites, o carnaval veio com a marca dos bailes, precedidos de ceias, nos quais se dançava ao som de vários gêneros musicais. Em 1885 inicia-se outra prática, que terá muito futuro: o desfile de carros, com pessoas fantasiadas que cantavam letras eventualmente satíricas.

Para os mais sofisticados e de posição social superior, outra diversão eram os clubes. Um deles é registrado por Machado de Assis, que o frequentou, não por rico mas por culto: o **Clube Fluminense**. Houve também um Cassino Fluminense, na rua da Glória, que abrigou o **Club Beethoven**, dedicado à música erudita, como o **Clube Schubert**, da comunidade alemã que vivia no Rio.

Para o jovem Machado de Assis, houve outra instituição de enorme valor, por proporcionar diversão e contato social. Foi a **Sociedade Petalógica**, que de sociedade tinha apenas o nome e a prática das reuniões, pois jamais foi uma instituição formal. Era o nome meio pomposo e meio brincalhão ("peta" quer dizer "mentira", "fofoca") dado às reuniões espontâneas que aconteciam na livraria do principal animador cultural, **Francisco de Paula Brito**, impressor, livreiro, editor da revista *Marmota* e escritor, hoje conhecido como o primeiro empregador do jovem Machado de Assis. Escritores já publicados e candidatos a escritor ali conviviam com atores e políticos, para trocar ideias e conversar, numa cidade que dispunha então de poucos pontos de convivência culta. Durou até a morte de Paula Brito, em 1861.

Finalmente, outra instituição importante para a vida cultural era a biblioteca. De importantes, havia a **Biblioteca Nacional**, composta basicamente pelo acervo trazido pela família real portuguesa e funcionando aberta ao público desde 1814, e a generosa biblioteca do **Gabinete Português de Leitura**, instituição criada por comerciantes lusos que viviam no Rio, fundada em 1837, onde Machado passou boas horas de leitura e aprendizado.

Jogos e práticas de salão

Rapé ou **charuto**: o século XIX viu uma mudança no que se refere ao hábito do tabaco: foi a transição do rapé ao charuto. O rapé foi moda que se espalhou no século XVIII; tratava-se de fumo em pó, guardado em caixinhas artísticas, que os homens e algumas mulheres levavam consigo ou que ficavam à disposição. O fumo era inalado, em pequenas porções. No começo da moda, raspava-se rolos de fumo em raladores de marfim e o pó era sorvido em pequenas colheres; depois, com raladores assim ou mais simples, o rapé passou a ser apanhado com as pontas dos dedos. Esse uso de cheirar o fumo sucedeu a primeira onda referente ao tabaco, que era fumá-lo em cachimbos. Ao longo do século XIX, o rapé foi substituído pelo charuto, e na altura de 1850 só os velhos e os que viviam em pequenas cidades ou no mundo rural mantinham a prática do rapé, vista cada vez mais como algo do passado; a juventude ligada ao tabaco apreciava o charuto. Também na altura da metade do século, começou a se difundir o cigarro, ainda não industrializado: era vendido o fumo e o papel (ou a palha seca de milho), e o fumante preparava cada cigarro – mais barato que o charuto.

Jogos: *o **whist*** ou **uíste** era muito difundido no século XVIII e mais ainda no século XIX. Trata-se de um ancestral do bridge, disputado com um baralho de 52 cartas dividido por quatro jogadores em duas parcerias. Havia também o **voltarete**: um antigo jogo com baralho de quarenta cartas e três parceiros que recebem, cada um, nove cartas, restando treze na mesa para compras. O ***poker***, abrasileirado para **pôquer**, surgiu no Brasil na segunda metade do século XIX. Havia também outros jogos de salão ainda hoje conhecidos, como o gamão, o jogo de damas e o ancestral xadrez.

Leques e buquês: as mulheres dispunham de dois elementos decorativos que se tornaram parte do trato social entre as pessoas bem colocadas socialmente. O buquê de flores, naturais ou artificiais, acompanhava as moças e as damas nos salões; podia ser um ramalhete atado com fita ou, nos casos mais sofisticados, uma verdadeira joia, com flores armadas com suportes de ouro, marfim e madrepérola. O outro item fundamental para a mulher elegante era o leque ou ventarola. Podia ser simples, com tecido simples e armação de madeira, ou sofisticado, com a utilização de rendas ou tecidos bordados ou pintados, em suporte de marfim e mesmo de ouro. Havia todo um código de namoro envolvendo a utilização do leque, nos salões elegantes: ao colocar o leque sobre o coração, a moça estaria dizendo a seu admirador que o amava; ao tocar com o leque a face direita estaria dizendo "sim", e na face esquerda "não", e assim por diante. Outros elementos que compunham a figura feminina nesse nível social eram o lenço, a sombrinha e a bolsa.

III – Vida social

O Rio de Janeiro representou um universo peculiar em matéria de convivência social, por ser uma grande cidade, nascida e desenvolvida como um importante porto internacional, dentro de uma generosa baía (capaz de acolher navios de todo tamanho), e ao mesmo tempo foi cenário do terrível espetáculo da escravidão urbana, que o Brasil manteve por muito tempo e numa proporção muito grande. O censo de 1872 registra 17,8% de escravos na população do "município da Corte". Na província do Rio de Janeiro como um todo, o percentual era de 32,3%, o mais alto do país, em função do emprego ainda expressivo de escravos nos cafezais. Isso, vale salientar, é uma contagem feita depois das duas grandes leis de cunho abolicionista anteriores à lei Áurea: a Lei Eusébio de Queirós, de 1850, que proibiu o tráfico de escravos da África para o Brasil, e a lei do Ventre Livre, de 1871, que declarou livres os filhos de escravas. Sabe-se que essas datas são referência certa, mas não definitiva, porque a lei de 1850 demorou talvez uma década para efetivar-se, e a de 1871 custou anos de debates para ser implementada. De todo modo, estamos falando de uma cidade em que quase metade da população é de origem africana (quer dizer, de origem escrava), e quase um quinto era escrava: de cada dez habitantes, cinco eram afrodescendentes, dois dos quais eram escravos.

Acresce que o Rio foi palco de uma outra singularidade histórica que moldou seu destino: sendo a capital de uma colônia, foi a sede escolhida pelo centro do poder imperial para o estabelecimento da burocracia portuguesa quando a Corte precisou sair de Portugal, às pressas, em fins de 1807. Portugal era um país secundário no contexto europeu, mas ainda assim europeu, e isso significava que em sua capital, Lisboa, havia os requintes da vida de uma grande cidade europeia, a começar da burocracia, passando pela vida cultural bastante exigente e chegando à condição de sede de embaixadas. E ocorreu que tudo isso, em maior ou menor grau, aterrissou no Rio de Janeiro, uma cidade muito acanhada que inchou e explodiu de tamanho e de importância no começo do século XIX. Alguns anos depois, com a Independência do Brasil, o mesmo Rio de Janeiro virou capital do novo país, que, mais uma vez singularmente, começou sua história nova como um império, e não como república – opção feita apenas pelo Brasil, em toda a América do Sul.

Vamos somando isso e temos uma imagem dessa cidade que Machado de Assis registra em sua ficção: porto internacional, lugar de comércio em larga escala, sede de grandes companhias de exportação e importação; sede da monarquia portuguesa e depois do Império brasileiro, com toda a sua burocracia e sua pompa; cidade moderna pelo contato direto com as novidades europeias; e finalmente cidade atrasadíssima em matéria social, pela manutenção de uma prática escravista condenada por todos, pelo menos desde a Revolução Francesa.

É preciso ainda lembrar a instituição da alforria. Escravos buscavam sua liberdade de várias formas. A mais radical era a fuga, complementada com a organização de quilombos, locais de organização social alternativa ao mundo das leis escravistas que existiram até mesmo em cidades como o Rio de Janeiro. Com o passar do século XIX, marcado pela pressão internacional e pelas lutas locais pela abolição, a alforria toma lugar de destaque como meio de obter liberdade.

A alforria tinha várias feições. Os veículos formais podiam ser uma declaração registrada em cartório, um testamento, uma declaração privada escrita ou até mesmo o registro de batismo, quando o senhor libertava o recém-nascido. Mas as condições da alforria eram muito variadas, podendo gerar uma série de constrangimentos sociais. Podia haver uma alforria incondicional, que libertava o sujeito sem mais; podia ser comprada, com o escravo ou alguma entidade abolicionista pagando ao dono um valor estipulado por este como indenização pelo valor do bem que era o escravo; havia também uma modalidade intermediária, a coartação, em que o escravo recebia o benefício de trabalhar por conta própria até acumular o dinheiro com que poderia comprar sua liberdade (era chamado "escravo de ganho"); e havia a alforria condicional, que limitava a liberdade concedida mediante obrigação do alforriado de continuar prestando serviços a seu dono até a morte deste, por exemplo.

Até a altura de 1860, todas as alforrias eram revogáveis, se é que dá para imaginar tal horror: um sujeito comprava sua liberdade, com esforço, ou era contemplado pela sorte de ser alforriado por uma velha senhora, digamos, e no dia seguinte sua condição podia ser revertida, por simples ato do antigo dono. Isso significa que até aquela década um escravo liberto nunca se livrava do fantasma do cativeiro. Por outro lado, havia alforrias concedidas contra a vontade do senhor: se o escravo conseguisse provar que sua servidão era ilegal, podia acionar o aparelho judiciário para ver cumprida a lei. Isso sem contar as alforrias por serviços, por exemplo na guerra.

Era nas cidades que os escravos tinham maiores chances de obter alforria, especialmente os que trabalhavam nas casas, os escravos domésticos. As mulheres tinham mais chance de obter a alforria do que os homens, e parece que mulatos e pardos conseguiam o benefício mais do que os negros. Finalmente, vale lembrar que a alforria funcionava também como um elemento de pressão ideológica sobre o escravo, que com a perspectiva de ganhar a liberdade tendia a ter comportamento dócil, submisso, como forma de captar a benevolência, que porém podia não vir.

Essa trama complexa de possibilidades dá uma boa ideia de como era a relação entre negros, mulatos e brancos, entre escravos e senhores, entre alforriados e livres no Rio de Janeiro de então. Pode-se imaginar o quanto valia o favor, o "jeitinho", a subserviência, que poderiam render benefícios que chegavam até à alforria, mas que não garantiam nada, pois o poder dos proprietários era absoluto.

Agregado: indivíduo não escravo, que podia ser um alforriado ou um homem livre, que vivia trabalhando em pequenas tarefas junto a seu senhor, como um funcionário doméstico, podendo desempenhar pequenos serviços de reparos e pintura ou, no caso das mulheres, serviços de costura e assemelhados (o pai e a mãe de Machado de Assis viviam nessa condição quando ele nasceu) até realizar trabalhos mais sutis (como é o caso de José Dias, em *Dom Casmurro*).

Alforria: libertação do escravo. A chamada "carta de alforria" era o instrumento legal desse procedimento.

Ama de leite: empregada doméstica, muitas vezes escrava, que tinha como função amamentar o recém-nascido da família proprietária ou contratadora.

Escravo de ganho: figura muito presente nas cidades brasileiras do período do Império, era o escravo colocado para trabalhar quase como autônomo, prestando serviços na rua ou em casas (como limpador, pintor, vendedor de algum produto, etc.), mas permanecendo vinculado a seu proprietário; ao final da jornada de trabalho, o escravo repassava o ganho do dia para o senhor, ficando com uma parte, muitas vezes economizada para a compra da alforria. Também chamado de *preto de ganho*.

Fâmulos: designação elegante e eufemística dos escravos domésticos.

Forro: escravo alforriado, que tinha ganhado (ou comprado) a alforria.

Moleque: designação genérica do menino escravo muito mais comum do que *pajem*.

Mucama: escrava doméstica.

Pajem: menino escravo ou eventualmente livre (talvez filho de escrava), encarregado de pequenos serviços domésticos, como levar e trazer os bilhetes que as personagens de ficção trocam entre si. Comumente chamado de *moleque*.

Pardo: como se chamava o mulato (palavra esta criada em analogia com *mula*, animal híbrido); o termo é usado em contraste com *preto*: este é o sujeito de pele escura, sem marca de ter ascendente europeu, enquanto aquele tem cor de pele menos escura, possuindo ascendente europeu.

Sinhá: termo usado inicialmente pelos de baixo para designar a senhora, a proprietária. "Iaiá", "Nhanhã", "Nhá" são algumas variações.

Sinhô: a forma popular de "senhor", isto é, o dono de escravos. Daí "Nhô" e outras variações.

Referências

Carvalho, José Murilo de. *D. Pedro II*. São Paulo: Cia. das Letras, 2007.

Coaracy, Vivaldo. *Memórias da cidade do Rio de Janeiro*. Rio de Janeiro: José Olympio, 1955.

Gerson, Brasil. *História das ruas do Rio*. Edição do texto, introdução e notas de Alexei Bueno. 5. ed. Rio de Janeiro: Lacerda Editora, 2000.

Lima, Evelyn F. Werneck. *Arquitetura do espetáculo:* teatros e cinemas da Praça Tiradentes e da Cinelândia. Rio de Janeiro: Editora da UFRJ, 2000.

Mello e Sousa, Gilda. *O espírito das roupas:* a moda no século dezenove. São Paulo: Cia. das Letras, 1987.

Moreira de Azevedo. *O Rio de Janeiro:* sua história, monumentos, homens notáveis, usos e curiosidades. 3. ed. 2 v. Rio de Janeiro: Livraria Brasiliana Editora, 1969.

Novais, Fernando (org.). *História da vida privada no Brasil*. São Paulo: Cia. das Letras, 1997. Volume 2: "Império: a corte e a modernidade nacional".

Pinho, Wanderley. *Salões e damas do Segundo Reinado*. 4. ed. São Paulo: Martins, 1970.

Renault, Delso. *Rio de Janeiro:* a vida da cidade refletida nos jornais. Rio de Janeiro: Civilização Brasileira, 1978.

Sevcenko, Nicolau. *Literatura como missão:* tensões sociais e criação cultural na Primeira República. São Paulo: Brasiliense, 1983.

Stiel, Waldemar Corrêa. *História do transporte urbano no Brasil*. Brasília: EBTU, 1984.

Vainfas, Ronaldo (org.). *Dicionário do Brasil Imperial (1822-1889)*. Rio de Janeiro: Objetiva, 2002.

Tijuca
Rio Comprido
Oceano Atlântico
Engenho Velho
Engenho Novo
Norte →
Andaraí
Baía de Guanabara
Centro
Niterói
Fortaleza de Santa Cruz
Petrópolis
Serra dos Órgãos
Cantagalo
Laranjeiras
Botafogo
Praia de Botafogo
Rua de Olinda
Largo da Lapa
Catete
Praia Vermelha
Pão de Açúcar
Praia do Flamengo
Largo do Machado
Rua da Princesa
Ladeira da Glória
Baía de Guanabara
Rio de Janeiro
1860/1870

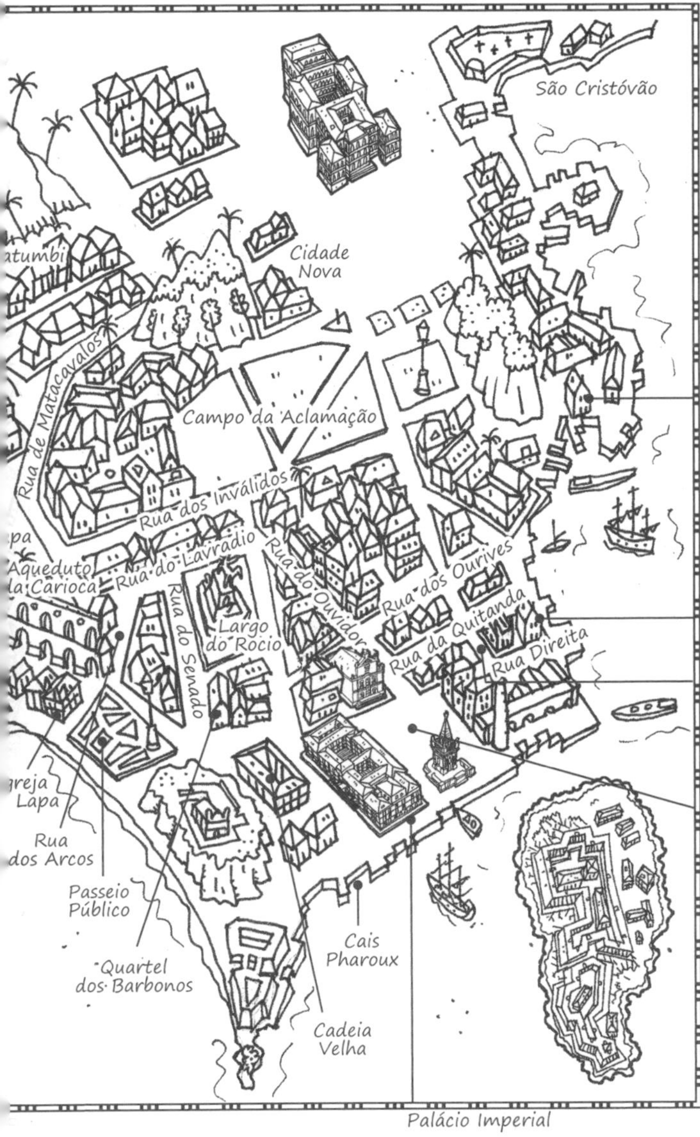

São Cristóvão
Cidade Nova
atumbi
Campo da Aclamação
Rua de Matacavalos
Rua dos Inválidos
Rua do Lavradio
Rua do Ouvidor
Rua dos Ourives
Rua da Quitanda
Rua Direita
Seminário São José
Aljube
Rua das Violas
Largo do Paço
pa
Aqueduto
la Carioca
Rua do Senado
Largo do Rocio
greja
Lapa
Rua
dos Arcos
Passeio
Público
Quartel
dos Barbonos
Cais
Pharoux
Cadeia
Velha
Palácio Imperial

HELENA

Advertência

Esta nova edição de *Helena* sai com várias emendas de linguagem e outras que não alteram a feição do livro. Ele é o mesmo da data em que o compus e imprimi, diverso do que o tempo me fez depois, correspondendo assim ao capítulo da história do meu espírito, naquele ano de 1876.

Não me culpeis pelo que lhe achardes romanesco. Dos que então fiz, este me era particularmente prezado. Agora mesmo, que há tanto me fui a outras e diferentes páginas, ouço um eco remoto ao reler estas, eco de mocidade e fé ingênua. É claro que, em nenhum caso, lhes tiraria a feição passada; cada obra pertence ao seu tempo.

M. de A.

Capítulo Primeiro

O conselheiro Vale morreu às sete horas da noite de 25 de abril de 1850.[1] Morreu de apoplexia fulminante, pouco depois de *cochilar* a sesta – segundo costumava dizer –, e quando se preparava a ir jogar a usual partida de voltarete em casa de um desembargador, seu amigo. O dr. Camargo, chamado à pressa, nem chegou a tempo de empregar os recursos da ciência; o padre Melchior não pôde dar-lhe as consolações da religião: a morte fora instantânea.

No dia seguinte fez-se o enterro, que foi um dos mais concorridos que ainda viram os moradores do Andaraí. Cerca de duzentas pessoas acompanharam o finado até a morada última, achando-se representadas entre elas as primeiras classes da sociedade. O conselheiro, posto não figurasse em nenhum grande cargo do Estado, ocupava elevado lugar na sociedade, pelas relações adquiridas, cabedais, educação e tradições de família. Seu pai fora magistrado no tempo colonial, e figura de certa influência na corte do último vice-rei.[2] Pelo lado materno descendia de uma das mais distintas famílias paulistas. Ele próprio exercera dois empregos, havendo-se com habilidade e decoro, do que lhe adveio a carta de conselho[3] e a estima dos homens públicos. Sem embargo do ardor político do tempo, não estava ligado a nenhum dos dois partidos, conservando em ambos preciosas amizades, que ali se acharam na ocasião de o dar à sepultura. Tinha, entretanto, tais ou quais ideias políticas, colhidas nas fronteiras conservadoras e liberais, justamente no ponto em que os dois domínios podem confundir-se.

---

1. Para situar: é em 1850 que o tráfico intercontinental de escravos passa a ser proibido no Brasil.

2. Dom Marcos de Noronha e Brito governou o Brasil de 1806 a 1808.

3. A nomeação para o título honorífico de conselheiro do Império.

Se nenhuma saudade partidária lhe deitou a última pá de terra, matrona houve, e não só uma, que viu ir a enterrar com ele a melhor página da sua mocidade.

A família do conselheiro compunha-se de duas pessoas: um filho, o dr. Estácio, e uma irmã, Dona Úrsula. Contava esta cinquenta e poucos anos; era solteira; vivera sempre com o irmão, cuja casa dirigia desde o falecimento da cunhada. Estácio tinha 27 anos, e era formado em matemáticas. O conselheiro tentara encarreirá-lo na política, depois na diplomacia; mas nenhum desses projetos teve começo de execução.

O dr. Camargo, médico e velho amigo da casa, logo que regressou do enterro foi ter com Estácio, a quem encontrou no gabinete particular do finado, em companhia de Dona Úrsula. Também a dor tem suas volúpias: tia e sobrinho queriam nutri-la com a presença dos objetos pessoais do morto no lugar de suas predileções quotidianas. Duas tristes luzes alumiavam aquela pequena sala. Alguns momentos correram de profundo silêncio entre os três. O primeiro que o rompeu foi o médico.

– Seu pai deixou testamento?

– Não sei – respondeu Estácio.

Camargo mordeu a ponta do bigode, duas ou três vezes, gesto que lhe era habitual quando fazia alguma reflexão.

– É preciso procurá-lo – continuou ele. – Quer que o ajude?

Estácio apertou-lhe afetuosamente a mão.

– A morte de meu pai – disse o moço – não alterou nada as nossas relações. Subsiste a confiança anterior, do mesmo modo que a amizade, já provada e antiga.

A secretária estava fechada; Estácio deu a chave ao médico; este abriu o móvel sem nenhuma comoção exterior. Interiormente estava abalado. O que se lhe podia notar nos olhos era uma viva curiosidade, expressão em que, aliás, nenhum dos outros reparou. Logo que começou a revolver os papéis, a mão do médico tornou-se mais febril. Quando achou o testamento, houve em seus olhos um breve lampejo, a que sucedeu a serenidade habitual.

– É isso? – perguntou Estácio.

Camargo não respondeu logo; olhou para o papel, como a querer adivinhar o conteúdo. O silêncio foi muito demorado para não fazer impressão no moço, que aliás nada disse, porque o atribuíra à comoção natural do amigo em tão dolorosas circunstâncias.

– Sabem o que estará aqui dentro? – disse enfim Camargo. – Talvez uma lacuna ou um grande excesso.

Nem Estácio, nem Dona Úrsula pediram ao médico a explicação de semelhantes palavras. A curiosidade, porém, era natural, e o médico pôde lê-la nos olhos de ambos. Não lhes disse nada; entregou o testamento a Estácio, ergueu-se e deu alguns passos na sala, absorvido em suas próprias reflexões, ora arranjando maquinalmente um livro da estante, ora metendo a ponta do bigode entre os dentes, com a vista queda[4], alheio de todo ao lugar e às pessoas.

Estácio rompeu o silêncio:

– Mas que lacuna ou que excesso é esse? – perguntou ao médico.

Camargo parou diante do moço.

– Não posso dizer nada – respondeu ele. – Seria inconveniente, antes de saber as últimas disposições de seu pai.

Dona Úrsula foi menos discreta que o sobrinho; após longa pausa, pediu ao médico a razão de suas palavras.

– Seu irmão – disse este – era boa alma; tive tempo de o conhecer de perto e apreciar-lhe as qualidades, que as tinha excelentes. Era seu amigo; sei que o era meu. Nada alterou a longa amizade que nos unia, nem a confiança que ambos depositávamos um no outro. Não quisera, pois, que o último ato de sua vida fosse um erro.

– Um erro! – exclamou Dona Úrsula.

– Talvez um erro! – suspirou Camargo.

– Mas, doutor – insistiu Dona Úrsula –, por que motivo nos não tranquiliza o espírito? Estou certa de que não se trata de um ato que desdoure meu irmão; alude naturalmente a algum erro no modo de entender... alguma coisa, que eu ignoro o que seja. Por que não fala claramente?

O médico viu que Dona Úrsula tinha razão; e que, a não dizer mais nada, melhor fora ter-se calado de todo. Tentou dissipar a impressão de estranheza que deixara no ânimo dos

4. Parada, imóvel.

dois; mas, da hesitação com que falava, concluiu Estácio que ele não podia ir além do que havia dito.

– Não precisamos de explicação nenhuma – interveio o filho do conselheiro –; amanhã saberemos tudo.

Nessa ocasião entrou o padre Melchior. O médico saiu às dez horas, ficando de voltar no dia seguinte, logo cedo. Estácio, recolhendo-se ao seu quarto, murmurava consigo:

"Que erro será esse? E que necessidade tinha ele de vir lançar-me este enigma no coração?"

A resposta, se pudesse ouvi-la, era dada nessa mesma ocasião pelo próprio dr. Camargo, ao entrar no carro que o esperava à porta:

"Fiz bem em preparar-lhes o espírito", pensou ele; "o golpe, se o houver, há de ser mais fácil de sofrer."

O médico ia só; além disso, era noite, como sabemos. Ninguém pôde ver-lhe a expressão do rosto, que era fechada e meditativa. Exumou o passado e devassou o futuro; mas de tudo o que reviu e anteviu, nada foi comunicado a ouvidos estranhos.

As relações do dr. Camargo com a família do conselheiro eram estreitas e antigas, como dissera Estácio. O médico e o conselheiro tinham a mesma idade: 54 anos. Conheceram-se logo depois de tomado o grau, e nunca mais afrouxara o laço que os prendera desde esse tempo.

Camargo era pouco simpático à primeira vista. Tinha as feições duras e frias, os olhos perscrutadores e sagazes, de uma sagacidade incômoda para quem encarava com eles, o que o não fazia atraente. Falava pouco e seco. Seus sentimentos não vinham à flor do rosto. Tinha todos os visíveis sinais de um grande egoísta; contudo, posto que a morte do conselheiro não lhe arrancasse uma lágrima ou uma palavra de tristeza, é certo que a sentiu deveras. Além disso, amava sobre todas as coisas e pessoas uma criatura linda – a linda Eugênia, como lhe chamava –, sua filha única e a flor de seus olhos; mas amava-a de um amor calado e recôndito. Era difícil saber se Camargo professava algumas opiniões políticas ou nutria sentimentos religiosos. Das primeiras, se as tinha, nunca deu manifestação prática; no meio das lutas de que fora cheio o decênio anterior, conservava-se indiferente e neutral. Quanto aos sentimentos religiosos, a aferi-los pelas ações, ninguém os possuía mais puros. Era pontual no cumprimento dos deveres de bom católico. Mas só pontual; interiormente, era incrédulo.

Quando Camargo chegou a casa, no Rio Comprido, achou sua mulher – Dona Tomásia – meio adormecida numa cadeira de balanço e Eugênia, ao piano, executando um trecho de Bellini.[5] Eugênia tocava com habilidade; e Camargo gostava de a ouvir. Naquela ocasião, porém, disse ele, parecia pouco conveniente que a moça se entregasse a um gênero de recreio qualquer. Eugênia obedeceu, algum tanto de má vontade. O pai, que se achava ao pé do piano, pegou-lhe nas mãos, logo que ela se levantou, e fitou-lhe uns olhos amorosos e profundos, como ela nunca lhe vira.

– Não fiquei triste pelo que me disse, papai – observou a moça. – Tocava por distrair-me. Dona Úrsula como está? Ficou tão aflita! Mamãe queria demorar-se mais tempo, mas eu confesso que não podia ver a tristeza daquela casa.

– Mas a tristeza é necessária à vida – acudiu Dona Tomásia, que abrira os olhos logo à entrada do marido. – As dores alheias fazem lembrar as próprias, e são um corretivo da alegria, cujo excesso pode engendrar o orgulho.

Camargo temperou esta filosofia, que lhe pareceu demasiado austera, com algumas ideias mais acomodadas e risonhas.

– Deixemos a cada idade a sua atmosfera própria – concluiu ele –, e não antecipemos a da reflexão, que é tornar infelizes os que ainda não passaram do puro sentimento.

Eugênia não compreendeu o que os dois haviam dito. Voltou os olhos para o piano, com uma expressão de saudade. Com a mão esquerda, assim mesmo de pé, extraiu vagamente três ou quatro notas das teclas suas amigas. Camargo tornou a fitá-la com desusada ternura; a fronte sombria pareceu alumiar-se de uma irradiação interior. A moça sentiu-se enlaçada nos braços dele; deixou-se ir. Mas a expansão era tão nova que ela ficou assustada e perguntou com voz trêmula:

5. O compositor siciliano Vincenzo Bellini (1801-1835), autor de *Norma* e outras óperas muito famosas.

– Aconteceu lá alguma coisa?

– Absolutamente nada – respondeu Camargo, dando-lhe um beijo na testa.

Era o primeiro beijo, ao menos o primeiro de que a moça tinha memória. A carícia encheu-a de orgulho filial; mas a própria novidade dela impressionou-a mais. Eugênia não creu no que lhe dissera o pai. Viu-o ir sentar-se ao pé de Dona Tomásia e conversarem em voz baixa. Aproximando-se, não interrompeu a conversa, que eles continuaram no mesmo tom, e versava sobre assuntos puramente domésticos. Percebeu-o; contudo, não ficou tranquila. Na manhã seguinte escreveu um bilhete, que foi logo caminho de Andaraí. A resposta, que lhe chegou às mãos no momento em que provava um vestido novo, teve a cortesia de esperar que ela terminasse a operação. Lida finalmente, dissipou todos os receios da véspera.

Capítulo II

No dia seguinte foi aberto o testamento com todas as formalidades legais. O conselheiro nomeava testamenteiros Estácio, o dr. Camargo e o padre Melchior. As disposições gerais nada tinham que fosse notável: eram legados pios ou beneficentes, lembranças a amigos, dotes a afilhados, missas por sua alma e pela de seus parentes.

Uma disposição havia, porém, verdadeiramente importante. O conselheiro declarava reconhecer uma filha natural, de nome Helena, havida com Dona Ângela da Soledade. Essa menina estava sendo educada em um colégio de Botafogo. Era declarada herdeira da parte que lhe tocasse de seus bens, e devia ir viver com a família, a quem o conselheiro instantemente pedia que a tratasse com desvelo e carinho, como se de seu matrimônio fosse.

A leitura dessa disposição causou natural espanto à irmã e ao filho do finado. Dona Úrsula nunca soubera de tal filha. Quanto a Estácio, ignorava menos que a tia. Ouvira uma vez falar em uma filha de seu pai; mas tão vagamente que não podia esperar aquela disposição testamentária.

Ao espanto sucedeu em ambos outra e diferente impressão. Dona Úrsula reprovou de todo o ato do conselheiro.

Parecia-lhe que, a despeito dos impulsos naturais e licenças jurídicas, o reconhecimento de Helena era um ato de usurpação e um péssimo exemplo. A nova filha era, no seu entender, uma intrusa, sem nenhum direito ao amor dos parentes; quando muito, concordaria em que se lhe devia dar o quinhão da herança e deixá-la à porta. Recebê-la, porém, no seio da família e de seus castos afetos, legitimá-la aos olhos da sociedade, como ela estava aos da lei, não o entendia Dona Úrsula, nem lhe parecia que alguém pudesse entendê-lo. A aspereza desses sentimentos tornou-se ainda maior quando lhe ocorreu a origem possível de Helena. Nada constava da mãe, além do nome; mas essa mulher quem era? Em que atalho sombrio da vida a encontrara o conselheiro? Helena seria filha de um encontro fortuito, ou nasceria de algum afeto irregular embora, mas verdadeiro e único? A estas interrogações não podia responder Dona Úrsula; bastava, porém, que lhe surgissem no espírito, para lançar nele o tédio e a irritação.

Dona Úrsula era eminentemente severa a respeito de costumes. A vida do conselheiro, marchetada de aventuras galantes, estava longe de ser uma página de catecismo; mas o ato final bem podia ser a reparação de leviandades amargas. Essa atenuante não a viu Dona Úrsula. Para ela, o principal era a entrada de uma pessoa estranha na família.

A impressão de Estácio foi muito outra. Ele percebera a má vontade com que a tia recebera a notícia do reconhecimento de Helena, e não podia negar a si mesmo que semelhante fato criava para a família uma nova situação. Contudo, qualquer que ela fosse, uma vez que seu pai assim o ordenava, levado por sentimentos de equidade ou impulsos da natureza, ele a aceitava tal qual, sem pesar nem reserva. A questão pecuniária pesou menos que tudo no espírito do moço; não pesou nada. A ocasião era dolorosa demais para dar entrada a considerações de ordem inferior, e a elevação dos sentimentos de Estácio não lhe permitia inspirar-se delas. Quanto à camada social a que pertencia a mãe de Helena, não se preocupou muito com isso, certo de que eles saberiam levantar a filha até a classe a que ela ia subir.

No meio das reflexões produzidas pela disposição testamentária do conselheiro, ocorreu a Estácio a conversa que tivera com o dr. Camargo. Provavelmente era aquele o ponto a que aludira o médico. Interrogado acerca de suas palavras, Camargo hesitou um pouco; mas insistindo o filho do conselheiro:

– Aconteceu o que eu previa, um erro – disse ele. – Não houve lacuna, mas excesso. O reconhecimento dessa filha é um excesso de ternura, muito bonito, mas pouco prático. Um legado era suficiente; nada mais. A estrita justiça...

– A estrita justiça é a vontade de meu pai – redarguiu Estácio.

– Seu pai foi generoso – disse Camargo –; resta saber se podia sê-lo à custa de direitos alheios.

– Os meus? Não os alego.

– Se os alegasse seria pouco digno da memória dele. O que está feito, está feito. Uma vez reconhecida, essa menina deve achar nesta casa família e afetos de família. Persuado-me de que ela saberá corresponder-lhes com verdadeira dedicação...

– Conhece-a? – inquiriu Estácio, cravando no médico uns olhos impacientes de curiosidade.

– Vi-a três ou quatro vezes – disse este no fim de alguns segundos –; mas era então muito criança. Seu pai falava-me dela como de pessoa extremamente afetuosa e digna de ser amada e admirada. Talvez fossem olhos de pai.

Estácio desejara ainda saber alguma coisa acerca da mãe de Helena, mas repugnou-lhe entrar em novas indagações, e tentou encarreirar a conversa para outro assunto. Camargo, entretanto, insistiu:

– O conselheiro falou-me algumas vezes no projeto de reconhecer Helena; procurei dissuadi-lo, mas sabe como era teimoso, acrescendo neste caso o natural impulso de amor paterno. O nosso ponto de vista era diferente. Não me tenho por homem mau; contudo, entendo que a sensibilidade não pode usurpar o que pertence à razão.

Camargo proferiu estas palavras no tom seco e sentencioso que tão natural e sem esforço lhe saía. A velha amizade dele e do finado era sabida de todos; a intenção com que falava podia ser hostil à família? Estácio refletiu algum tempo no conceito que acabava de ouvir ao médico, curta reflexão que por nenhum modo lhe abalou a opinião já assentada e expressa. Seus olhos, grandes e serenos, como o espírito que os animava, pousaram benevolamente no interlocutor.

– Não quero saber – disse ele – se há excesso na disposição testamentária de meu pai. Se o há, é legítimo, justificável pelo menos; ele sabia ser pai; seu amor dividia-se inteiro. Receberei esta irmã, como se fora criada comigo. Minha mãe faria com certeza a mesma coisa.

Camargo não insistiu. Sobre ser esforço baldado dissuadir o moço daqueles sentimentos, que aproveitava já agora discutir e condenar teoricamente a resolução do conselheiro? Melhor era executá-la lealmente, sem hesitação nem pesar. Isso mesmo declarou ele a Estácio, que o abraçou cordialmente. O médico recebeu o abraço sem constrangimento, mas sem fervor.

Estácio ficara satisfeito consigo mesmo. Seu caráter vinha mais diretamente da mãe que do pai. O conselheiro, se lhe descontarmos a única paixão forte que realmente teve, a das mulheres, não lhe acharemos nenhuma outra saliente feição. A fidelidade aos amigos era antes resultado do costume que da consciência dos afetos. A vida correu-lhe sem crises nem contrastes; nunca achou ocasião de experimentar a própria têmpera. Se a achasse, mostraria que a tinha mediana.

A mãe de Estácio era diferente; possuíra em alto grau a paixão, a ternura, a vontade, uma grande elevação de sentimentos, com seus toques de orgulho, daquele orgulho que é apenas irradiação da consciência. Vinculada a um homem que, sem embargo do afeto que lhe tinha, despendia o coração em amores adventícios e passageiros, teve a força de vontade necessária para dominar a paixão e encerrar em si mesma todo o ressentimento. As mulheres que são apenas mulheres choram, arrufam-se ou resignam-se; as que têm alguma coisa mais do que a debilidade feminina lutam ou recolhem-se à dignidade do silêncio. Aquela padecia, é certo, mas a elevação de sua alma não lhe permitia outra coisa mais do que um procedimento altivo e calado. Ao mesmo tempo, como a ternura era elemento essencial da sua organização, concentrou-a toda naquele único filho, em quem parecia adivinhar o herdeiro de suas robustas qualidades.

Estácio recebera efetivamente de sua mãe uma boa parte destas. Não sendo grande talento, deveu à vontade e à paixão do saber a figura notável que fez entre seus companheiros de estudos. Entregara-se à ciência com ardor e afinco. Aborrecia a política; era indiferente ao ruído exterior. Educado à maneira antiga e com severidade e recato, passou da adolescência à juventude sem conhecer as corrupções de espírito nem as influências deletérias da ociosidade; viveu a vida de família, na idade em que outros, seus companheiros, viviam a das ruas e perdiam em coisas ínfimas a virgindade das primeiras sensações. Daí veio que, aos dezoito anos, conservava ele tal ou qual timidez infantil, que só tarde perdeu de todo. Mas, se perdeu a timidez, ficara-lhe certa gravidade não incompatível com os verdes anos e muito própria de organizações como a dele. Na política seria talvez meio caminho andado para subir aos cargos públicos; na sociedade, fazia que lhe tivessem respeito, o que o levantava a seus próprios olhos. Convém dizer que não era essa gravidade aquela coisa enfadonha, pesada e chata, que os moralistas asseveram ser quase sempre um sintoma de espírito chocho; era uma gravidade jovial e familiar, igualmente distante da frivolidade e do tédio, uma compostura do corpo e do espírito, temperada pelo viço dos sentimentos e pela graça das maneiras, como um tronco rijo e reto adornado de folhagens e flores. Juntava às outras qualidades morais uma sensibilidade, não feminil e doentia, mas sóbria e forte; áspero consigo, sabia ser terno e mavioso com os outros.

Tal era o filho do conselheiro; e se alguma coisa há ainda que acrescentar, é que ele não cedia nem esquecia nenhum dos direitos e deveres que lhe davam a idade e a classe em que nascera. Elegante e polido, obedecia à lei do decoro pessoal, ainda nas menores partes dela. Ninguém entrava mais corretamente numa sala; ninguém saía mais oportunamente. Ignorava a ciência das nugas[6], mas conhecia o segredo de tecer um cumprimento.

Na situação criada pela cláusula testamentária do conselheiro, Estácio aceitou a causa da irmã, a quem já via, sem a conhecer, com olhos diferentes dos de Camargo e Dona Úrsula. Esta comunicou ao sobrinho todas as impressões que lhe deixara o ato do irmão. Estácio procurou dissipar-lhas; repetiu as reflexões opostas ao médico; mostrou que, ao cabo de tudo, tratava-se de cumprir a derradeira vontade de um morto.

---

6. Ninharias.

– Bem sei que não há já agora outro remédio mais que aceitar essa menina e obedecer às determinações solenes de meu irmão – disse Dona Úrsula, quando Estácio acabou de falar. – Mas só isso; dividir com ela os meus afetos não sei que possa nem deva fazer.

– Contudo, ela é do nosso mesmo sangue.

Dona Úrsula ergueu os ombros como repelindo semelhante consanguinidade. Estácio insistiu em trazê-la a mais benévolos sentimentos. Invocou, além da vontade, a retidão do espírito de seu pai, que não havia dispor uma coisa contrária à boa fama da família.

– Além disso, essa menina nenhuma culpa tem de sua origem, e, visto que meu pai a legitimou, convém que não se ache aqui como enjeitada. Que aproveitaríamos com isso? Nada mais do que perturbar a placidez da nossa vida interior. Vivamos na mesma comunhão de afetos; e vejamos em Helena uma parte da alma de meu pai, que nos fica para não desfalcar de todo o patrimônio comum.

Nada respondeu a irmã do conselheiro. Estácio percebeu que não vencera os sentimentos da tia, nem era possível consegui-lo por meio de palavras. Confiou ao tempo essa tarefa. Dona Úrsula ficou triste e só. Aparecendo Camargo daí a pouco, ela confiou-lhe todo o seu modo de sentir, que o médico interiormente aprovava.

– Conheceu a mãe dela? – perguntou a irmã do conselheiro.

– Conheci.

– Que espécie de mulher era?

– Fascinante.

– Não é isso; pergunto-lhe se era mulher de ordem inferior, ou...

– Não sei; no tempo em que a vi, não tinha classe e podia pertencer a todas; demais, não a tratei de perto.

– Doutor – disse Dona Úrsula, depois de hesitar algum tempo –, que me aconselha que faça?

– Que a ame, se ela o merecer, e se puder.

– Oh! Confesso-lhe que me há de custar muito! E merecê-lo-á? Alguma coisa me diz ao coração que essa menina vem complicar a nossa vida; além disso, não posso esquecer que meu sobrinho, herdeiro...

– Seu sobrinho aceita as coisas filosoficamente e até com satisfação. Não compreendo a satisfação, mas concordo que nada mais há do que cumprir textualmente a vontade do conselheiro. Não se deliberam sentimentos; ama-se ou aborrece-se, conforme o coração quer. O que lhe digo é que a trate com benevolência; e caso sinta em si algum afeto, não o sufoque: deixe-se ir com ele. Já agora não se pode voltar atrás. Infelizmente!

Helena estava a concluir os estudos; semanas depois determinou a família que ela viesse para a casa. Dona Úrsula recusou a princípio ir buscá-la; convenceu-a disso o sobrinho, e a boa senhora aceitou a incumbência depois de alguma hesitação. Em casa foram-lhe preparados os aposentos; e marcou-se uma tarde de segunda-feira para ser a moça trasladada a Andaraí. Dona Úrsula meteu-se na carruagem, logo depois do jantar. Estácio foi nesse dia jantar com o dr. Camargo, no Rio Comprido. Voltou tarde. Ao penetrar na chácara, deu com os olhos nas janelas do quarto destinado a Helena; estavam abertas; havia alguém dentro. Pela primeira vez sentiu Estácio a estranheza da situação criada pela presença daquela meia-irmã e perguntou a si próprio se não era a tia quem tinha razão. Repeliu pouco depois esse sentimento; a memória do pai restituiu-lhe a benevolência anterior. Ao mesmo tempo, a ideia de ter uma irmã sorria-lhe ao coração como promessa de venturas novas e desconhecidas. Entre sua mãe e as demais mulheres, faltava-lhe essa criatura intermediária, que ele já amava sem conhecer, e que seria a natural confidente de seus desalentos e esperanças. Estácio contemplou longo tempo as janelas; nem o vulto de Helena apareceu ali, nem ele viu passar a sombra da habitante nova.

Capítulo III

Na seguinte manhã, Estácio levantou-se tarde e foi direito à sala de jantar, onde encontrou Dona Úrsula, pachorrentamente sentada na poltrona de seu uso, ao pé de uma janela, a ler um tomo do *Saint-Clair das Ilhas*[7], enternecida pela centésima vez com as tristezas dos desterrados da ilha da Barra; boa gente e moralíssimo livro, ainda que enfadonho e maçudo, como outros de seu tempo. Com ele matavam as matronas daquela quadra muitas horas compridas do inverno, com ele se encheu muito serão pacífico, com ele se desafogou o coração de muita lágrima sobressalente.

– Veio? – perguntou Estácio.

– Veio – respondeu a boa senhora, fechando o livro. – O almoço esfria – continuou ela, dirigindo-se à mucama que ali estava de pé, junto da mesa –; já foram chamar... nhanhã Helena?

– Nhanhã Helena disse que já vem.

– Há dez minutos – observou Dona Úrsula ao sobrinho.

– Naturalmente não tarda – respondeu este. – Que tal?

Dona Úrsula estava pouco habilitada a responder ao sobrinho. Quase não vira o rosto de Helena; e esta, logo que ali chegou, recolheu-se ao aposento que lhe deram, dizendo ter necessidade de repouso. O que Dona Úrsula pôde afiançar foi somente que a sobrinha era moça feita.

Ouviu-se descer a escada um passo rápido, e não tardou que Helena aparecesse à porta da sala de jantar. Estácio estava então encostado à janela que ficava em frente da porta e dava para a extensa varanda, donde se viam os fundos da chácara. Olhou para a tia como esperando que ela os apresentasse um ao outro. Helena detivera-se ao vê-lo.

– Menina – disse Dona Úrsula com o tom mais doce que tinha na voz –, este é meu sobrinho Estácio, seu irmão.

– Ah! – disse Helena, sorrindo e caminhando para ele.

Estácio dera igualmente alguns passos.

– Espero merecer sua afeição – disse ela depois de curta pausa. – Peço desculpa da demora; estavam à minha espera, creio eu.

– Íamos para a mesa agora mesmo – interrompeu Dona Úrsula, como protestando contra a ideia de que ela os fizesse esperar.

---

7. *Saint-Clair das Ilhas, ou Os desterrados da Ilha da Barra*, romance de aventuras de 1803 da inglesa Elizabeth Helme. Teve imenso sucesso no Brasil do século XIX e foi lido e relido por muitos outros personagens nas obras de Machado de Assis.

Estácio procurou corrigir a rudez da tia.

– Tínhamos ouvido o seu passo na escada – disse ele. – Sentemo-nos, que o almoço esfria.

Dona Úrsula já estava sentada à cabeceira da mesa; Helena ficou à direita, na cadeira que Estácio lhe indicou; este tomou lugar do lado oposto. O almoço correu silencioso e desconsolado; raros monossílabos, alguns gestos de assentimento ou recusa, tal foi o dispêndio da conversa entre os três parentes. A situação não era cômoda nem vulgar. Helena, posto forcejasse por estar senhora de si, não conseguia vencer de todo o natural acanhamento da ocasião. Mas, se o não vencia de todo, podiam ver-se através dele certos sinais de educação fina. Estácio examinou aos poucos a figura da irmã.

Era uma moça de dezesseis a dezessete anos, delgada sem magreza, estatura um pouco acima da mediana, talhe elegante e atitudes modestas. A face, de um moreno-pêssego, tinha a mesma imperceptível penugem da fruta de que tirava a cor; naquela ocasião tingiam-na uns longes cor-de-rosa, a princípio mais rubros, natural efeito do abalo. As linhas puras e severas do rosto parecia que as traçara a arte religiosa. Se os cabelos, castanhos como os olhos, em vez de dispostos em duas grossas tranças lhe caíssem espalhadamente sobre os ombros, e se os próprios olhos alçassem as pupilas ao céu, disséreis um daqueles anjos adolescentes que traziam a Israel as mensagens do Senhor. Não exigiria a arte maior correção e harmonia de feições, e a sociedade bem podia contentar-se com a polidez de maneiras e a gravidade do aspecto. Uma só coisa pareceu menos aprazível ao irmão: eram os olhos, ou antes o olhar, cuja expressão de curiosidade sonsa e suspeitosa reserva foi o único senão que lhe achou, e não era pequeno.

Acabado o almoço, trocadas algumas palavras, poucas e soltas, Helena retirou-se ao seu quarto, onde durante três dias passou quase todas as horas, a ler meia dúzia de livros que trouxera consigo, a escrever cartas, a olhar pasmada para o ar, ou encostada ao peitoril de uma das janelas. Alguma vez desceu a jantar com os olhos vermelhos e a fronte pesarosa, apenas com um sorriso pálido e fugitivo nos lábios. Uma criança, subitamente transferida ao colégio, não desfolha mais tristemente as primeiras saudades da casa de seus pais. Mas a asa do tempo leva tudo; e ao cabo de três dias, já a fisionomia de Helena trazia menos sombrio aspecto. O olhar perdeu a expressão que primeiro lhe achou o irmão, para tornar-se o que era naturalmente, mavioso e repousado. A palavra saía-lhe mais fácil, seguida e numerosa; a familiaridade tomou o lugar do acanhamento.

No quarto dia, acabado o almoço, Estácio encetou uma conversa geral, que não passou de um simples *duo,* porque Dona Úrsula contava os fios da toalha ou brincava com as pontas do lenço que trazia ao pescoço. Como falassem da casa, Estácio disse à irmã:

– Esta casa é tão sua como nossa; faça de conta que nascemos debaixo do mesmo teto. Minha tia lhe dirá o sentimento que nos anima a seu respeito.

Helena agradeceu com um olhar longo e profundo. E dizendo que a casa e a chácara lhe pareciam bonitas e bem dispostas, pediu a Dona Úrsula que lhas fosse mostrar mais detidamente. A tia fechou o rosto e secamente respondeu:

– Agora não, menina; tenho por hábito descansar e ler.

– Pois eu lerei para a senhora ouvir – replicou a moça com graça –; não é bom cansar os seus olhos; e, além disso, é justo que me acostume a servi-la. Não acha? – continuou ela voltando-se para Estácio.

– É nossa tia – respondeu o moço.

– Oh! Ainda não é minha tia! – interrompeu Helena. – Há de sê-lo quando me conhecer de todo. Por enquanto somos estranhas uma à outra; mas nenhuma de nós é má.

Estas palavras foram ditas em tom de graciosa submissão. A voz com que ela as proferiu era clara, doce, melodiosa; melhor do que isso, tinha um misterioso encanto, a que a própria Dona Úrsula não pôde resistir.

– Pois deixe que a convivência faça falar o coração – respondeu a irmã do conselheiro em tom brando. – Não aceito o oferecimento da leitura, porque não entendo bem o que os outros me leem; tenho os olhos mais inteligentes que os ouvidos. Entretanto, se quer ver a casa e a chácara, seu irmão pode conduzi-la.

Estácio declarou-se pronto para acompanhar a irmã. Helena, entretanto, recusou. Irmão embora, era a primeira vez que o via, e, ao que parece, a primeira que podia achar-se a sós com um homem que não seu pai. Dona Úrsula, talvez porque preferisse ficar só algum tempo, disse-lhe secamente que fosse. Helena acompanhou o irmão. Percorreram parte da casa, ouvindo a moça as explicações que lhe dava Estácio e inquirindo de tudo com zelo e curiosidade de dona da casa. Quando chegaram à porta do gabinete do conselheiro, Estácio parou.

– Vamos entrar num lugar triste para mim – disse ele.

– Que é?

– O gabinete de meu pai.

– Oh! Deixe ver!

Entraram os dois. Tudo estava do mesmo modo que no dia em que o conselheiro falecera. Estácio deu algumas indicações relativas ao teor da vida doméstica de seu pai; mostrou-lhe a cadeira em que ele costumava ler, de tarde e de manhã; os retratos de família, a secretária, as estantes; falou de quanto podia interessá-la. Sobre a mesa, perto da janela, estava ainda o último livro que o conselheiro lera: eram as *Máximas* do Marquês de Maricá.[8] Helena pegou nele e beijou a página aberta. Uma lágrima brotou-lhe dos olhos, quente de todo o calor de uma alma apaixonada e sensível; brotou, deslizou-se e foi cair no papel.

– Coitado! – murmurou ela.

Depois sentou-se na mesma cadeira em que o conselheiro costumava dormir alguns minutos depois de jantar, e olhou para fora. O dia começava a aquecer. O arvoredo dos morros fronteiros estava coberto de flores de quaresma, com suas pétalas roxas e tristemente belas. O espetáculo ia com a situação de ambos. Estácio deixou-se levar ao sabor de suas recordações da meninice. De envolta com elas veio pousar-lhe ao lado a figura de sua mãe; tornou a vê-la, tal qual se lhe fora dos braços, uma crua noite de outubro, quando ele contava dezoito anos de idade. A boa senhora morrera quase moça – ainda bela, pelo menos –, daquela beleza sem outono, cuja primavera tem duas estações.

---

8. A obra *Máximas, pensamentos e reflexões* é o legado intelectual do Marquês de Maricá (1773-1848), político e pensador moralista que foi ministro da Fazenda de Dom Pedro I.

Helena ergueu-se.

– Gostava dele? – perguntou ela.

– Quem não gostaria dele?

– Tem razão. Era uma alma grande e nobre; eu adorava-o. Reconheceu-me; deu-me família e futuro; levantou-me aos olhos de todos e aos meus próprios. O resto depende de mim, do juízo que eu tiver, ou talvez da fortuna.

Esta última palavra saiu-lhe do coração como um suspiro. Depois de alguns segundos de silêncio, Helena enfiou o braço no do irmão e desceram à chácara. Fosse influência do lugar ou simples mobilidade de espírito, Helena tornou-se logo outra do que se revelara no gabinete do pai. Jovial, graciosa e travessa, perdera aquela gravidade quieta e senhora de si com que aparecera na sala de jantar; fez-se lépida e viva, como as andorinhas que antes, e ainda agora, esvoaçavam por meio das árvores e por cima da grama. A mudança causou certo espanto ao moço; mas ele a explicou de si para si, e em todo o caso não o impressionou mal. Helena pareceu-lhe naquela ocasião, mais do que antes, o complemento da família. O que ali faltava era justamente o gorjeio, a graça, a travessura, um elemento que temperasse a austeridade da casa e lhe desse todas as feições necessárias ao lar doméstico. Helena era esse elemento complementar.

A excursão durou cerca de meia hora. Dona Úrsula viu-os chegar, ao cabo desse tempo, familiares e amigos, como se houvessem sido criados juntos. As sobrancelhas grisalhas da boa senhora contraíram-se, e o lábio inferior recebeu uma dentada de despeito.

– Titia... – disse Estácio jovialmente – minha irmã conhece já a casa toda e suas dependências. Resta somente que lhe mostremos o coração.

Dona Úrsula sorriu, um sorriso amarelo e acanhado, que apagou nos olhos da moça a alegria que os tornava mais lindos. Mas foi breve a má impressão; Helena caminhou para a tia e, pegando-lhe nas mãos, perguntou com toda a doçura da voz:

– Não quererá mostrar-me o seu?

– Não vale a pena! – respondeu Dona Úrsula com afetada bonomia –; coração de velha é casa arruinada.

– Pois as casas velhas consertam-se – replicou Helena sorrindo.

Dona Úrsula sorriu também; desta vez, porém, com expressão melhor. Ao mesmo tempo, fitou-a; e era a primeira vez que o fazia. O olhar, a princípio indiferente, manifestou logo depois a impressão que lhe causava a beleza da moça. Dona Úrsula retirou os olhos; porventura receou que o influxo das graças de Helena lhe torcesse o coração, e ela queria ficar independente e inconciliável.

Capítulo IV

As primeiras semanas correram sem nenhum sucesso notável, mas ainda assim interessantes. Era, por assim dizer, um tempo de espera, de hesitação, de observação recíproca, um tatear de caracteres, em que de uma e de outra parte procuravam conhecer o terreno e tomar posição. O próprio Estácio, não obstante a primeira impressão, recolhera-se a prudente reserva, de que o arrancou aos poucos o procedimento de Helena.

Helena tinha os predicados próprios a captar a confiança e a afeição da família. Era dócil, afável, inteligente. Não eram estes, contudo, nem ainda a beleza, os seus dotes por excelência eficazes. O que a tornava superior e lhe dava probabilidade de triunfo era a arte de acomodar-se às circunstâncias do momento e a toda a casta de espíritos, arte preciosa, que faz hábeis os homens e estimáveis as mulheres. Helena praticava de livros ou de alfinetes, de bailes ou de arranjos de casa, com igual interesse e gosto, frívola com os frívolos, grave com os que o eram, atenciosa e ouvida, sem entono[9] nem vulgaridade. Havia nela a jovialidade da menina e a compostura da mulher feita, um acordo de virtudes domésticas e maneiras elegantes.

Além das qualidades naturais, possuía Helena algumas prendas de sociedade, que a tornavam aceita a todos, e mudaram em parte o teor da vida da família. Não falo da magnífica voz de contralto, nem da correção com que sabia usar dela, porque ainda então, estando fresca a memória do conselheiro, não tivera ocasião de fazer-se ouvir. Era pianista distinta, sabia

9. Arrogância, impostura.

desenho, falava correntemente a língua francesa, um pouco a inglesa e a italiana. Entendia de costura e bordados, e toda a sorte de trabalhos feminis. Conversava com graça e lia admiravelmente. Mediante os seus recursos, e muita paciência, arte e resignação – não humilde, mas digna –, conseguia polir os ásperos, atrair os indiferentes e domar os hostis.

Pouco havia ganho no espírito de Dona Úrsula; mas a repulsa desta já não era tão viva como nos primeiros dias. Estácio cedeu de todo, e era fácil; seu coração tendia para ela, mais que nenhum outro. Não cedeu, porém, sem alguma hesitação e dúvida. A flexibilidade do espírito da irmã afigurou-se-lhe a princípio mais calculada que espontânea. Mas foi impressão que passou. Dos próprios escravos não obteve Helena desde logo a simpatia e boa vontade; esses pautavam os sentimentos pelos de Dona Úrsula. Servos de uma família, viam com desafeto e ciúme a parenta nova, ali trazida por um ato de generosidade. Mas também a estes venceu o tempo. Um só de tantos pareceu vê-la desde princípio com olhos amigos; era um rapaz de dezesseis anos, chamado Vicente, cria da casa e particularmente estimado do conselheiro. Talvez esta última circunstância o ligou desde logo à filha do seu senhor. Despida de interesse, porque a esperança da liberdade, se a podia haver, era precária e remota, a afeição de Vicente não era menos viva e sincera; faltando-lhe os gozos próprios do afeto – a familiaridade e o contato –, condenado a viver da contemplação e da memória, a não beijar sequer a mão que o abençoava, limitado e distanciado pelos costumes, pelo respeito e pelos instintos, Vicente foi, não obstante, um fiel servidor de Helena, seu advogado convicto nos julgamentos da senzala.

As pessoas da intimidade da casa acolheram Helena com a mesma hesitação de Dona Úrsula. Helena sentiu-lhes a polidez fria e parcimoniosa. Longe de abater-se ou vituperar os sentimentos sociais, explicava-os e tratava de os torcer em seu favor – tarefa em que se esmerou superando os obstáculos na família; o resto viria de si mesmo.

Uma pessoa, entre os familiares da casa, não os acompanhou no procedimento reservado e frio; foi o padre-mestre Melchior. Melchior era capelão em casa do conselheiro, que mandara construir alguns anos antes uma capelinha na chácara, onde muita gente da vizinhança ouvia missa aos domingos. Tinha sessenta anos o padre; era homem de estatura mediana, magro, calvo, brancos os poucos cabelos, e uns olhos não menos sagazes que mansos. De compostura quieta e grave, austero sem formalismo, sociável sem mundanidade, tolerante sem fraqueza, era o verdadeiro varão apostólico, homem de sua Igreja e de seu Deus, íntegro na fé, constante na esperança, ardente na caridade. Conhecera a família do conselheiro algum tempo depois do consórcio deste. Descobriu a causa da tristeza que minou os últimos anos da mãe de Estácio; respeitou a tristeza, mas atacou diretamente a origem. O conselheiro era homem geralmente razoável, salvo nas coisas do amor; ouviu o padre, prometeu o que este lhe exigia, mas foi promessa feita na areia; o primeiro vento do coração apagou a escritura. Entretanto, o conselheiro ouvia-o sinceramente em todas as ocasiões graves, e o voto de Melchior pesava em seu espírito. Morando na vizinhança daquela família, tinha ali o padre todo o seu mundo. Se as obrigações eclesiásticas não o chamavam a outro lugar, não se arredava de Andaraí, sítio de repouso após trabalhosa mocidade.

Das outras pessoas que frequentavam a casa e residiam no mesmo bairro de Andaraí, mencionaremos ainda o dr. Matos, sua mulher, o coronel Macedo e dois filhos.

O dr. Matos era um velho advogado que, em compensação da ciência do Direito, que não sabia, possuía noções muito aproveitáveis de meteorologia e botânica, da arte de comer, do voltarete, do gamão e da política. Era impossível a ninguém queixar-se do calor ou do frio, sem ouvir dele a causa e a natureza de um e outro, e logo a divisão das estações, a diferença dos climas, influência destes, as chuvas, os ventos, a neve, as vazantes dos rios e suas enchentes, as marés e a pororoca. Ele falava com igual abundância das qualidades terapêuticas de uma erva, do nome científico de uma flor, da estrutura de certo vegetal e suas peculiaridades. Alheio às paixões da política, se abria a boca em tal assunto era para criticar igualmente de liberais e conservadores – os quais todos lhe pareciam abaixo do país. O jogo e a comida achavam-no menos cético; e nada lhe avivava tanto a fisionomia como um bom gamão depois de um bom jantar. Essas prendas faziam do dr. Matos um conviva interessante nas noites que o não eram. Posto soubesse efetivamente alguma coisa dos assuntos que lhe eram mais prezados, não ganhou o pecúlio que possuía professando a botânica ou a meteorologia, mas aplicando as regras do Direito, que ignorou até a morte.

A esposa do dr. Matos fora uma das belezas do primeiro reinado. Era uma rosa fanada, mas conservava o aroma da juventude. Algum tempo se disse que o conselheiro ardera aos pés da mulher do advogado, sem repulsa desta; mas só era verdade a primeira parte do boato. Nem os princípios morais, nem o temperamento de Dona Leonor lhe consentiam outra coisa que não fosse repelir o conselheiro sem o molestar. A arte com que o fez iludiu os malévolos; daí o sussurro, já agora esquecido e morto. A reputação dos homens amorosos parece-se muito com o juro do dinheiro: alcançado certo capital, ele próprio se multiplica e avulta. O conselheiro desfrutou essa vantagem, de maneira que, se no outro mundo lhe levassem à coluna dos pecados todos os que lhe atribuíam na terra, receberia dobrado castigo do que mereceu.

O coronel Macedo tinha a particularidade de não ser coronel. Era major. Alguns amigos, levados de um espírito de retificação, começaram a dar-lhe o título de coronel, que a princípio recusou, mas que afinal foi compelido a aceitar, não podendo gastar a vida inteira a protestar contra ele. Macedo tinha visto e vivido muito; e, sobre o pecúlio da experiência, possuía imaginação viva, fértil e agradável. Era bom companheiro, folgazão e comunicativo, pensando sério quando era preciso. Tinha dois filhos, um rapaz de vinte anos, que estudava em São Paulo, e uma moça de 23, mais prendada que formosa.

Nos primeiros dias de agosto a situação de Helena podia dizer-se consolidada. Dona Úrsula não cedera de todo, mas a convivência ia produzindo seus frutos. Camargo era o único irreconciliável; sentia-se, através de suas maneiras cerimoniosas, uma aversão profunda, prestes a converter-se em hostilidade, se fosse preciso. As demais pessoas, não só domadas, mas até enfeitiçadas, estavam às boas com a filha do conselheiro. Helena tornara-se o acontecimento do bairro; seus ditos e gestos eram o assunto da vizinhança e o prazer dos familiares da casa. Por uma natural curiosidade, cada um procurava em suas reminiscências um fio biográfico da moça; mas do inventário retrospectivo ninguém tirava elementos que pudessem construir a verdade ou uma só parcela que fosse. A origem da moça continuava misteriosa; vantagem grande, porque o obscuro favorecia a lenda, e cada qual podia atribuir o nascimento de Helena a um amor ilustre ou romanesco – hipóteses admissíveis, e em todo o caso agradáveis a ambas as partes.

Capítulo V

Por esse tempo resolveu Estácio dar um passo decisivo. Ligado por amor à filha de Camargo, desde antes da morte do conselheiro, hesitara sempre em pedi-la ao pai, diferindo a resolução para quando fosse propício o ensejo. A condição não era fácil, porque o sentimento que ele nutria em relação a Eugênia tinha alternativas de tibieza e fervor. A causa disso pode crer-se estava também em seu coração; mas principalmente residia nela. Num dos primeiros dias de agosto, assentara Estácio de ir solicitar de Eugênia autorização para fazer oficialmente o pedido. Assim disposto, dirigiu-se à casa de Camargo.

Mal o avistou de longe, desceu Eugênia à porta do jardim. O chapelinho de palha, de abas largas, que lhe protegia o rosto dos raios do sol – eram três horas da tarde –, tornava mais bela a figura da moça. Eugênia era uma das mais brilhantes estrelas entre as menores do céu fluminense. Agora mesmo, se o leitor lhe descobrir o perfil em camarote de teatro, ou se a vir entrar em alguma sala de baile, compreenderá – através de um quarto de século – que os contemporâneos de sua mocidade lhe tivessem louvado, sem contraste, as graças que então alvoreciam com o frescor e a pureza das primeiras horas.

Era de pequena estatura; tinha os cabelos de um castanho escuro, e os olhos grandes e azuis, dois pedacinhos do céu, abertos em rosto alvo e corado; o corpo, levemente refeito[10], era naturalmente elegante; mas se a dona sabia vestir-se com luxo, e até com arte, não possuía o dom de alcançar os máximos efeitos com os meios mais simples.

Estácio contemplou-a namorado sem ousar dizer palavra; a primeira que lhe ia sair dos lábios era justamente o pedido que o levava ali. Mas Eugênia deteve-lha, mostrando o anel que a madrinha, fazendeira de Cantagalo, lhe mandara na véspera. Era uma opala magnífica, a tal ponto que Eugênia dividia os olhos entre o namorado e ela. Essa simultaneidade esfriou o mancebo. Entraram ambos em casa, onde Dona Tomásia os esperava. A mãe de Eugênia sabia combinar o decoro com os desejos de seu coração; não seria obstáculo aos dois namorados; infelizmente, a presença de duas visitas veio destruir o cálculo dos três. Estácio espreitava uma ocasião de pedir a Eugênia a autorização que desejava; até ao jantar não se lhe deparou nenhuma.

Desceram todos ao jardim. Dona Tomásia entreteve uma das visitas; Camargo foi mostrar à outra a sua coleção de flores. Estácio e Eugênia afastaram-se cautelosamente dos dois grupos a pretexto de não sei que flor aberta na manhã daquele dia. A flor existia; Eugênia colheu-a e deu a Estácio.

– Não vá perdê-la; há de entregá-la a Helena da minha parte. Diga-lhe que estou com muitas saudades.

Estácio colocou a flor na botoeira.

– Vai cair! – disse Eugênia. – Quer que pregue um alfinete?

Estácio não teve tempo de responder porque a filha de Camargo, tirando um alfinete do cinto, prendeu o pé da flor, gastando muito mais tempo do que o exigia a operação. A moça não era míope; todavia aproximou de tal modo a cabeça ao peito do mancebo, que este teve ímpetos de lhe beijar os cabelos, e seria a primeira vez que seus lábios lhe tocassem.

– Pronto! – disse ela. – Diga a Helena que é a flor mais bonita do nosso jardim. Sabe que eu gosto muito de sua irmã?

– Acredito.

---

10. Robusto, nutrido.

– Suponho que é minha amiga; há de sê-lo com certeza. Oh! Eu preciso muito de uma amiga verdadeira!

– Sim?

– Muito! Tenho tantas que não prestam para nada, e só me dão desgostos, como Cecília... Se soubesse o que ela me fez!

– Que foi?

Eugênia desfiou uma historiazinha de toucador[11], que omito em suas particularidades por não interessar ao nosso caso, bastando saber que a razão capital da divergência entre as duas amigas fora uma opinião de Cecília acerca da escolha de um chapéu.

Estácio não escutou a história com a atenção que a moça desejara; limitou-se a ouvir a voz de Eugênia, que era na verdade angélica. Alguma coisa porém lhe ficou; e quando ela pôs termo às suas queixas:

– O que me parece – observou o sobrinho de Dona Úrsula – é que não valia a pena brigar por tão pouca coisa...

– Pouca coisa! – exclamou Eugênia. – Parece-lhe pouco chamar-me caprichosa e de mau gosto?

– Fez mal, se o disse, em todo o caso...

Estácio fez uma pausa e continuou a andar. Eugênia esperou que ele continuasse o que ia dizer; mas o silêncio prolongou-se mais do que era natural.

– Em todo o caso? – repetiu a moça erguendo para ele os olhos límpidos e curiosos.

– Eugênia – disse Estácio –, quer saber a verdadeira razão do mau sucesso de suas afeições? É deixar-se levar mais pelas aparências que pela realidade; é porque dá menos apreço às qualidades sólidas do coração do que às frívolas exterioridades da vida. Suas amizades são das que duram a roda de um valsa ou, quando muito, a moda de um chapéu; podem satisfazer o capricho de um dia, mas são estéreis para as necessidades do coração.

– Jesus! – exclamou Eugênia, estacando o passo – Um sermão por tão pouca coisa! Se tivesse algum pedaço de latim, era o mesmo que estar ouvindo o padre Melchior.

---

11. Historiazinha de penteadeira, assunto de mocinhas.

Estácio não respondeu; contentou-se com erguer os ombros, e os dois continuaram a andar silenciosamente, acanhados e descontentes um do outro. A diferença é que o enfado de Eugênia se manifestava por um movimento nervoso de impaciência e despeito.

– Se o ofendi, perdoe-me – disse ela, com um leve tom de ironia.

– Oh! – exclamou ele, apertando-lhe a mão, como quem só esperava um pretexto para reatar a conversa interrompida.

– Talvez ofendesse – continuou a moça –; eu sei dizer as coisas como elas me vêm à boca, e parece que não são as mais acertadas.

– Não digo que o sejam sempre – replicou Estácio sorrindo. – Agora, pelo menos, foi um pouco precipitada em zombar do que eu lhe dizia, que era justo e de boa intenção. Francamente, é para lastimar uma amizade, ganha entre duas quadrilhas e perdida por causa de um chapéu? Não vale a pena esperdiçar afetos, Eugênia; sentirá mais tarde que essa moeda do coração não se deve nunca reduzir a trocos miúdos nem despender em quinquilharias.

Eugênia ouviu calada as palavras do moço; não as entendeu muito. Sabia-lhes a significação; não lhes viu porém nexo nem sentido; sobretudo, não lhes sentiu a aplicação. O que a irritou mais foi o tom pedagogo de Estácio; estouvada e voluntariosa, não admitia que ninguém lhe falasse sem submissão ou a repreendesse por atos seus, que ela julgava legítimos e naturais. A insistência do moço foi o ponto de partida a um desses arrufos, não raros entre amantes, e comuns entre aqueles dois. Os de Eugênia não eram simples silêncios; seu espírito rebelde e livre não adormecia nesses momentos de enfado; pelo contrário, irritava-se e traduzia a irritação por meio de pirraças e acessos de mau humor. Estácio viu murmurar, crescer e desabar a tempestade. A moça articulava algumas frases soltas, batia no chão com o pezinho mimoso, que por acaso esmagou uma pobre erva, alheia às divergências morais daquelas duas criaturas. Ora parava e desandava o caminho; mas logo se dirigia para o moço, com as pálpebras trêmulas de cólera e um remoque nos lábios; comprazia-se em torcer a ponta da manga ou morder a ponta do dedo. Estácio, afeito a essas explosões, não lhes sabia remédio próprio: tanto o silêncio como a réplica eram ali matérias inflamáveis. Contudo, o silêncio era o menor dos dois perigos. Estácio limitava-se a ouvir calado, olhando à sorrelfa para a filha de Camargo, cujo rosto parecia mais belo quando a raiva o coloria. Uma terceira pessoa era a única esperança de pacificação; Estácio alongou o olhar pelo jardim em busca desse *deus ex machina.*[12] Apareceu ele enfim sob a forma de um Carlos Barreto – estudante de medicina, que cultivava simultaneamente a patologia e a comédia, mas prometia ser melhor Esculápio que Aristófanes.[13] Mal os viu de longe, apertou o passo para o grupo.

– Vem gente, Eugênia – disse Estácio –; não demos espetáculos e... perdoe-me.

Eugênia ergueu os ombros, procurou com os olhos o intruso que daí a pouco lhes estendia a mão.

O céu não ficou logo claro; mas o vento amainou, e era de esperar que o sol se desfizesse enfim do seu capote de nuvens. Carlos Barreto deu a Eugênia a agradável notícia de que trouxera a seu pai um convite para baile que daria no sábado próximo uma de suas parentas. A perspectiva do baile foi uma brisa salutar que dispersou o resto das nuvens; Eugênia sorriu. *J'ai ri; me voilà désarmée*[14], como na comédia de Piron. Vinte minutos depois, não havia em Eugênia vestígio da cena do jardim. Mas a ideia do casamento estava adiada.

O efeito foi agro e doce para Estácio. Estimando ver dissipada a cólera, doía-lhe que a causa fosse, não a própria virtude do amor, mas um motivo comparativamente fútil. A resolução de a consultar sobre o pedido de casamento esvaiu-se-lhe como de outras vezes. Saiu dali à noite, antes do chá, aborrecido e azedo. Esse estado não durou muito; dez minutos depois

12. No teatro greco-latino antigo, de repente um deus descia "por meio de máquina" no meio de uma situação complicada e resolvia tudo.

13. Esculápio, deus romano da medicina. Na mitologia grega é conhecido como Asclépio; Aristófanes (c. 447 a.C. - c. 385 a.C.), dramaturgo grego de *As aves* (414 a.C.), maior autor da Comédia Antiga.

14. "Eu ri; eis-me desarmada". Citação da comédia *La Métromanie*, do dramaturgo francês Alexis Piron (1689-1773).

de deixar a casa de Camargo, sentiu alguma coisa semelhante à dentada de um remorso. O amor de Estácio tinha a particularidade de crescer e afirmar-se na ausência e diminuir logo que estava ao pé da moça. De longe, via-a através da névoa luminosa da imaginação; ao pé era difícil que Eugênia conservasse os dotes que ele lhe emprestava. Daí, um dissentimento provável e um remorso certo. Agora que a deixava, ia ele irritado contra si mesmo; achava-se ridículo e cruel; chegava a adorar toda a graciosa futilidade de Eugênia; concedia alguma coisa à idade, à educação, aos costumes, à ignorância da vida.

Nesse estado de espírito entrou em casa, onde o esperava um incidente novo.

Capítulo VI

Chegando à casa, achou Estácio remédio ao mau humor. Era uma carta de Luís Mendonça, que dois anos antes partira para a Europa, donde agora regressava. Escrevia-lhe de Pernambuco, anunciando-lhe que dentro de poucas semanas estaria no Rio de Janeiro. Mendonça fora o seu melhor companheiro de aula. Havia entre eles certos contrastes de gênio. O de Mendonça era mais folgazão e ativo. Quando este partiu para a Europa, quis que o antigo colega o acompanhasse, e o próprio conselheiro opinara nesse sentido. Estácio recusou pelo receio de que, sendo diferente o espírito de um e outro, a viagem tivesse de obrigar ao sacrifício de hábitos e preferências de um deles.

A notícia da volta de Mendonça encheu de contentamento o sobrinho de Dona Úrsula. Dona Úrsula estava então na sala de costura, relendo algumas páginas do seu *Saint-Clair,* encostada a uma mesa. Do outro lado, ficava Helena, a concluir uma obra de crochê.

– Titia – disse ele –, dou-lhe uma novidade agradável para mim.

– Que é?

– O Mendonça chegou a Pernambuco; está aqui dentro de pouco tempo.

– O Mendonça?

– Luís Mendonça.

– O que foi para a Europa, sei. Há quanto tempo?

– Dois anos.

– Dois anos! Parece que foi ontem.

– Não lhe leio a carta que me escreveu por ser muito longa. Diz-me que devo ir também à Europa, quanto antes. Querem ir?

– Eu? – disse Dona Úrsula, marcando a página do livro com os óculos de prata que até então conservara sobre o nariz. – Não são folias para gente velha. Daqui para a cova.

– A cova! – exclamou Helena. – Está ainda tão forte! Quem sabe se não me há de enterrar primeiro?

– Menina! – exclamou Dona Úrsula em tom de repreensão.

Helena sorriu de alegria e agradecimento; era a primeira palavra de verdadeira simpatia que ouvia a Dona Úrsula. Bem o compreendeu esta; e talvez a mortificou aquela espontaneidade do coração. Mas era tarde. Não podia recolher a palavra, não podia sequer explicá-la.

– Que tal virá o teu amigo? – perguntou ela ao sobrinho. – Era bom rapaz antes de ir; um pouco tonto, apenas.

– Há de vir o mesmo – respondeu Estácio –; ou ainda melhor. Melhor decerto, porque dois anos modificam o homem.

Estácio fez aqui um panegírico do amigo, intercalado com observações da tia, e ouvido silenciosamente pela irmã. Vieram chamar para o chá. Dona Úrsula largou definitivamente o seu romance, e Helena guardou o crochê na cestinha de costura.

– Pensa que gastei toda a tarde em fazer crochê? – perguntou ela ao irmão, caminhando para a sala de jantar.

– Não?

– Não senhor; fiz um furto.

– Um furto!

– Fui procurar um livro na sua estante.

– E que livro foi?

– Um romance.

– *Paulo e Virgínia?*

– *Manon Lescaut*.[15]

– Oh! – exclamou Estácio. – Esse livro...

– Esquisito, não é? Quando percebi que o era, fechei-o e lá o pus outra vez.

– Não é livro para moças solteiras...

– Não creio mesmo que seja para moças casadas – replicou Helena rindo e sentando-se à mesa. – Em todo o caso, li apenas algumas páginas. Depois abri um livro de geometria... e confesso que tive um desejo...

– Imagino! – interrompeu Dona Úrsula.

– O desejo de aprender a montar a cavalo – concluiu Helena.

Estácio olhou espantado para a irmã. Aquela mistura de geometria e equitação não lhe pareceu suficientemente clara e explicável. Helena soltou uma risadinha alegre de menina que aplaude a sua própria travessura.

– Eu lhe explico – disse ela –; abri o livro, todo alastrado de riscos que não entendi. Ouvi porém um tropel de cavalos e cheguei à janela. Eram três cavaleiros, dois homens e uma senhora. Oh! Com que garbo montava a senhora! Imaginem uma moça de 25 anos, alta, esbelta, um busto de fada, apertado no corpinho[16] de amazona, e a longa cauda do vestido caída a um lado. O cavalo era fogoso; mas a mão e o chicotinho da cavaleira quebravam-lhe os ímpetos. Tive pena, confesso, de não saber montar a cavalo...

– Quer aprender comigo?

– Titia consente?

Dona Úrsula levantou os ombros com o ar mais indiferente que pôde achar no seu repertório. Helena não esperou mais.

– Escolha você o dia.

---

15. Dois romances franceses muito lidos no século XIX. *Paulo e Virgínia*, de Bernardin de Saint-Pierre (1737-1814), é a história de um amor casto entre um garoto e uma garota que crescem puros numa ilha. *Manon Lescaut*, cujo título completo é *Histoire du chevalier des Grieux et de Manon Lescault*, do Abade Prévost (1697-1763), escandalizou multidões de leitores com a história do amor acidentado entre um jovem nobre e a prostituta Manon Lescaut.

16. Corpete.

– Amanhã?

– Amanhã.

Estácio costumava dar um passeio a cavalo quase todas as manhãs. O do dia seguinte foi dispensado; começariam as lições de Helena. Antes disso, porém, escreveu Estácio à filha de Camargo uma carta recendente a ternura e afeto. Pedia-lhe desculpa do que se passara na véspera; jurava-lhe amor eterno; coisas todas que lhe dissera mais de uma vez, com o mesmo estilo, se não com as mesmas palavras. A carta dissipou-lhe a última sombra de remorso. Antes que ela chegasse ao seu destino, reconciliara-se ele consigo mesmo. O portador saiu para o Rio Comprido, e ele desceu ao terreiro que ficava nos fundos da casa, ao pé do qual estava situada a cavalariça. Naquele lado da casa corria a varanda antiga, onde a família costumava às vezes tomar café ou conversar nas noites de luar, que ali penetrava pelas largas janelas. Do meio da varanda descia uma escada de pedra que ia ter ao terreiro.

Já ali estava Helena. Dona Úrsula emprestara-lhe um vestido de amazona com que algumas vezes montara, antes da morte do irmão. O vestido ficava-lhe mal; era folgado demais para o talhe delgado da moça. Mas a elegância natural fazia esquecer o acessório das roupas.

– Pronta! – exclamou Helena apenas viu o irmão assomar no alto da escada.

– Oh! Isso não vai assim! – respondeu Estácio. – Não suponha que há de montar já hoje como a moça que ontem viu passar na estrada. Vença primeiramente o medo...

– Não sei o que é medo – interrompeu ela com ingenuidade.

– Sim? Não a supunha valente. Pois eu sei o que ele é.

– O medo? O medo é um preconceito dos nervos. E um preconceito desfaz-se; basta a simples reflexão. Em pequena educaram-me com almas do outro mundo. Até a idade de dez anos era incapaz de penetrar numa sala escura. Um dia perguntei a mim mesma se era possível que uma pessoa morta voltasse à Terra. Fazer a pergunta e dar-lhe resposta era a mesma coisa. Lavei o meu espírito de semelhante tolice, e hoje era capaz de entrar, de noite, num cemitério. E daí talvez não: os corpos que ali dormem têm direito de não ouvir mais um só rumor de vida.

Estácio chegara ao último degrau da escada. As derradeiras palavras ouviu-as ele com os olhos fitos na irmã e encostado ao poial de pedra.[17]

– Quem lhe ensinou essas ideias? – perguntou ele.

– Não são ideias, são sentimentos. Não se aprendem; trazem-se no coração. Senhor geômetra – continuou brandindo caprichosamente o chicote –, veja se transcreve em algum compêndio estas figuras de minha invenção, e ande cavalgar comigo.

Com um movimento rápido travou da cauda do vestido, e caminhou para diante. Estácio acompanhou-a, a passo lento, como solicitado por dois sentimentos diferentes: a afeição que o prendia à irmã, e a estranha impressão que ela lhe fazia sentir. Quando chegou à porta da cavalariça, viu aparelhados dois animais, o cavalo de seus passeios da manhã e a égua que a tia cavalgava uma ou outra vez.

– Que é isso? – disse ele. – Por ora vamos a algumas indicações somente, aqui no terreiro.

– Justamente! – respondeu a moça.

Um escravo, que ali estava, trouxe um tamborete. Estácio aproximou-se de Helena, que afagava com a mão alva e fina as crinas da égua.

– Como se chama? – perguntou ela.

– Moema.

– Moema! Ora espere... é um nome indígena, não é?

Estácio fez um sinal afirmativo. Helena tinha um pé sobre o tamborete; repetiu ainda o nome da égua, como quem refletia sobre ele, sem que o irmão percebesse que não era aquilo mais do que um disfarce. De repente, quando ele menos esperava, Helena deu um salto, e sentou-se no selim. A égua alteou o colo, como vaidosa do peso. Estácio olhou para a irmã, admirado da agilidade e correção do movimento, e sem saber ainda o que pensasse daquilo. Helena inclinou-se para ele.

– Fui bem? – perguntou sorrindo.

– Não podia ir melhor; mas o que me admira...

---

17. Assento baixo de pedra.

As patas de Moema interromperam a reflexão do moço. A cavaleira brandira o chicotinho, e o animal saíra a trote largo pelo terreiro fora. Estácio, no primeiro momento, deu um passo e estendeu a mão como para tomar a rédea ao animal; mas a segurança da moça logo lhe deixou ver que ela não fazia ali os primeiros ensaios. Ficou parado, de longe, a admirar-lhe o garbo e a destreza. No fim de vinte passos, Helena torceu a rédea e regressou ao ponto donde saíra.

– Que tal? – disse ela logo que estacou. – Terei jeito para a equitação?

– Criança!

– Que é isso? Já aprendeu? – interveio Dona Úrsula, do alto da varanda, aonde acabava de chegar.

– Estava caçoando conosco – disse Estácio. – Vê como sabe montar?

– Ela sabe tudo – murmurou Dona Úrsula entre dentes.

Estácio montou no cavalo. Consultou o relógio; eram sete horas e meia.

– Permite que o acompanhe? – perguntou Helena.

– Com uma condição – disse ele –; é que há de ter juízo. Não quero temeridades; a égua é aparentemente mansa; convém não brincar com ela. Já vejo que você é capaz de muitas coisas mais...

– Prometo ir pacificamente.

Helena cumprimentou a tia com um gesto gracioso, deu de rédea ao animal e seguiu ao lado do irmão. Transposto o portão, seguiram os dois para o lado de cima, a passo lento. O sol estava encoberto e a manhã fresca. Helena cavalgava perfeitamente; de quando em quando a égua, instigada por ela, adiantava-se alguns passos ao cavalo; Estácio repreendia a irmã, a seu pesar, porque ao mesmo tempo que temia alguma imprudência, gostava de lhe ver o airoso do busto e a firme serenidade com que ela conduzia o animal.

– Não me dirá você – perguntou ele –, por que motivo, sabendo montar, pedia-me ontem lições?

– A razão é clara – disse ela –; foi uma simples travessura, um capricho... ou antes um cálculo.

– Um cálculo?

– Profundo, hediondo, diabólico – continuou a moça sorrindo. – Eu queria passear algumas vezes a cavalo; não era possível sair só, e nesse caso...

– Bastava pedir-me que a acompanhasse.

– Não bastava. Havia um meio de lhe dar mais gosto em sair comigo; era fingir que não sabia montar. A ideia momentânea de sua superioridade neste assunto era bastante para lhe inspirar uma dedicação decidida...

Estácio sorriu do cálculo; logo depois ficou sério, e perguntou em tom seco:

– Já lhe negamos algum prazer que desejasse?

Helena estremeceu e ficou igualmente séria.

– Não! – murmurou –; minha dívida não tem limites.

Essa palavra saiu-lhe do coração. As pálpebras caíram-lhe e um véu de tristeza lhe apagou o rosto. Estácio arrependeu-se do que dissera. Compreendeu a irmã; viu que, por mais inocentes que suas palavras fossem, podiam ser tomadas à má parte, e, em tal caso, o menos que se lhe podia arguir era a descortesia. Estácio timbrava em ser o mais polido dos homens. Inclinou-se para ela e rompeu o silêncio.

– Você ficou triste – disse Estácio –; mas eu desculpo-a.

– Desculpa-me? – perguntou a moça erguendo para o irmão os belos olhos úmidos.

– Desculpo a injúria que me fez, supondo-me grosseiro.

Apertaram-se as mãos, e o passeio continuou nas melhores disposições do mundo. Helena deu livre curso à imaginação e ao pensamento; suas falas exprimiam ora a sensibilidade romanesca, ora a reflexão da experiência prematura, e iam direitas à alma do irmão, que se comprazia em ver nela a mulher como ele queria que fosse, uma graça pensadora, uma sisudez amável. De quando em quando faziam parar os animais para contemplar o caminho percorrido, ou discretear acerca de um acidente do terreno. Uma vez, aconteceu que iam falando das desvantagens da riqueza.

– Valem muito os bens da fortuna – dizia Estácio. – Eles dão a maior felicidade da Terra, que é a independência absoluta. Nunca experimentei a necessidade, mas imagino que o pior que há nela não é a privação de alguns apetites ou desejos, de sua natureza transitórios, mas sim essa escravidão moral que submete o homem aos outros homens. A riqueza compra até o tempo, que é o mais precioso e fugitivo bem que nos coube. Vê aquele preto que ali está? Para fazer o mesmo trajeto que nós, terá de gastar, a pé, mais de uma hora ou quase.

O preto de quem Estácio falara estava sentado no capim, descascando uma laranja, enquanto a primeira das duas mulas que conduzia olhava filosoficamente para ele. O preto não atendia aos dois cavaleiros que se aproximavam. Ia esburgando a fruta e deitando os pedaços de casca ao focinho do animal, que fazia apenas um movimento de cabeça, com o que parecia alegrá-lo infinitamente. Era homem de cerca de quarenta anos; ao parecer, escravo. As roupas eram rafadas[18]; o chapéu que lhe cobria a cabeça tinha já uma cor inverossímil. No entanto, o rosto exprimia a plenitude da satisfação; em todo o caso, a serenidade do espírito.

Helena relanceou os olhos ao quadro que o irmão lhe mostrara. Ao passarem por ele, o preto tirou respeitosamente o chapéu e continuou na mesma posição e ocupação que dantes.

– Tem razão – disse Helena. – Aquele homem gastará muito mais tempo do que nós em caminhar. Mas não é isto uma simples questão de ponto de vista? A rigor, o tempo corre do mesmo modo, quer o esperdicemos, quer o economizemos. O essencial não é fazer muita coisa no menor prazo; é fazer muita coisa aprazível ou útil. Para aquele preto o mais aprazível é, talvez, esse mesmo caminhar a pé, que lhe alongará a jornada, e lhe fará esquecer o cativeiro, se é cativo. É uma hora de pura liberdade.

Estácio soltou uma risada.

– Você devia ter nascido...

– Homem?

– Homem e advogado. Sabe defender com habilidade as causas mais melindrosas. Nem estou longe de crer que o próprio cativeiro lhe parecerá uma bem-aventurança, se eu disser que é o pior estado do homem.

– Sim? – retorquiu Helena sorrindo –; estou quase a fazer-lhe a vontade. Não faço; prefiro admirar a cabeça de

---

18. Surradas.

Moema. Veja, veja como se vai faceirando. Esta não maldiz o cativeiro; pelo contrário, parece que lhe dá glória. Pudera! Se não a tivéssemos cativa, receberia ela o gosto de me sustentar e conduzir? Mas não é só faceirice, é também impaciência.

– De quê?

– Impaciência de correr por essa estrada da Tijuca fora, e beber o vento da manhã, espreguiçando os músculos, e sentindo-se alguma coisa senhora e livre. Mas que queres tu, minha pobre égua? – continuou a moça inclinando a cabeça até as orelhas do animal. – Vai aqui ao pé de nós um homem muito mau e medroso, que é ao mesmo tempo meu irmão e meu inimigo...

– Helena! – interrompeu Estácio. – Você é muito capaz de disparar a correr.

– E se fosse?

– Eu deixava-a ir, e nunca a traria em meus passeios. Você monta bem; mas não desejo que faça temeridades. Nós somos responsáveis, não só por sua felicidade, mas também por sua vida.

Helena refletiu um instante.

– Quer dizer – perguntou ela – que, se eu fosse vítima de um desastre, não faltaria quem o imputasse à minha família?

– Justo.

– Singular gente! Não há de ser tanto assim... Pois se eu me lembrasse – é uma suposição –, se eu me lembrasse de deixar a vida, por aborrecimento ou capricho, seria você acusado de me haver propinado o veneno? Não há melhor modo de me fazer evitar a morte.

– Deixemos conversas lúgubres, e voltemos para casa. – interrompeu Estácio.

– Já!

– Raras vezes passo daqui; e não pense você que é perto.

– Parece-me que ainda agora saímos de casa. Vamos uns cinco minutos adiante? Sim?

Estácio consultou o relógio.

– Cinco minutos justos – disse ele.

– Até aquela casa que ali está com uma bandeira azul.

Havia, efetivamente, cerca de quatro minutos adiante, à esquerda da estrada, uma casa de insignificante aparência, sobre cujo telhado flutuava uma bandeira azul presa a uma vara. Estácio conhecia a casa, mas era a primeira vez que via a bandeira. Helena pediu-lhe a explicação daquele apêndice.

– Vá lá saber – disse o irmão rindo.

Helena deu de rédea à égua e adiantou-se alguns passos. Estácio apertou o animal e alcançou-a.

– Não vá fazer tolices! – disse ele em tom de branda repreensão. – Aquilo é fantasia do morador, ou algum sinal de pássaros, ou qualquer outra coisa que não vale a pena de uma travessura. Contemplemos antes a manhã, que está deliciosa.

Helena não atendeu à proposta do irmão e foi andando, a passo lento, na direção da casa. A casa era velha, abrindo por uma porta para o alpendre antigo que lhe corria na frente. As colunas deste estavam já lascadas em muitas partes, aparecendo, aqui e ali, a ossada de tijolo. A porta estava meio aberta. Havia absoluta solidão, aparente ao menos. Quando eles lhe passaram pela frente, a porta abriu-se, mas se alguém espreitava por ela, ficou sumido na sombra, porque ninguém de fora o viu.

Cerca de cinco braças adiante, Estácio resolveu definitivamente regressar, e Helena não opôs objeção nenhuma. Torceram a rédea aos animais e desceram.

– Não poderei falar à bandeira? – perguntou a moça. – Deixe-me ao menos dizer-lhe adeus.

Tinha já tirado da algibeira[19] o seu fino lenço de cambraia[20]; agitou-o na direção da casa. Quis o acaso que a bandeira, até então quieta, se movesse ao sopro de uma aragem que passou.

– Vê como ela me respondeu? Não se pode ser mais cortês! – exclamou Helena rindo.

Estácio riu também da lembrança da irmã, e ambos desceram, a passo lento, como haviam subido. Helena vinha taciturna e pensativa. Os olhos, cravados nas orelhas de Moema, não pareciam ver sequer o caminho que o animal seguia. Estácio, para arrancá-la ao silêncio, fez-lhe uma observação

---

19. Bolso ou pequena bolsa presa à cintura.

20. Tecido bem fino de linho ou algodão.

acerca de um incidente do caminho. Helena respondeu distraidamente.

– Que tem você? – perguntou ele.

– Nada – disse ela –; ia... ia embebida naquela toada. Não ouve?

Ouvia-se, efetivamente, a algumas braças adiante, uma cantiga da roça, meio alegre, meio plangente. O cantor apareceu, logo que os cavaleiros dobraram a curva que a estrada fazia naquele lugar. Era o preto, que pouco antes tinham visto sentado no chão.

– Que lhe dizia eu? – observou a irmã de Estácio. – Ali vai o infeliz de há pouco. Uma laranja chupada no capim e três ou quatro quadras é o bastante para lhe encurtar o caminho. Creia que vai feliz, sem precisar comprar o tempo. Nós poderíamos dizer o mesmo?

– Por que não?

A moça recolheu-se ao silêncio.

– Helena, isso que você acaba de dizer... Vamos, estamos sós; confesse alguma tristeza que tenha.

– Nenhuma – respondeu a moça. – Peço-lhe, entretanto, uma coisa.

– Diga.

– Peço-lhe que me comunique todas as más impressões que tiver a meu respeito. Explicarei umas, procurarei desvanecer-lhe outras, emendando-me. Sobretudo, peço-lhe que escreva em seu espírito esta verdade: é que sou uma pobre alma lançada num turbilhão.

Estácio ia pedir explicação mais desenvolvida daquelas últimas palavras; mas Helena, como se esperasse a pergunta, brandira o chicote, e deitou a égua a correr. Estácio fez o mesmo ao cavalo; daí a alguns minutos entravam na chácara, ele aturdido e curioso, ela com a face vermelha e a bater-lhe violentamente o coração.

Capítulo VII

Apearam-se os dois no terreiro e dirigiram-se para a escada que ia ter à varanda. Pisando o primeiro degrau, disse Estácio:

– Helena, explique-me suas palavras de há pouco.

– Quais?

E como Estácio levantasse os ombros, com ar de despeito, continuou Helena:

– Perdoe-me; a pergunta não tem nem podia ter outra resposta mais do que a simples recusa. Não lhe direi mais nada. Nunca se devem fazer meias confissões; mas, neste caso, a confissão inteira seria imprudência maior. Se se tratasse de fatos, creia que a ninguém melhor podia confiá-los do que a você; mas por que motivo irei perturbar-lhe o espírito com a narração de meus sentimentos, se eu própria não chego a entender-me?

Estácio não insistiu. Subiram a escada, atravessaram a varanda e entraram na sala de jantar, onde acharam Dona Úrsula dando as ordens daquele dia a dois escravos. Estácio entrou pensativo; Helena mudou totalmente de ar e maneiras. Alguns segundos antes era sincera a melancolia que lhe ensombrava o rosto. Agora regressara à jovialidade de costume. Dissera-se que a alma da moça era uma espécie de comediante que recebera da natureza ou da fortuna, ou talvez de ambas, um papel que a obrigava a mudar continuamente de vestuário. Dona Úrsula viu-a entrar risonha e ir a ela dar-lhe os costumados – *bons dias* – que eram sempre um beijo – ou antes dois –, um na mão, outro na face.

– Demorei-me muito? – perguntou ela voltando rapidamente o corpo, de maneira a ver o relógio que ficava do outro lado da sala. – Nove horas! Que passeio, senhor meu irmão!

Estácio olhava para ela silencioso e não lhe respondeu. Foram logo depois mudar de roupa, e o almoço reuniu a família. Dona Úrsula propôs, durante ele, algumas mudanças na disposição da chácara, mudanças que foram longamente discutidas com o sobrinho, e aceitas afinal por este. O dia estava sombrio e fresco; Dona Úrsula desceu à chácara com Estácio. As alterações foram ainda estudadas e combinadas no próprio terreno, com assistência do feitor. Logo que acabou a deliberação e que o projeto de Dona Úrsula foi definitivamente assentado, Estácio reteve-a e lhe disse:

– Preciso falar-lhe um instante.

– Também eu.

– Quais são os seus sentimentos atuais em relação a Helena? Oh! Não precisa franzir a testa nem fazer esse gesto de aborrecimento. Tudo são meras aparências. Não creio que seja absolutamente amiga dela; mas não pode negar que a antipatia desapareceu ou diminuiu muito.

– Diminuiu, talvez.

– E com razão. Pensa que também eu não tive repugnâncias, depois que ela aqui entrou? Tive-as; mas se não houvessem desaparecido, desapareceriam hoje de manhã.

– Como?

Estácio referiu à tia a cena do capítulo anterior e as palavras que lhe dissera Helena. Dona Úrsula sorriu ironicamente.

– Não a impressiona isto? – perguntou Estácio.

– Não – respondeu Dona Úrsula com decisão –; a frase de Helena é achada em algum dos muitos livros que ela lê. Helena não é tola; quer prender-nos por todos os lados, até pela compaixão. Não te nego que começo a gostar dela; é dedicada, afetuosa, diligente; tem maneiras finas e algumas prendas de sociedade. Além disso, é naturalmente simpática. Já vou gostando dela; mas é um gostar sem fogo nem paixão, em que entra boa dose de costume e necessidade. A presença de outra mulher nesta casa é conveniente, porque eu estou cansada. Helena preenche essa lacuna. Se alguma coisa, entretanto, a podia prejudicar nas nossas relações é esse dito.

Estácio tomou calorosamente a defesa da irmã.

– O que eu lhe contei – disse ele – foram apenas as palavras. Não pude nem poderei reproduzir a expressão sincera com que ela as proferiu, e a profunda tristeza que havia em seus olhos. Não lhe nego que, ao vê-la mudar tão depressa e entrar alegre na sala, senti tal ou qual abalo de dúvida, mas passou logo. Ela tem o poder de concentrar a amargura no coração; também a dor tem suas hipocrisias...

– Mas que dor? Que amargura? – interrompeu Dona Úrsula. – A dor de ser legitimada? A amargura de uma herança?

Estácio protestou calorosamente contra aquele caminho que a tia dava às suas ideias; enfim pediu-lhe que interrogasse com cautela a irmã.

– Um homem – concluiu ele – é menos apto para obter tais confissões; uma senhora, respeitável e parenta, está mais no caso de lhe captar a confiança e obter tudo. Quer incumbir-se desse delicado papel?

– Pedes muito – respondeu Dona Úrsula. – Verei se te posso dar metade disso. Era só o que tinhas para dizer?

– Só.

– Uma criancice! Eu tenho coisa mais séria. O dr. Camargo escreveu-me; trata-se...

– Não precisa dizer mais nada – interrompeu Estácio –; lá vem ele.

Camargo aparecera efetivamente a vinte passos de distância.

– Doutor – disse Dona Úrsula, logo que este se aproximou deles –, chega um pouco fora de propósito. Eu mal tive tempo de assustar meu sobrinho, que ainda não sabe o que o senhor lhe quer.

– Saberá agora; é só bastante que a senhora lhe diga que me aprova.

– Completamente.

– Trata-se... – disse Estácio.

– De uma conspiração; todos conspiramos em seu benefício.

Dona Úrsula retirou-se para casa; os dois ficaram sós. Uma vez sós, Camargo pousou a mão no ombro de Estácio, fitou-o paternalmente, enfim perguntou-lhe se queria ser deputado. Estácio não pôde reprimir um gesto de surpresa.

– Era isso? – disse ele.

– Creio que não se trata de um suplício. Uma cadeira na Câmara! Não é a mesma coisa que um quarto no Aljube[21]...

– Mas a que propósito...

– Esta ideia apoquentava-me há algumas semanas. Doía-me vê-lo vegetar os seus mais belos anos numa obscuridade relativa. A política é a melhor carreira para um homem em suas condições; tem instrução, caráter, riqueza; pode subir a posições invejáveis. Vendo isso, determinei metê-lo na Ca-

21. Cadeia do Aljube: localizada no centro do Rio de Janeiro, foi construída em 1733. Primeiramente uma prisão eclesiástica, passou a receber também presos políticos e ladrões. Foi desativada em 1856.

deia... Velha.[22] Fala-se em dissolução. Para facilitar-lhe o sucesso, entendi-me com duas influências dominantes. O negócio afigura-se-me em bom caminho.

Estácio ouviu com desagrado as notícias que lhe dava o médico.

– Mas, doutor – disse ele depois de curto silêncio –, houve de sua parte alguma precipitação. Pelo menos, devia consultar-me. Do modo por que arranjou as coisas, quase me acho desobrigado de lhe agradecer a intenção. Quanto a aceitar, não aceito.

Camargo não perdeu a tramontana[23]; deixou passar por cima da cabeça a primeira onda do desagrado, surgiu fora e insistiu tranquilamente:

– Vejamos as coisas com os óculos do senso comum. Em primeiro lugar, não creio que tenha outros projetos na cabeça...

– Talvez.

– Duvido que sejam mais vantajosos do que este. A ciência é árdua e seus resultados fazem menos ruído. Não tem vocação comercial nem industrial. Medita alguma ponte pênsil entre a Corte e Niterói, uma estrada até Mato Grosso ou uma linha de navegação para a China? É duvidoso. Seu futuro tem por ora dois limites únicos, alguns estudos de ciência e os aluguéis das casas que possui. Ora, a eleição nem lhe tira os aluguéis nem obsta a que continue os estudos; a eleição completa-o, dando-lhe a vida pública, que lhe falta. A única objeção seria a falta de opinião política: mas esta objeção não o pode ser. Há de ter, sem dúvida, meditado alguma vez nas necessidades públicas, e...

– Suponha – é mera hipótese – que tenho alguns compromissos com a oposição.

– Nesse caso, dir-lhe-ei que ainda assim deve entrar na Câmara – embora pela porta dos fundos. Se tem ideias especiais e partidárias, a primeira necessidade é obter o meio de as expor e defender. O partido que lhe der a mão – se não for o seu

22. A Cadeia Velha abrigava os presos do período colonial, entre eles, Tiradentes. Foi também, posteriormente, a sede da Câmara dos Deputados no Império.

23. Não se desnorteou, manteve a cabeça fria.

– ficará consolado com a ideia de ter ajudado um adversário talentoso e honesto. Mas a verdade é que não escolheu ainda entre os dois partidos; não tem opiniões feitas. Que importa? Grande número de jovens políticos seguem, não uma opinião examinada, ponderada e escolhida, mas a do círculo de suas afeições, a que os pais ou amigos imediatos honraram e defenderam, a que as circunstâncias lhes impõem. Daí vêm algumas legítimas conversões posteriores. Tarde ou cedo o temperamento domina as circunstâncias da origem, e do botão luzia ou saquarema nasce um magnífico lírio saquarema ou luzia.[24] Demais, a política é ciência prática; e eu desconto de teorias que só são teorias. Entre primeiro na Câmara; a experiência e o estudo dos homens e das coisas lhe designarão a que lado se deve inclinar.

Estácio ouviu atento essas vozes com que a serpente lhe apontava para a árvore da ciência do bem e do mal. Menos curioso que Eva[25], entrou a discutir filosoficamente com o réptil.

– Entra-se na política – disse ele – por vocação legítima, ambição nobre, interesse, vaidade, e até por simples distração. Nenhum desses motivos me impele a dobrar o cabo Tormentório...

– Da Boa Esperança[26] – emendou Camargo rindo –; não suprima três séculos de navegação.

Estácio riu também. Depois falou ao médico da sua índole e ambições. Não negava que tivesse ambições; mas nem só as havia políticas, nem todas eram da mesma estatura. Os espíritos, disse ele, nascem condores ou andorinhas, ou ainda outras espécies intermédias. A uns é necessário o horizonte vasto, a elevada montanha, de cujo cimo batem as asas e sobem a encarar o sol; outros contemplam-se com algumas

---

24. No reinado de Dom Pedro II, "saquaremas" eram os conservadores e "luzias" os liberais.

25. A personagem bíblica, primeira mulher da criação do mundo, tentada por uma serpente no Antigo Testamento.

26. No auge do período dos descobrimentos portugueses, foi um pesadelo navegar pela curva do tempestuoso Cabo das Tormentas, no extremo sul do continente africano. O cabo passou a ser chamado "da Boa Esperança" porque, vencido, abriu caminho para o sonho de chegar às Índias pelo mar.

longas braças de espaço e um telhado em que vão esconder o ninho. Estes eram os obscuros, e, na opinião dele, os mais felizes. Não seduzem as vistas, não subjugam os homens, não os menciona a História em suas páginas luminosas ou sombrias; o vão do telhado em que abrigaram a prole, a árvore em que pousaram, são as testemunhas únicas e passageiras da felicidade de alguns dias. Quando a morte os colhe, vão eles pousar no regaço comum da eternidade, onde dormem o mesmo perpétuo sono, tanto o capitão que subiu ao sumo estado por uma escada de mortos como o cabreiro[27] que o viu passar uma vez e o esqueceu duas horas depois. Suas ambições não eram tão ínfimas como seriam as do cabreiro; eram as do proprietário do campo que o capitão atravessasse. Um bom pecúlio, a família, alguns livros e amigos – não iam além seus mais arrojados sonhos.

Um sorriso de lástima foi a primeira resposta do médico.

– Meu caro Estácio – disse ele depois –, esse trocadilho de andorinhas e cabreiros é a coisa mais extraordinária que eu esperava ouvir a um matemático. Saiba que detesto igualmente a filosofia da obscuridade e a retórica dos poetas. Sobretudo, gosto que me respondam em prosa quando falo em prosa.

– Parece-lhe que poetei? – perguntou Estácio rindo.

– Despropositadamente! Ora, eu falo de coisas sérias; e convém não confundir alhos, que são a metade prática da vida, com bugalhos, que são a parte ideológica e vã.

– Eu serei ideólogo.

– Não tem direito de o ser.

– Pois bem, deixe-me com as minhas matemáticas, as minhas flores, as minhas espingardas.

– Não! Há de intercalar tudo isso com um pouco de política.

Puxando-o familiarmente pela gola do paletó, Camargo fê-lo sentar ao pé de si, no banco que ali estava mais próximo. Depois falou. O novo discurso foi o mais longo que proferiu em todos os seus dias. Nenhuma das vantagens da vida pública deixou de ser apontada com uma complacência de tentador; todas as glórias, pompas e satisfações da política, e não só as reais, mas as fictícias ou duvidosas, foram inventariadas, pintadas, douradas e iluminadas pelo médico. A palavra revelou

27. Pastor de cabras.

um poder de evocação, uma veemência, uma energia, que ninguém era capaz de supor-lhe. O taciturno desabrochou tagarela. Para falar tanto e com tal força era preciso que o animasse um grande sentimento ou um grande interesse.

Estácio, lisonjeado com a afeição que ele lhe mostrava, não teve ensejo de fazer essa reflexão. Nem se animou a repetir a recusa; adotou o alvitre de diferir a resposta para outra ocasião.

– Já lhe disse o que sinto a tal respeito. Contudo, estou pronto a refletir e a consultar o padre Melchior e Helena.

O nome de Helena produziu em Camargo uma careta interior. Exteriormente, não passou o efeito de um sorriso sardônico e dissimulado. Interveio uma pitada de rapé, que o médico inseriu lentamente, depois de a extrair de uma boceta de tartaruga[28], presente do conselheiro Vale.

– Helena! – disse ele com alguma hesitação. – Que vem fazer sua irmã neste negócio?

– É um voto – redarguiu Estácio –; e menos leve do que lhe parece. Há nela muita reflexão escondida, uma razão clara e forte, em boa harmonia com as suas outras qualidades feminis.

Entre as sobrancelhas de Camargo projetou-se uma longa ruga, e foi toda a expressão de seu espanto e desgosto. A resposta de Estácio revelara-lhe uma situação nova na família: o voto de Helena, consultivo agora, podia vir a ser preponderante. Essa solução, que porventura faria estremecer de alegria os ossos do conselheiro, não a previra o médico. Limitou-se a notá-la de si para si; e, terminando subitamente a conversa, disse:

– Consulte as pessoas de seu agrado. Quem não estiver com a minha opinião, não é seu amigo. Em todo o caso, ninguém lhe poderá afirmar que não é a amizade, a longa amizade...

Estácio cortou-lhe a palavra, apertando-lhe afetuosamente a mão. Tinham-se levantado. Era quase meio-dia; Camargo despediu-se ali mesmo; ia ver dois doentes no caminho da Tijuca. O filho do conselheiro atravessou sozinho a chácara; ia pensativo, e aborrecido. A política, na sua opinião, era uma noiva importuna; mas, se todos conspirassem a favor dela, não seria ele obrigado a desposá-la? A essa reflexão respondeu a voz do padre Melchior, do alto de uma janela:

---

28. Caixinha feita com casco de tartaruga.

– Venha cá, senhor deputado; quando teremos o seu primeiro discurso?

Capítulo VIII

Dona Úrsula tinha já confiado ao velho capelão a proposta de Camargo. Consultado por Estácio, respondeu o padre:

– Consulte as suas forças e a responsabilidade do cargo, e escolha.

– Já escolhi – disse Estácio –; pedia-lhe conselho para apoiar melhor a minha própria decisão. Não é esse o destino de todos os conselhos? Decidi que não aceito a candidatura. A vida política é turbulenta demais para o meu espírito. Estou pronto para a ação, mas não há de ser exterior. Dado o meu temperamento, que iria eu buscar à Câmara, além de algumas prerrogativas e um papel acessório? Eu só me meteria na política se pudesse oficiar; mas ser apenas sacristão...

– Entre o oficiante e o sacristão – observou Melchior – está o pregador, que é cargo nobre e influente.

– Mas o tema do sermão, padre-mestre? – retorquiu Estácio rindo –; falta-me o tema.

Dona Úrsula, a quem seduziam exclusivamente a posição e o rumor público em favor do sobrinho, viu naquelas razões um pretexto ou uma puerilidade. Defendeu, como pôde, a causa de Camargo; instou com o sobrinho para que refletisse maduramente, antes de qualquer resposta definitiva. Estácio prometeu como prometera ao médico, por simples condescendência; mas sobretudo para pôr termo ao assunto e ir saber a causa do sorriso quase imperceptível que viu roçar os lábios de Helena. A moça erguera-se e dirigira-se para uma das janelas; Estácio foi até ali.

– Adivinhei, pelo seu sorriso – disse ele –, que tudo isto lhe parece pueril, e que eu faço bem em não aceitar o que se me oferece.

Helena olhou um pouco espantada para ele, mas respondeu com tranquilidade:

– Pelo contrário, penso que deve aceitar. Além de haver consentimento de minha tia, parece ser um grande desejo do pai de Eugênia.

Era a primeira vez que Helena aludia ao amor de Estácio, e fazia-o por modo encoberto e oblíquo. Estácio escapou dessa vez à regra de todos os corações amantes: resvalou pela alusão e discutiu gravemente o assunto da candidatura. Era pesado demais para cabeça feminina; Helena intercalou uma observação sobre dois passarinhos que bailavam no ar, e Estácio aceitou a diversão, deixando em paz os eleitores.

Durante dois dias não saiu ele de casa. Tendo recebido alguns livros novos, gastou parte do tempo em os folhear, ler alguma página, colocá-los nas estantes, alterando a ordem e a disposição dos anteriores, com a prolixidade e o amor do bibliófilo. Helena ajudava-o nesse trabalho – um pouco parecido com o de Penélope[29] –, porque a ordem estabelecida ao meio-dia era às vezes alterada às duas horas, e restaurada na seguinte manhã. Estácio, entretanto, não ficava todo entregue aos livros; admirava a solicitude da irmã, a ordem e o cuidado com que ela o auxiliava. Helena parecia não andar; o vulto resvalava silenciosamente, de um lado para outro, obedecendo às indicações do irmão, ou pondo em experiência uma ideia sua. Estácio parava às vezes fatigado; ela continuava imperturbavelmente o serviço. Se ele lhe fazia algum reparo, a moça respondia erguendo os ombros ou sorrindo, e prosseguia. Então Estácio segurava-lhe nos pulsos e exclamava rindo:

– Sossega, borboleta!

Helena parava, mas eram só poucos minutos; volvia logo ao trabalho com a mesma serena agitação. Era assim que as horas se passavam na intimidade mais doce, e que a recíproca afeição ia excluindo toda a preocupação alheia; era assim que a influência de Helena assumia as proporções de voto preponderante.

No terceiro dia, Dona Tomásia e Eugênia foram jantar a Andaraí. Eugênia estava nesse dia mais sisuda e dócil que

---

29. Na mitologia grega e na *Odisseia*, de Homero, Penélope, mulher de Ulisses, fica cercada de pretendentes depois que o marido parte para a Guerra de Troia, para talvez não voltar. Ela alardeia que aceitaria um novo casamento assim que terminasse de fiar um bordado. Mas toda noite ela desfaz o tecido, e assim espera por anos a fio, até a volta de Ulisses.

nunca; dissera-se que trazia a alma tão nova como o vestido, e menos enfeitada que ele. Estácio sentiu-se satisfeito; o ideal reconciliava-se com o real. Puderam falar sozinhos, mais de uma vez; todas as pessoas da casa pareciam conspiradas para lhes deixar a solidão. Foi ela quem recordou a proposta política do pai, da qual soubera casualmente, ouvindo a narração que este fizera a Dona Tomásia. O desejo de Eugênia era pela afirmativa; e Estácio, receoso de despertar os caprichos adormecidos da moça, frouxamente resistiu, e consentiu ainda mais frouxamente em reconsiderar o assunto.

– Deputado! – exclamava Eugênia com os olhos no céu.

Estácio acompanhou Eugênia e Dona Tomásia na carruagem que as levou ao Rio Comprido. O dia fora mais ou menos alegre; a viagem foi divertida e palreira como um regresso de romaria. Os cavalos mostravam-se tão lépidos como as pessoas que iam no carro, e encurtaram alguns minutos o caminho, com desgosto de Eugênia.

Voltando a Andaraí, Estácio trazia a alma pura de todas as más impressões que lhe deixavam usualmente as visitas à casa de Camargo. Nenhum dissentimento houvera naquele dia. Eugênia parecia modificada. Em casa esperava-o, porém, uma desagradável notícia: a tia sentira-se incomodada pouco depois que ele saíra e recolhera-se ao quarto. O caso afligiu-o, mas não tardou a aparecer Helena, que o tranquilizou, dizendo-lhe que Dona Úrsula tinha apenas uma forte dor de cabeça, já diminuída com o emprego de um remédio caseiro.

No dia seguinte de manhã, informado de que a tia dormia sossegadamente, Estácio abriu uma das janelas do quarto e relanceou os olhos pela chácara. A alguns passos de distância, entre duas laranjeiras, viu Helena a ler atentamente um papel. Era uma carta, longa de todas as suas quatro laudas escritas. Seria alguma mensagem amorosa?

Essa ideia molestou-o muito. Afastou-se da janela, conchegou as cortinas, e pela fresta procurou observar a irmã. Helena estava de pé, no mesmo lugar, e percorria rapidamente as linhas, até ao final da última página. Ali chegando, deu dois passos, tornou a parar, volveu ao princípio da carta, para a ler de novo, não já depressa, mas repousadamente. Estácio sentiu-se movido de imperiosa curiosidade, à qual vinha misturar-se uma sombra de despeito e ciúme. A ideia de que Helena podia repartir o coração com outra pessoa desconsolava-o, ao mesmo tempo que o irritava. A razão de semelhante exclusivismo não a explicou ele, nem tentou investigá-la; sentiu-lhe somente os efeitos, e ficou ali sem saber que faria. Duas vezes saiu da janela para ir ter com a irmã, mas recuou de ambas, refletindo que a curiosidade pareceria impolidez, se não era talvez tirania. Ao cabo de alguns minutos de hesitação, saiu do quarto e dirigiu-se à chácara.

Quando ali chegou, Helena passeava lentamente, com os olhos no chão. Estácio parou diante dela.

– Já fora de casa! – exclamou em tom de gracejo.

Helena tinha a carta na mão esquerda; instintivamente a amarrotou como para escondê-la melhor. Estácio, a quem não escapou o gesto, perguntou-lhe rindo se era alguma nota falsa.

– Nota verdadeira – disse ela, alisando tranquilamente o papel, e dobrando-o conforme recebera –; é uma carta.

– Segredos de moça?

– Quer lê-la? – perguntou Helena, apresentando-lha.

Estácio fez-se vermelho e recusou com um gesto. Helena dobrou lentamente o papel e guardou-o na algibeira do vestido. A inocência não teria mais puro rosto; a hipocrisia não encontraria mais impassível máscara. Estácio contemplava-a, a um tempo envergonhado e suspeitoso; a carta fazia-lhe cócegas; o olhar ambicionava ser como o da Providência que penetra nos mais íntimos refolhos[30] do coração. Vieram, entretanto, dizer a Helena que Dona Úrsula lhe pedia fosse ter com ela. Estácio ficou só. Uma vez só, entregou-se a um inquérito mental sobre a procedência da misteriosa missiva. Um indício havia de que podia conter alguma coisa secreta; era o gesto com que ela a escondeu. Mas não podia ser de alguma antiga companheira do colégio, que lhe confiava segredos seus? Estácio abraçou com alvoroço essa hipótese. Depois, ocorreu-lhe que, ainda provindo de uma amiga, a carta podia tratar de algum idílio de colégio, em que Helena fosse protagonista, idílio vivo ou

30. Dobras, pregas, recantos.

morto, página de esperança ou de saudade. Ainda nesse caso, que tinha ele com isso?

Fazendo essa última reflexão, Estácio sacudiu do espírito o assunto e seguiu a examinar as novas obras da chácara, entre as quais figurava um vasto tanque. Já ali estavam os operários; ia começar o trabalho do dia. Estácio viu a obra feita e deu várias indicações novas. Algumas eram contrárias ao plano assentado; como lhe fizessem tal observação, Estácio retificou-as. Depois admirou-se de não ver um vaso, que aliás dois dias antes mandara remover; enfim, recomendou a rega de uma planta, ainda úmida da água que o feitor lhe deitara nessa manhã.

Dona Úrsula não estava de todo boa, mas pôde almoçar à mesa comum. O sobrinho apareceu aborrecido, a sobrinha triste; o diálogo foi mastigado como o almoço. No fim deste, recebeu Estácio uma carta de Eugênia. Era uma tagarelice meio frívola, meio sentimental, mistura de risos e suspiros, sem objeto definido a não ser pedir-lhe que escrevesse se não pudesse ir vê-la.

Acabava ele de ler a carta, quando Helena lhe apareceu à porta do gabinete. Não a escondeu; lembrou-lhe mostrá-la à irmã, na esperança de que esta, pagando-lhe com igual confiança, lhe mostrasse a sua. Helena percorreu com os olhos a carta de Eugênia e esteve algum tempo silenciosa.

– Permite-me um conselho? – perguntou ela.

E como Estácio respondesse com um gesto de assentimento:

– Vá ter com Eugênia, solicite licença para ir pedi-la a seu pai, e conclua isso quanto antes. Não é verdade que se amam? Dela creio poder afirmar que sim; de você...

– De mim?

– Penso que é mais duvidoso; ou você é mais hábil. Há de ser isso. Naturalmente parece-lhe fraqueza amar – isto é, a coisa mais natural do mundo – a mais bela – não direi a mais sublime. Os homens sérios têm preconceitos extravagantes. Confesse que ama, que não é indiferente a esse sentimento inexprimível que liga, ou para sempre, ou por algum tempo, duas criaturas humanas.

"Ou por algum tempo!", repetiu mentalmente Estácio.

E essas quatro palavras, tão naturais e tão comuns, tinham ares de uma revelação nova no estado de espírito em que ele se achava. Se Helena tivesse propósito de lhe lançar a perplexidade na alma, não empregaria mais eficaz conceito. Seria na verdade aquele amor, tão travado de desânimos, dissentimentos e alternativas, tão discutido em seu próprio coração, uma afeição destinada a perecer no ocaso da primeira lua matrimonial?

– Pois sim – concordou ele, ao cabo de alguns instantes –, é verdade. Eugênia não me é indiferente; mas poderei estar certo dos sentimentos dela? Ela mesma poderá afirmar alguma coisa a tal respeito? Há ali muita frivolidade que me assusta; ilude-a, talvez, uma impressão passageira.

– Pode ser; mas ao marido cabe a tarefa de fixar essa impressão passageira... O casamento não é uma solução, penso eu; é um ponto de partida. O marido fará a mulher. Convenho que Eugênia não tem todas as qualidades que você desejaria; mas, não se pode exigir tudo: alguma coisa é preciso sacrificar, e do sacrifício recíproco é que nasce a felicidade doméstica.

As reflexões eram exatas; por isso mesmo Estácio as interrompeu. O filho do conselheiro achava-se numa posição difícil. Caminhara para o casamento com os olhos fechados; ao abri-los, viu-se à beira de uma coisa que lhe pareceu abismo, e era simplesmente um fosso estreito. De um pulo poderia transpô-lo; mas, se não era irresoluto nem débil, tinha ele acaso vontade de dar esse salto?

Insistindo Helena, prometeu ele que nessa tarde iria visitar Camargo. De tarde desabou um temporal violento. A força do vento e da trovoada abrandou; mas a chuva continuou a cair com a mesma violência; era impossível ir ao Rio Comprido. Estácio estimou aquele obstáculo; era melhor adorar de longe a imagem da moça do que ir colher algum desgosto junto a ela.

De pé, encostado a uma das vidraças da sala de visitas, via cair as grossas toalhas de água. Ao lado estava sentada Helena, não alegre, mas taciturna e melancólica.

– É tão bom ver chover quando estamos abrigados! – exclamou ele. – Tenho lá na estante um poeta latino que diz alguma coisa nesse sentido... Que tem você?

– Estou pensando nos que não têm abrigo ou o têm mau; nos que não têm, neste momento, nem tetos sólidos nem corações amigos ao pé de si.

A voz da moça era trêmula; uma lágrima lhe brotou dos olhos, tão rápida que ela não teve tempo de a dissimular. Surpreendida nessa manifestação de sensibilidade, inexplicável talvez para o irmão, ergueu-se e procurou gracejar e rir. O riso parecia uma cristalização da lágrima, e o gracejo tinha ares de responso. Estácio não se iludiu; nada daquilo era claro, ou era tão claro como a carta. O olhar, severo e frio, interrogou mudamente a moça. Helena, que tivera tempo de se tranquilizar, voltou o rosto para a rua, e começou a rufar com os dedos na vidraça.

Capítulo IX

Naquela mesma noite, Dona Úrsula, que não havia de todo melhorado, adoeceu deveras. A família, mal convalescida da perda do velho chefe, via-se agora ameaçada de uma nova dor, em todo o caso, exposta a novos receios. O dr. Camargo declarou que o caso era grave, e deu princípio a rigoroso tratamento.

Helena era naquela ocasião a natural enfermeira. Pela primeira vez patenteou-se em todo o esplendor a dedicação filial da moça. Horas do dia, e não poucas noites inteiras, passava-as na alcova de Dona Úrsula, atenta a todos os cuidados que a gravidade da enferma exigia. Os remédios e o pouco alimento que esta podia receber não lhe eram dados por outras mãos. Helena velava à cabeceira, durante o sono leve e interrompido da doente, achando em suas próprias forças a resistência que a natureza confiou especialmente às mães. Quando dava algum repouso ao corpo, não era ele ininterrupto nem longo; e mais de uma vez, alta noite, erguia-se do leito, colocado provisoriamente no quarto contíguo, para ir espreitar a mucama que, em seu lugar, acompanhava a enferma. As prescrições do médico era ela que as recebia e cumpria. A voz seca e dura com que Camargo lhe falava não era própria a torná-lo amável e aceito; mas Helena cerrava os ouvidos à antipatia do homem para só obedecer ao médico. Este não tinha outra pessoa a quem interrogasse acerca dos fenômenos da doença, nem podia achar quem melhor o observasse e referisse; força lhe era aceitá-la. Assim, essas duas pessoas que se repeliam e detestavam iam de acordo, desde que se tratava da vida de um terceiro.

O que completava a pessoa de Helena, e ainda mais lhe mereceu o respeito de todos, é que, no meio das ocupações e preocupações daqueles dias, não fez padecer um só instante a disciplina da casa. Ela regeu a família e serviu a doente, com igual desvelo e benefício. A ordem das coisas não foi alterada nem esquecida fora da alcova de Dona Úrsula; tudo caminhou do mesmo modo que antes, como se nada extraordinário se houvesse dado. Helena sabia dividir a atenção sem a dispersar.

De si é que ela não curou muito. O vestido era singelo. Os cabelos, colhidos à pressa e presos por um pente no alto da cabeça, não receberam, em todo aquele tempo, a forma elegante e graciosa com que ela os sabia realçar. Acrescia o abatimento, que era impossível evitar no meio de tanta fadiga, certo cansaço dos olhos, que os fazia moles e talvez mais adoráveis, um rosto sem riso nem viveza, um silêncio atento e laborioso.

A doença durou cerca de vinte dias. Afinal, venceu a própria natureza de Dona Úrsula, robusta apesar dos anos. A convalescença começou; com ela volveu a satisfação da família. O papel de Helena não estava acabado; diminuía, contudo, e Estácio interveio para que a irmã tivesse, enfim, alguns dias de absoluto repouso. Ela recusou, dizendo que o repouso perdido aos poucos seria aos poucos recuperado.

Havia no coração de Dona Úrsula uma fonte de ternura, que Helena devia tocar, para jorrar livre e impetuosamente. A dedicação, em tal crise, foi a vara misteriosa daquele Horeb.[31] A afeição da tia era até então frouxa, voluntária e deliberada. Depois da moléstia, avultou espontânea. A experiência do caráter da moça dera esse resultado inevitável. Toda a prevenção cessou; a gratidão da vida ligou fortemente o que tantas circunstâncias anteriores pareciam separar. Não o ocultou a irmã do conselheiro; já não tinha acanhamento nem reserva,

31. Da Bíblia: na fuga do Egito com os judeus, Moisés bate na rocha do Monte Horeb (ou Sinai) com uma vara, e dali jorra água para a sede do povo.

as palavras subiam do coração à boca sem atenuação nem cálculo; fez-se carinhosa e mãe.

No dia em que ela pôde sair do quarto pela primeira vez, Helena deu-lhe o braço e levou-a até à sala de costura e das reuniões íntimas. Estácio amparou-a do outro lado. Ali chegando, foi ela sentada numa poltrona. Estácio abriu um pouco a janela, para penetrar, além da luz, um pouco de ar. Dona Úrsula respirou à larga, como lavando o pulmão com aquela primeira onda de vida. Depois, segurando as mãos de Helena, que ficara de pé a seu lado, fê-la inclinar a fronte, e imprimiu-lhe um beijo longo e verdadeiramente maternal. Estácio aproximara-se; aquela manifestação encheu-o de júbilo.

– Bem merecido beijo! – exclamou ele. – Helena foi um anjo em todo este tempo.

– Bem sei – retorquiu Dona Úrsula –; foi um verdadeiro anjo, foi mulher, mãe e filha. Obrigada, Helena! Pode ser que a medicina tenha ajudado a cura, mas o principal mérito é só teu.

Helena abraçou a convalescente.

– Estácio – disse esta –, agradece à tua irmã, como eu fiz.

Estácio inclinou-se para Helena, a fim de lhe pousar na fronte o casto ósculo de irmão. Não o conseguiu, porque Helena, desviando o busto, estendeu-lhe sorrindo a mão esquerda e disse:

– Não foi serviço que merecesse tanta paga; basta um aperto de mão e o afeto de todos.

Estácio apertou-lhe a mão, e sentiu-lha trêmula. Aquele movimento de castidade não lhe pareceu exagerado nem descabido; achou-a assim mais bela. Uma criatura tão ciosa de si mesma, que nem admitia a carícia do irmão, não era digna de honrar o nome da família?

A convalescença de Dona Úrsula foi lenta, e não a houve mais rodeada de cuidados e atenções. Os dois sobrinhos não a deixaram um instante sozinha, e inventaram toda a sorte de recreio com que pudessem distraí-la: jogos de família ou leitura, música ou simples palestra íntima. Uma vez, lembraram-se de representar, só para ela, uma comédia de duas pessoas. Outra vez, Helena organizou um sarau musical, em que tomaram parte Eugênia Camargo e mais três moças da vizinhança. Foi a primeira vez que a ouviram cantar. O sucesso não podia ser mais completo. Como o aplauso que lhe deram pareceu desconsolar um pouco a filha do médico, Helena preparou-lhe habilmente um triunfo, fazendo-a executar ao piano uma composição brilhante, sua favorita. Estácio, que quase não tirava os olhos da irmã, percebeu-lhe a intenção, e disse-lho. Helena esquivou-se à alusão; mas, insistindo ele:

– Não há nada que admirar – disse ela –; Eugênia toca perfeitamente; era justo que também fosse aplaudida. Se há arte no que fiz, parece-me que é a mais singela do mundo. O melhor modo de viver em paz é nutrir o amor-próprio dos outros com pedaços do nosso. Mas, olhe; Eugênia nem precisa disso; tem a primazia da beleza. Veja se há criatura mais deliciosa.

Estácio dirigiu os olhos para onde Helena lhe indicava. Era um grupo de duas moças e dois rapazes. Eugênia, pelo braço de um deles, estava de pé, ouvindo sem atender as palavras que ali diziam, porque os olhos inquietos derramavam-se-lhe por toda ela e pela sala. Admirava-se e espreitava a admiração dos outros. A figura era realmente graciosa; mas Estácio quisera-a mais inconsciente, menos preocupada do efeito que produzia.

– Há cem belezas como aquela – disse ele.

– Estácio! – exclamou Helena com ar de repreensão.

– A beleza é como a bravura; vale mais se não a metem à cara dos outros.

– Você é um ingrato.

Naquela noite ficou mais patente que nunca a preponderância ganha por Helena, que se tornara a verdadeira dona da casa, a diretora ouvida e obedecida. Dona Úrsula cedera, em poucas semanas, o que lhe negara durante meses.

Por que razão, pensando em todas as coisas, não conseguira ela apressar o casamento de Estácio? Estácio continuava a hesitar, a recuar, a adiar; pedia tempo para refletir. Ia agora menos ao Rio Comprido; os dias, quase todos, eram desfiados no remanso da família. Mas Helena insistiu tanto que ele prometeu fazer o solene pedido no primeiro dia do ano.

Estácio não havia esquecido a carta lida pela irmã; entretanto, por mais que a espreitasse e estudasse, nada descobria que lhe fizesse supor afeição encoberta. Nenhum dos homens que iam ali – e eram poucos – parecia receber de Helena mais do que a cortesia comum. Dona Úrsula, a quem ele incumbira de interrogar a irmã acerca das palavras que esta lhe dissera na manhã do primeiro passeio, não obteve resposta mais decisiva.

A promessa de ir pedir Eugênia, fê-la Estácio na segunda semana de dezembro, em uma noite sem visitas, que eram as melhores noites para ele. No dia seguinte de manhã, erguendo-se tarde, soube que Helena saíra a cavalo.

– Sozinha?

– Com o Vicente.

Vicente era o escravo que, como sabemos, se afeiçoara, primeiro que todos, a Helena; Estácio designara-o para servi-la. A notícia do passeio não lhe agradou. O tempo andava com o passo do costume, mas à ansiedade do mancebo afigurava-se mais longo. Estácio chegava à janela, ia até o portão da chácara, com ar de aparente indiferença, que a todos iludia, a começar por ele próprio. Numa das vezes em que voltou à casa, achou levantada Dona Úrsula; falou-lhe; Dona Úrsula sorriu com tranquilidade.

– Que tem isso? – disse ela. – Já uma vez saiu a passeio com o Vicente e não aconteceu nada.

– Mas não é bonito – insistiu Estácio. – Não está livre de um ato de desatenção.

– Qual! Toda a vizinhança a conhece. Demais, Vicente já não é tão criança. Tranquiliza-te, que ela não tarda. Que horas são?

– Oito.

– Dez ou quinze minutos mais. Parece-me que já ouço um tropel...

Os dois estavam na sala de jantar; passaram à varanda, e viram efetivamente entrar no terreiro Helena e o pajem. Helena deu um salto e entregou a rédea de Moema ao pajem, que acabava de apear-se. Depois subiu a escada da varanda. Ao colocar o pé no primeiro degrau, deu com os olhos no irmão e na tia. Fez-lhes um cumprimento com a mão, e subiu a ter com eles.

– Já de pé! – exclamou abraçando Dona Úrsula.

– Já, para lhe ralhar – disse esta sorrindo. – Que ideia foi essa de bater a linda plumagem? É a segunda vez que você se lembra de sair sem o urso do seu irmão.

– Não quis incomodar o urso – replicou ela voltando-se para Estácio. – Tinha imensa vontade de dar um passeio, e Moema também. Apenas hora e meia.

Aquele dia foi o de maior tristeza para a moça. Estácio passou quase todo o tempo no gabinete; nas poucas ocasiões em que se encontraram, ele só falou por monossílabos, às vezes por gestos. De tarde, acabado o jantar, Estácio desceu à chácara. Já não era só o passeio de Helena que o mortificava; ao passeio juntava-se a carta. Teria razão a tia em suas primeiras repugnâncias? Como ele fizesse essa pergunta a si mesmo, ouviu atrás de si um passo apressado e o farfalhar de um vestido.

– Está mal comigo? – perguntou Helena com doçura.

Ao ouvir-lhe a voz, fundiu-se a cólera do mancebo. Voltou-se; Helena estava diante dele, com os olhos submissos e puros. Estácio refletiu um instante.

– Mal? – disse ele.

– Parece que sim. Não me fala, não se importa comigo, anda carrancudo... Seria por eu sair de manhã?

– Confesso que não gostei muito.

– Pois não sairei mais.

– Não; pode sair. Mas está certa de que não corre nenhum perigo indo só com o pajem?

– Estou.

– E se eu lhe pedir que não saia nunca sem mim?

– Não sei se poderei obedecer. Nem sempre você poderá acompanhar-me; além disso, indo com o pajem, é como se fosse só; e meu espírito gosta, às vezes, de trotar livremente na solidão.

– Naturalmente a pensar de coisas amorosas... – acrescentou Estácio cravando os olhos interrogadores na irmã.

Helena não respondeu; tomou-lhe o braço e os dois seguiram silenciosamente uns dez minutos. Chegando a um banco de madeira, Estácio sentou-se; Helena ficou de pé diante dele. Olharam um para outro sem proferir palavra; mas o lábio de Estácio tremera duas ou três vezes como hesitando no que ia dizer. Por fim, o moço venceu-se.

– Helena – disse ele –, você ama.

A moça estremeceu e corou vivamente; olhou em volta de si, como assustada, e pousou as mãos nos ombros de Estácio. Refletiu ela no que disse depois? É duvidoso; mas a voz, que nessa ocasião parecia concentrar todas as melodias da palavra humana, suspirou lentamente:

– Muito! Muito! Muito!

Estácio empalideceu. A moça recuou um passo, e, trêmula, pôs o dedo na boca, como a impor-lhe silêncio. A vergonha flamejava no rosto; Helena voltou as costas ao irmão e afastou-se rapidamente. Ao mesmo tempo, a sineta do portão era agitada com força, e uma voz atroava a chácara:

– Licença para o amigo que vem do outro mundo!

Capítulo X

Estácio dirigiu-se ao portão. Abriu-o; um moço que ali estava entrou precipitadamente. Era Mendonça. Os dois mancebos lançaram-se nos braços um do outro. Helena, a alguma distância, presenciou aquela efusão, e não lhe foi difícil adivinhar quem era o recém-chegado.

A efusão cessou, ou antes interrompeu-se, para repetir-se. Quando os dois rapazes se julgaram assaz abraçados, tomaram o caminho da casa. Helena, que estava um pouco adiante deles, foi apresentada a Mendonça. Ao ouvir que era irmã de Estácio, Mendonça ficou espantado. Cortejou cerimoniosamente a moça, e os dois seguiram até a casa, onde pouco depois entrou Helena.

Mendonça era da mesma estatura que Estácio, um pouco mais cheio, ombros largos, fisionomia risonha e franca, natureza móbil e expansiva. Vestia com o maior apuro, como verdadeiro parisiense que era, arrancado de fresco ao *grand boulevard*, ao café Tortoni e às récitas do Vaudeville.[32] A mão larga e forte calçava fina luva cor de palha, e sobre o cabelo, penteado a capricho, pousava um chapéu de fábrica recente.

---

32. Referências a lugares da moda da capital francesa, como o Teatro Vaudeville.

Estácio, antes de entrar, explicou ao amigo a situação de Helena, cujas qualidades e educação louvou, com o fim de lhe fazer compreender o respeito e a afeição que ela de todos merecia. Helena adivinhou esse trabalho preparatório do irmão, logo que entrou na sala.

Mendonça divertiu a família uma parte da noite, contando os melhores episódios da viagem. Era narrador agradável, fluente e pinturesco, dotado de grande memória e certa força de observação. Espírito galhofeiro, achava facilmente o lado cômico das coisas e mais se comprazia em dizer os acidentes de um jantar de hotel ou de uma noite de teatro que em descrever as belezas da Suíça ou os destroços de Roma.

A visita durou pouco mais de hora. Estácio quis acompanhá-lo até a cidade; ele não consentiu que fosse além do portão. Atravessando a chácara, falaram do passado, e um pouco do futuro, a trechos soltos, como o lugar e a ocasião lhes permitiam. Mendonça, vendo que Estácio não tocava em um ponto essencial, foi o primeiro que o aventou.

– Falaste-me em uma de tuas cartas de certa Eugênia...

– A filha do Camargo.

– Justo. Negócio roto?

– Quase terminado.

– Terminado... na igreja, suponho?

– Tal qual.

– Quando?

– Brevemente.

– Marido, enfim! Era só o que te faltava. Nasceste com a bossa conjugal, como eu com a bossa viajante, e não sei qual de nós terá razão.

– Talvez ambos.

– Creio que sim. Tudo depende do gosto de cada um. O casamento é a pior ou a melhor coisa do mundo; pura questão de temperamento. Eu vi algumas vezes essa moça; era então muito menina. Não te pergunto se é um anjo...

– É um anjo.

– Como todas as noivas. Feliz Estácio! Segues a carreira de tua vocação, enquanto que eu...

– Tu?

– Interrompo a minha, e talvez para sempre. Preciso cuidar da vida; não sou capitalista, nem meu pai tampouco. Adeus, viagens!

– Tanto melhor! Arranjo-te noiva. Não é a tua vocação, mas não serás o primeiro que a erre, sem que daí venha mal ao mundo.

– Pois arranja lá isso... Em todo caso não será tua irmã.

– Oh! Não – disse vivamente Estácio.

– Na verdade, é bonita; mas... se permites a franqueza de outrora, acho-lhe uma costela de desdém...

– Que ideia! É a mais afável criatura do mundo. Verás mais tarde; hoje estava, talvez, preocupada. Em todo o caso, não havias de querer que ela saltasse a dançar contigo na sala, de mais a mais sem música.

Mendonça acabava de acender um charuto; apertou a mão de Estácio e saiu. Estácio acordou de um sonho. A realidade pôs-lhe as mãos de chumbo e repetiu-lhe ao ouvido a confissão interrompida de Helena. Ansioso por saber o resto, entrou ele imediatamente em casa. A diligência foi estéril, porque a irmã se recolhera ao quarto. Estácio imitou-a. Era forçoso esperar uma noite inteira, demora que o afligia, porque, dizia ele consigo mesmo, cumpria-lhe velar pela sorte de Helena, como irmão e chefe de família, indagar de seus sentimentos, e ordenar o que fosse melhor. Uma noite não era muito; contudo, a preocupação retardou-lhe o sono. A confissão súbita, lacônica e eloquente da irmã ficara-lhe no espírito, como se fora o eco perpétuo de uma voz extinta.

Nem no dia seguinte, nem nos subsequentes alcançou o que esperava. Helena ou evitava ficar a sós com ele, ou esquivava-se a maior explicação. Nos passeios matinais, que eram frequentes, procurou Estácio, mais de uma vez, tratar do assunto que o preocupava. Helena ouvia com um sorriso, e respondia com um gracejo; depois, dava de rédea à conversação e galopava na direção oposta. Como a fantasia era campo vasto, nunca mais o moço lograva trazê-la ao ponto de partida.

Um dia, a insistência de Estácio teve tal caráter de autoridade, que pareceu constranger e molestar Helena. Ela replicou com um remoque; ele redarguiu com uma advertência áspera. Iam ambos a pé, levando os animais pela rédea. Ouvindo a palavra do irmão, Helena susteve o passo, e fitou-o com um olhar digno, um desses olhares que parecem vir das estrelas, qualquer que seja a estatura da pessoa. Estácio possuía estas duas coisas, a retratação do erro e a generosidade do perdão. Viu que cedera a um mau impulso, e confessou-o; mas confessou-o com palavras tais que Helena travou-lhe da mão e lhe disse:

– Obrigada! Se me não dissesse isso, ver-me-ia disparar por este caminho fora até o fim do mundo ou até o fim da vida.

– Helena!

– Oh! Não é vão melindre, é a própria necessidade da minha posição. Você pode encará-la com olhos benignos; mas a verdade é que só as asas do favor me protegem... Pois bem, seja sempre generoso, como foi agora; não procure violar o sacrário[33] da minha alma. Não insista em pedir a explicação de palavras mal pensadas e ditas em má hora...

– Mal pensadas? Pode ser; mas por isso é que são verdadeiras; se você tivesse tempo de as meditar, guardá-las-ia consigo, avara de seus segredos e suspeitosa de corações amigos. Meu fim era somente ajudá-la a ser venturosa, destruir...

– É tarde! – interrompeu a moça, consultando o reloginho preso à cintura. – Vamos?

Estácio sorriu melancolicamente; ofereceu-lhe o joelho, ela pousou nele o pezinho afilado e leve e saltou no selim. A volta foi menos alegre do que costumava ser. Eles falavam, mas a palavra vinha aos lábios como uma onda vagarosa e surda; nenhuma cólera, mas nenhuma animação. Assim correu aquele dia; assim correriam outros, se não fora a vara mágica de Helena. O natural influxo era tão forte que o irmão voltou desde logo às boas, sendo as melhores horas as que passava ao pé dela, a escutá-la e a vê-la, ambos contentes e felizes. O episódio da confissão vinha às vezes, como hóspede importuno, projetar entre eles o nebuloso perfil; mas o espírito de Estácio repelia-o, e a alegria da irmã fazia o resto.

---

33. O lugar mais recôndito e sagrado.

Entretanto, graças ao amigo recém-chegado, o filho do conselheiro saiu um pouco de suas regras habituais, e começou a provar alguma coisa mais da vida exterior. Mendonça buscava realizar, em miniatura, o seu esvaído ideal parisiense; havia nele o movimento, a agitação, a galhofa, que absolutamente faltavam a Estácio, e vieram dar-lhe à vida a variedade que ela não tinha. Alguns espetáculos e passeios, uma ou outra ceia alegre, tal foi o programa de uma parte ínfima da existência de Estácio. Para contrastar com ela, tinha ele as manhãs do Andaraí e algumas noites do Rio Comprido. Ao amigo e à sua consciência, dizia o moço que estava a despedir-se da liberdade.

A influência de Mendonça estendeu-se à própria casa de Estácio. Mendonça gostava sobretudo da variedade no viver; não tolerava os mesmos prazeres nem os mesmos charutos; para os apreciar tinha necessidade de os alternar frequentemente. Se fosse possível, era capaz de fazer-se monge durante um mês, antes do carnaval, trocar o hábito por um dominó[34], e atar as últimas notas das matinas com os prelúdios da contradança. A fidelidade à moda custava-lhe um pouco, quando esta não ia a passo com a impaciência. Em sua opinião, o que distinguia o homem do cão era a faculdade de fazer que uma noite se não parecesse com outra. O Rio de Janeiro não lhe oferecia a mesma variedade de recursos que Paris; tendo o gênio inventivo e fértil, não lhe faltaria meio de fugir à uniformidade dos hábitos.

O pior que lhe acontecia era a disparidade entre os desejos e os meios. Filho de um comerciante, apenas remediado, não teria ele podido realizar a viagem à Europa nas proporções largas em que o fez, a não ser a intervenção benéfica de uma parenta velha, que se incumbira de lhe ministrar os recursos de que ele carecesse durante aquela longa ausência. Nem a parenta continuaria a abrir-lhe a bolsa, nem o pai queria criar-lhe hábitos de ociosidade. Tratava este, portanto, de obter-lhe um emprego público. Mendonça estava longe de recusar; pedia somente que o emprego o não deslocasse da Corte.

34. Traje longo e leve, usado como fantasia de carnaval ou em baile de máscaras.

Inquieto, amigo da vida ruidosa e fácil, inteligente sem largos horizontes, possuindo apenas a instrução precisa para desempenhar-se regularmente de qualquer comissão de certa ordem, Mendonça, com todos os seus defeitos e boas qualidades, era homem agradável e aceito. Os defeitos eram antes do espírito do que do coração. A variedade que ele pedia para as coisas externas e de menor tomo, não a praticava em suas afeições, que eram geralmente inalteráveis e fiéis. Era capaz de sacrifício e dedicação; sobretudo se lhe não pedissem o sacrifício deliberado ou a dedicação refletida, mas aquele que exige uma circunstância imprevista e súbita.

Não admira que a presença de tal homem viesse modificar o tom da sociedade de que era centro a família de Estácio, quando ele ali fazia alguma aparição. Era o sal daquela terra. Não tinha a rijeza do figurino, nem o ar do estrangeirado. A tesoura do alfaiate não lhe dissimulara a índole expansiva e franca. Acolhido como um filho, achava ali uma porção de casa. Que melhor aspecto podia ter a vida em tais condições, naquela família ligada por um sentimento de amor?

A noite do último dia do ano veio turvar a limpidez das águas.

Capítulo XI

Naquele dia fazia anos Estácio, e Dona Úrsula assentara receber algumas pessoas a jantar, e outras mais à noite, em reunião íntima. Ela e Helena tomavam a peito fazer que a pequena festa de família fosse digna do objeto. Estácio opinou pela supressão do sarau; mas era difícil alcançar a desistência de corações que o amavam.

Logo de manhã, como ele se levantasse cedo, encontrou Helena, que o convidou a segui-la à sala de costura.

– Quero dar-lhe o meu presente de anos – disse ela.

Ali entrados, abriu a moça uma pasta de desenhos, na qual havia um só, mas significativo: era uma parte da estrada de Andaraí, a mesma por onde eles costumavam passear, mas com algumas particularidades do primeiro dia. Dois cavaleiros, ele e ela, iam subindo a passo lento; ao longe e acima via-se a velha casa da bandeira azul; no primeiro plano, desciam o preto e as mulas. Por baixo do desenho uma data: *25 de julho de 1850*.

Estácio não pôde conter um gesto de admiração, quando a moça retirou de cima do desenho a folha de papel de seda que o cobria. Apertou a mão de Helena e examinou o trabalho. Notou a firmeza das linhas, a exação das circunstâncias locais, as impressões de uma hora fugitiva que o lápis da irmã tivera a arte de fixar no papel.

– Não podia fazer-me presente melhor – disse ele –; dá-me uma parte de si mesma, um fruto de seu espírito. E que fruto! Não há muita moça que desenhe assim. Era talvez por isso que você saía algumas vezes sozinha com o pajem?

Estácio contemplou ainda instantes o desenho; depois levou-o aos lábios. O beijo acertou de cair na cabeça da cavaleira. Foi o original que corou.

– Andavam a gabar os meus talentos – disse Helena após um instante –; tive a vaidade de dar uma pequena amostra...

– Excelente amostra! Não acha, titia? – disse o moço a Dona Úrsula, que nesse instante aparecera à porta, trazendo o seu presente, numa bocetinha de joalheiro.

Dona Úrsula não tinha, decerto, o instinto da arte; mas o amor da família lhe ensinara uma estética do coração, e essa bastou a fazê-la admirar o trabalho de Helena.

– Mas que digo eu todos os dias? – exclamou Dona Úrsula. – Esta pequena sabe tudo!

– Quase tudo – emendou Helena –; ignoro, por exemplo, como lhes hei de agradecer...

– O quê, tontinha? – interrompeu a tia. – Algum disparate, naturalmente, impróprio em qualquer dia, mas muito mais ainda no dia de hoje.

Enquanto as duas senhoras foram tratar das disposições do dia, Estácio mandou selar o cavalo e saiu. Queria comparar ainda uma vez o desenho de Helena com o sítio copiado. A fidelidade era completa, e o quadro seria absolutamente o mesmo, se se dessem algumas circunstâncias da primeira ocasião. Helena não ia ao lado dele; mas a vinte braças de distância flutuava a bandeira azul da casa do alpendre. Estácio afrouxou o passo do cavalo, como saboreando as recordações da primeira manhã, quando Helena se lhe mostrara tão singularmente comovida. Volveu a refletir na situação dela, e na paixão que lhe confessara, dias antes, com tamanha veemência. Se se tratava de uma felicidade possível, embora difícil, Estácio prometeu a si mesmo alcançar-lha. Não era isso servir o sangue do seu sangue?

A casa do alpendre, até ali indiferente a Estácio, criava agora para ele um interesse especial. À medida que se aproximava, ia achando no edifício a fiel reprodução do desenho. Este não apresentava todas as particularidades da vetustez; mas continha as mesmas disposições exteriores, como se fora feito diante do original.

A uma das janelas estava um homem, com a cabeça inclinada, atento a ler o livro que tinha sobre o peitoril. Nessa atitude não era fácil examiná-lo; afigurava-se, entretanto, uma criatura máscula e bela. A duas braças de distância, o indivíduo levantou a cabeça, e cravou em Estácio um par de olhos grandes e serenos; imediatamente os retirou, baixando-os ao livro.

"Mal sabes tu, filósofo matinal", disse Estácio consigo, "mal sabes tu que a tua casa teve a honra de ser reproduzida pela mais bela mão do mundo!"

O filósofo continuou a ler, e o cavalo continuou a andar. Quando Estácio regressou daí a alguns minutos, achou somente a casa; o morador desaparecera: circunstância indiferente, que escapou de todo à atenção do moço. Nem ele pensava mais naquilo; o espírito trotava largo, à inglesa, como o ginete, e ambos bebiam o ar, como ansiosos de chegar ao ponto de partida.

Capítulo XII

A festa correu animada, posto a reunião fosse restrita. Alguns giros da valsa, duas ou três quadrilhas, jogo e música, muita conversa e muito riso, tal foi o programa da noite, que a encheu e fez mais curta.

Se as honras da casa foram feitas por Helena, a alma da festa era Mendonça, cujo espírito havia já recebido e colhido o sufrágio universal. Eugênia dera-lhe, antes de todos, o seu voto. Havia entre ambos tal ou qual afinidade de índole, que naturalmente os aproximava. Mendonça lisonjeava os caprichos de Eugênia, aplaudia-a, compreendia-a, obedecia-lhe sem constrangimento nem reparo. Quando Mendonça valsava com Eugênia, todos os olhos se concentravam neles. Eram valsistas de primeira ordem. As ondulações do corpo de Eugênia, e a serenidade e segurança de seus passos adaptavam-se maravilhosamente àquela espécie de dança. Era belo vê-los percorrer o vasto círculo deixado aos movimentos; vê-los enfim parar com a mesma precisão e sem o menor sintoma de cansaço. Eugênia punha toda a atenção no gesto de braço com que, logo que interrompia ou cessava de todo a valsa, conchegava ao corpo a saia do vestido. O prazer com que fazia esse gesto, e a graça com que o acompanhava de uma leve inclinação do corpo mostravam que, mais ainda a faceirice do que a necessidade, lhe movia o corpo e a mão.

Essa sorte de triunfos enchia a alma de Eugênia; e, porque ela não possuía nem a modéstia nem a arte de a simular, via-se-lhe no rosto o orgulho e a satisfação. A dança não era para a filha de Camargo um gozo ou um recreio somente; era também um adorno e uma arma. Daí vinha que o valsista mais intrépido e constante era também o principal parceiro do seu espírito; e ninguém disputava esse papel ao filho do comerciante.

– Sua filha é a rainha da noite – murmurou o dr. Matos ao ouvido de Camargo, em um intervalo do voltarete.

– Não é verdade? – acudiu o médico.

E a alma do pai voava enrolada nas pontas da fita que apertava a cintura de Eugênia, não regressando ao domicílio senão quando a moça parava. Então volvia Camargo um olhar em torno de si, como pedindo igual admiração. Depois, ficava sombrio, e mais do que usualmente, caía em longos e mortais silêncios. Três ou quatro vezes aproximara-se de Helena sem lograr detê-la, nem achar em si mais que duas palavras triviais. Insistia; não a perdia de vista, parecia ansioso de a conversar sobre alguma coisa.

Helena repartia-se entre todas as pessoas, atenta aos mil cuidados que a noite requeria. Cantou uma vez, dançou uma quadrilha, e não valsou. Em vão Mendonça insistira com ela;

a moça desculpou-se dizendo que a valsa lhe fazia vertigens. Na opinião do filho do coronel essa razão encobria somente a ignorância de Helena. Estácio pensava antes que era a castidade selvagem da irmã que lhe não permitia o contato de um homem, ideia que lhe fez bem ao coração.

Pela volta da meia-noite, terminada a ceia, começou aquela hora de repouso que precede a total dispersão. As senhoras trocavam impressões e comentários, os rapazes fumavam, os jogadores decidiam as últimas remissas. A noite não refrescara, e a agitação aumentara o calor. Helena, tão cansada como Dona Úrsula, retirara-se por alguns instantes para a sala contígua à principal; ali sentou-se num sofá, e derreou levemente o corpo, deixando cair os cílios, não sei se pensativos, se pesados de sono. O espírito não tivera tempo de encadear duas ideias ou esboçar um sonho, quando uma voz a acordou:

– Já dormindo!

Era Camargo.

Helena abriu os olhos sobressaltada. A voz de Camargo produzira-lhe a impressão de desagrado que lhe fazia sempre. Sorriu a moça contrafeitamente, e vendo que ele se dispunha a sentar-se no sofá, não arredou o vestido, como se quisesse deixar entre ambos larga distância. Camargo sentou-se.

– Parece que se assustou? – disse ele.

– Um pouco.

Camargo agitou entre as mãos os perendengues[35] do relógio, tão numerosos como eles se usavam naquele tempo; depois pegou familiarmente no leque da moça, abriu-o, contou as varetas, tornou a fechá-lo e restituiu-o com um elogio. Helena respondeu-lhe com um sorriso. Ia levantar-se, quando ele a deteve com estas palavras:

– Estimei achá-la só, porque precisava pedir-lhe um conselho.

A testa de Helena contraiu-se interrogativamente.

– Um conselho e um favor – continuou o médico. – Não será, creio eu, a primeira vez que a velhice consulte a mocidade. Demais, trata-se de assunto em que a gente moça lê de cadeira.

---

35. Penduricalhos.

Helena olhou para ele desconfiada. Nunca vira o médico tão afável, e essa mudança de maneiras e de tom é que lhe fazia medo. Verdade é que ele ia pedir-lhe alguma coisa. Camargo não se deteve. Fez uma exposição rápida de suas relações com a família do conselheiro, da amizade que o ligava a ela.

– A perda do meu finado amigo – concluiu ele – não pôde ser suprida por nenhuma coisa; mas há alguma compensação na afeição que sobrevive e me faz considerar esta família como minha própria. Estou certo de que seu irmão e Dona Úrsula sentem a meu respeito do mesmo modo. Quanto à senhora, é recente na família, mas não tem menor direito que ela. Vi-a tão pequena!

– A mim? – perguntou Helena.

Camargo fez um gesto afirmativo, enquanto a moça olhava em volta da sala, receosa de que alguém tivesse entrado e ouvido. Uma vez segura de que ninguém havia, recebeu impressão contrária à primeira; envergonhou-se daquele receio. A vergonha aumentou quando o médico acrescentou em voz baixinha:

– Não falemos nisso...

– Pelo contrário! – exclamou ela. – Pode falar com franqueza; diga tudo. Era minha mãe. Não o sei o que foi para o mundo; mas, se me perdoaram a irregularidade do nascimento, não creio que me pedissem em troca a renúncia do meu amor de filha; a lei que o pôs em meu coração é anterior à lei dos homens. Não repudio uma só das minhas recordações de outro tempo. Sei e sinto que a sociedade tem leis e regras dignas de respeito; aceito-as tais quais; mas deixem-me ao menos o direito de amar o que morreu. Minha pobre mãe! Vi-a expirar em meus braços; recolhi o seu último suspiro. Tinha apenas doze anos; contudo, não consenti que outra pessoa velasse à cabeceira a última noite que passou sobre a Terra... Oh! Não a esquecerei nunca! Nunca! Nunca!

Helena proferiu essas palavras num estado de exaltação que até ali se lhe não vira. Em vão Camargo procurou duas ou três vezes interrompê-la, receoso de que a ouvissem fora, porque a moça tinha levantado a voz. Helena não obedeceu; não viu sequer o gesto suplicante do médico. O seio, castamente velado pelo corpinho, que subia até ao pescoço, estava ofegante e onduloso como a água do mar. A última palavra saiu-lhe como um soluço. Camargo sentiu-se surpreendido com aquela explosão de ternura. Era evidente que ele esperava outra coisa. Seguiu-se um breve silêncio, durante o qual Helena mordia a ponta do lenço, como para conter a palavra que lhe tumultuava no coração. O médico prosseguiu enfim:

– Ninguém lhe pede que a esqueça – disse ele –, todos respeitam esses sentimentos de piedade filial. O passado morreu, e o menos que se deve aos mortos é o silêncio. A senhora tem o direito de lhe dar o amor e a saudade. Mas falemos dos vivos; e perdoe-me se lhe toquei, sem querer, em tão dolorosa recordação.

– Não! Não é dolorosa! – disse ela, abanando a cabeça.

– Falemos dos vivos. Não está certa do amor de sua família?

Helena fez um gesto afirmativo.

– Não poderia encontrar outra melhor nem tão boa. Dona Úrsula é uma santa senhora; Estácio, um caráter austero e digno. Venhamos agora ao conselho. Há muito tempo ando com ideia de ir à Europa; estou caminhando para a velhice; não quero deixar de ir ver alguma coisa, além do nosso Pão de Açúcar. Já desfiz o projeto mais de uma vez. Cuido que agora vou definitivamente realizá-lo. Dá-se, porém, uma circunstância grave. Sabe que minha filha ama seu irmão? Meus olhos descobriram desde muito tempo essa inclinação de um e outro, porque também seu irmão ama minha filha. Merecem-se; e de algum modo continuam a afeição dos pais; a natureza completa a natureza. Esta é a situação. O que eu desejava, porém, é que me dissesse se devo partir já, levando-a; ou se é melhor esperar que eles se casem.

Helena ouvira o médico sem olhar para ele; quando ele acabou, fitou-o admirada e curiosa. A puerilidade da pergunta era tão evidente que a moça procurou ler no rosto do interlocutor o pensamento verdadeiro e oculto. Camargo apressou-se a explicar-se.

– Estácio – disse ele – pode amar Eugênia com ideias matrimoniais; mas também pode não passar isto de um capítulo de romance, como o que se lê em uma viagem da Corte a Niterói. O caráter é sério; o coração tem leis especiais. Confesso que o procedimento de Estácio nada me afirma a tal respeito. Há nele umas mudanças pouco explicáveis. O tempo decorrido é mais que muito suficiente para que... Está refletindo?

– Estou.

– E...

– Suponho que pede mais do que me disse. Quer que eu indague a tal respeito as intenções de Estácio?

– Isso.

– Mas por que não se dirige a ele mesmo?

– Não havia inconveniente; estabeleceu-se, porém, que um pai não deve ser o primeiro a falar em tais coisas. É preciso respeitar a dignidade paterna. Acresce que Estácio é rico, e tal circunstância podia fazer supor de minha parte um sentimento de cobiça, que está longe de meu coração. Podia falar a Dona Úrsula; creio, porém, que ela não tem a sua habilidade e... por que o não direi?, a sua influência no espírito de Estácio.

– Eu!

– Oh! Influência incontestável! A senhora veio completar a alma de seu irmão. É visível a afeição e o respeito que ele lhe tem. Demais, em tais assuntos uma irmã é natural confidente e conselheira.

Helena deu três pancadinhas no joelho com a ponta do leque, e enfiou os olhos pela porta de comunicação entre aquela e a sala principal. Depois voltou-se para o médico.

– Sei que eles se amam – disse ela –, e já dei a minha opinião a tal respeito. Eugênia parece ser minha amiga; meu irmão é meu irmão; desejo-lhes todas as felicidades. Há, porém, um limite à intervenção de uma irmã; e não desejo ir além. Demais, seu pedido é ocioso.

– Por quê?

– Anuncie a viagem, e Estácio se apressará a pedir-lhe sua filha. Se o não fizer, é porque a não ama, conforme ela merece, e em tal caso mais vale perder um casamento do que o fazer mau.

– Sim? – perguntou Camargo.

– Naturalmente.

– O conselho é excelente – disse o médico depois de um instante –, mas tem o defeito substancial de suprimir a sua intervenção, que me é necessária. Vejamos o meio de combinar as coisas. Suponhamos que, anunciada a viagem, Estácio não corresponda às minhas esperanças. Que devo fazer?

– Embarcar.

– Embarcar é arriscar o casamento. Ora, este casamento... é um de meus sonhos. Desejo que os filhos continuem a afeição dos pais. Se Estácio recuar, minhas esperanças esvaem-se como fumo; o tempo cavará um abismo entre os dois; Eugênia amará outro... Enfim, conto com a senhora.

– Comigo?

– A senhora tem uma força de resolução, uma fertilidade de expedientes, um espírito capaz de empresas delicadas; e, tratando-se da felicidade de um irmão, creio que empenhará todas as forças para levar a cabo a mais pura das ambições. Não lhe peço um absurdo, peço-lhe a felicidade de minha filha.

Helena não respondeu; olhou de revés para ele, e cravou depois os olhos na águia branca tecida no tapete, sobre o qual pousava o pé impaciente e colérico. Podia referir mais detidamente qual o seu papel junto de Estácio, a respeito de Eugênia, os pedidos que lhe fez, e a promessa do irmão, que deveria ser cumprida, se o fosse, em algum dos seguintes dias. Mas nem quis dar esperanças que os acontecimentos podiam dissipar, nem o coração lhe consentia mais larga confidência. Ambos eles viam que se detestavam cordialmente; mas, se em Helena havia cólera abafada, em Camargo havia tranquilidade e observação. Ele contemplava a moça com o olhar fixo e metálico dos gatos; a mão esquerda, pousada sobre o joelho, rufava com os dedos magros e peludos. Nada dizia; todo ele era uma interrogação imperiosa. Helena olhou ainda uma vez para o médico.

– Dá-me o seu braço até a sala? – perguntou.

Camargo sorriu.

– Só isso? Eu dizia comigo outra coisa.

– Que dizia então? – perguntou Helena.

– Dizia que muito se devia esperar da dedicação de uma moça, que acha meio de visitar às seis horas da manhã uma casa velha e pobre, não tão pobre que a não adorne garridamente uma flâmula azul...

Helena fez-se lívida; apertou nervosamente o pulso de Camargo. Nos olhos pareciam falar-lhe ao mesmo tempo o terror, a cólera e a vergonha. Através dos dentes cerrados Helena gemeu esta palavra única:

– Cale-se!

– Falo entre nós e Deus – disse Camargo.

Uma onda de sangue invadiu a face da moça, com a mesma rapidez com que ela lhe empalidecera. Helena quis erguer-se, mas sentiu-se exausta. Ninguém da sala pôde perceber a impressão e o movimento; ninguém olhava para ali. Camargo, entretanto, inclinou-se para Helena e proferiu algumas palavras de animação, que ela interrompeu, murmurando com amargura:

– O senhor é cruel!

– Sou pai – respondeu o médico –; pai extremoso e discreto, mais discreto ainda que extremoso. Conto com a senhora.

Capítulo XIII

Dissolvida a reunião, Helena recolheu-se à pressa com o pretexto de que estava a cair de sono, mas realmente para dar à natureza o tributo de suas lágrimas. O desespero comprimido tumultuava no coração, prestes a irromper. Helena entrou no quarto, fechou a porta, soltou um grito e lançou-se de golpe à cama, a chorar e a soluçar.

A beleza dolorida é dos mais patéticos espetáculos que a natureza e a fortuna podem oferecer à contemplação do homem. Helena torcia-se no leito como se todos os ventos do infortúnio se houvessem desencadeado sobre ela. Em vão tentava abafar os soluços, cravando os dentes no travesseiro. Gemia, entrecortava o pranto com exclamações soltas, enrolava no pescoço os cabelos deslaçados pela violência da aflição, buscando na morte o mais pronto dos remédios. Colérica, rompeu com as mãos o corpinho do vestido; e o jovem seio, livre de sua casta prisão, pôde à larga desafogar-se dos suspiros que o enchiam. Chorou muito; chorou todas as lágrimas poupadas durante aqueles meses plácidos e felizes, leite da alma com que fez calar a pouco e pouco os vagidos de sua dor.

Calar somente, não adormecê-la, porque ela aí lhe ficou, companheira daquela noite cruel, para velarem ambas. Quando os olhos cansaram, e foram mais intervalados os soluços, Helena jazeu imóvel no leito, com o rosto sobre o travesseiro, fugindo com a vista à realidade exterior. Uma hora esteve assim, muda, prostrada, quase morta, uma hora longa, longa, longa, como só as tem o relógio da aflição e da esperança.

Quando a tormenta pareceu extinta, a moça sentou-se na cama e olhou vagamente em torno de si. Depois ergueu-se; dirigiu-se trôpega ao quarto de vestir; ali parou diante do espelho, mas fugiu logo, como se lhe pesasse encarar consigo mesma. Uma das janelas estava aberta; Helena foi ali aspirar um pouco do ar da noite. Esta era clara, tranquila e quente. As estrelas tinham uma cintilação viva que as fazia parecer alegres. Helena enfiou um olhar por entre elas como procurando o caminho da felicidade. Esteve à janela cerca de meia hora; depois entrou, sentou-se e escreveu uma carta.

A carta era longa, escrita a golfadas, sem nexo nem ordem; continha muitas queixas e imprecações, ternura expansiva de mistura com um desespero profundo; falava daqueles que, tendo nascido sob a influência de má estrela, só têm felicidades intermitentes e mutáveis; dizia que para ela própria felicidade era um germe de morte e dissolução, ideia que repetia três vezes, como se tal observação fosse o transunto[36] de suas experiências certas. A carta falava também de um homem, cujo egoísmo de pai não conhecia limites, e que a todo o transe queria que a filha desposasse uma grande riqueza e uma grande posição – "homem", dizia ela, "que me viu a princípio com olhos avessos, pela diminuição que eu trazia à herança". No fim dizia que havia naquelas linhas muito de obscuro e incompleto, que oportunamente contaria tudo, mas que desde já podia dar a triste notícia de que lhe era forçoso abster-se de sair.

Helena releu o escrito e meditou longo tempo sobre ele; acrescentou ainda algumas linhas; depois, rasgou o papel em dois pedaços, chegou-os à vela, e os destruiu. Como

36. Cópia, retrato fiel.

arrependida, voltou a escrever outra carta, mas não chegou a acabar seis linhas; rasgou-a como fizera à primeira, e só então recorreu ao remédio melhor de uma alma ulcerada e pia: rezou. A prece é a escada misteriosa de Jacó: por ela sobem os pensamentos ao céu; por ela descem as divinas consolações.[37]

Entretanto, a noite começava a inclinar a urna das horas às mãos da madrugada. O sono fugira dos olhos de Helena; mas era forçoso repousar. Assim mesmo vestida, atirou-se sobre o leito. Não dormiu, não se pode dizer que dormisse; ficou ali num estado que não era vigília nem sono, até que a manhã rompeu inteiramente. Abrindo os olhos, pareceu acordar de um sonho; a imaginação recompôs as fases todas do acontecimento da véspera. Depois suspirou, e ficou longo tempo a olhar para o chão, com a fixidez trágica e solene da morte.

"Era justo!", murmurava de quando em quando.

Levantou-se enfim; levantou-se abatida e cansada. Viu-se ao espelho; a descor da face e a linha roxa que lhe circulava as pálpebras dificilmente podiam deixar de impressionar a família. Helena disfarçou como pôde esses vestígios da tempestade; explicou-os do modo mais verossímil: o cansaço da véspera e a insônia de toda uma noite. A explicação não achou obstáculo no ânimo da tia e do irmão. Somente o padre Melchior, presente a ela, fitou na moça um olhar dubitativo, que a obrigou a baixar os cílios.

Se Helena padecia, o lugar de Estácio não era ao pé dela? Assim pensou o sobrinho de Dona Úrsula, que em todo esse dia resolveu não sair de casa. Cercou-a de cuidados, buscou distraí-la, pediu-lhe que fosse repousar um instante. Para justificar a explicação que dera, Helena obedeceu às instruções do irmão. Este foi encerrar-se no gabinete, onde se ocupou em examinar e colecionar alguns papéis. Era o dia marcado para solicitar de Eugênia o consentimento matrimonial, e ele não cogitava em ir ao Rio Comprido. Na irmã, sim; na irmã pensava ele, ora relendo as páginas de sua predileção, ora mandando saber se dormia sossegada, ora contemplando o desenho com que ela o presenteara na véspera. Sentia-se tão feliz naquela aurora do ano!

---

37. Da Bíblia: Jacó sonha com uma escada que leva a Deus.

Pouco antes do jantar, ouviu no corredor um rumor de saias, e não tardou que a irmã aparecesse à porta. Vinha como fora; mas a Estácio pareceu que efetivamente o descanso e o sono lhe haviam restaurado as forças. A razão era o sorriso estudado que lhe avivava o rosto. Helena parou e Estácio foi ter com ela, travou-lhe da mão, fê-la entrar.

– Estás melhor? – perguntou.

– Estou boa.

– Não dizia eu que era melhor desistir da ideia da reunião? Essas festas prolongam-se, fatigam, sobretudo as pessoas franzinas...

Helena ergueu os ombros.

– Anda sentar-te um pouco.

– Primeiro há de responder-me a uma coisa.

– Que é?

– Que dia é hoje? – perguntou ela.

– Ano-bom.

– Lembra-se do que me prometeu?

– Perfeitamente. Vês estes papéis? – disse ele mostrando sobre a secretária uma porção de papéis classificados e postos por ordem. – Ocupei-me até agora em liquidar o passado; faltam-me umas últimas contas, que o procurador há de trazer amanhã. Depois, irei...

Helena abanou a cabeça com ar de desaprovação.

– Não – disse ela –; não há de ir depois, há de ir hoje mesmo. Que têm as contas com a autorização que deve pedir a Eugênia? Vá logo de noite. Sou supersticiosa; creio que o pedido feito no dia de hoje é de excelente agouro. Dará um ano feliz.

– Minha intenção era ir dentro de quatro ou cinco dias – respondeu Estácio, depois de um silêncio –; mas não tenho dúvida em fazê-lo já. Uma vez preenchida a formalidade...

– Pedi-la-á imediatamente ao pai?

– Não!

– Por quê?

– Porque precisarei meditar ainda 24 horas, pelo menos. Vinte e quatro horas não é muito para quem tem de amarrar-se eternamente. Quero sondar meu próprio espírito, e...

– Mas tudo isso é uma extravagância! – interrompeu Helena sentando-se na borda da rede em que Estácio costumava ler. – Pretenderá você recuar depois de lhe falar, a ela?

– Oh! Não! Mas, uma vez que caminho para solução tão grave, não há inconveniente em ir pé ante pé. Admiras-te? – perguntou ele, vendo que a irmã fazia um gesto de impaciência.

– Zango-me.

– Mas...

– Você é insuportável. Falta ao que prometeu.

– Já disse que hei de cumprir.

– Não recuará?

– Não.

– Irá pedi-la hoje mesmo?

– A ela.

– A ela e ao pai.

– Ao pai escreverei uma carta.

– Pois seja uma carta! Contanto que acabe com isso. O casamento será...

– Quando convier ao dr. Camargo.

– Antes do fim do mês.

– Tão cedo!

– Dou-lhe mês e meio. Nem uma hora mais! Estou morta por vê-los casados, tanto por você como por ela, coitada!, que o ama tanto...

– Crês? – perguntou vivamente Estácio.

– Se creio! Posso afirmá-lo. Não será amor como você quisera que fosse, mas é o amor que ela lhe pode dar, e é muito... Está dito! Palavra?

Estácio estendeu silenciosamente a mão, que Helena apertou.

– Vou confiar todo o meu destino à cabeça mais leve do universo – disse Estácio, com os olhos fitos no chão. – Não é de seu coração que me queixo; mas de seu espírito, que nunca deixou as roupas da infância. Demais, à medida que me aproximo da hora solene, sinto que me repugna o estado conjugal. É tão boa a minha vida de solteiro! Tão cheios os meus dias...

Helena tapou-lhe a boca com uma das mãos; com a outra fez-lhe um gesto para que se calasse. Depois, fugiu. Uma vez só,

Estácio refletiu longamente na situação em que se achava; reconheceu que estava moralmente obrigado a pedir Eugênia, desde que seus corações se tinham aberto um para o outro, celebrando um contrato, que ele só não podia romper. A consciência rebelou-se contra as irresoluções do coração, e a decisão foi curta.

Naquela mesma noite, ouviu Eugênia a esperada palavra. A alegria que se lhe derramou nos olhos foi imensa e característica. Um pouco mais de recato não era descabido em tal ocasião. Não houve nenhum; o primeiro ato da mulher foi uma meninice. Eugênia ignorava tudo, até a dissimulação do sexo. Concedendo a mão a Estácio, não era uma castelã que entregava o prêmio, mas um cavaleiro que o recebia com alvoroço e submissão.

Transposto o Rubicão[38], não havia mais que caminhar direito à cidade eterna do matrimônio. Estácio escreveu no dia seguinte uma carta ao dr. Camargo, pedindo-lhe a mão de Eugênia, carta seca e digna, como as circunstâncias a pediam. Antes de a remeter, mostrou-a a Helena, que recusou lê-la. Não a leu, nem lhe pegou. Ele teve-a alguns instantes na mão, sem se atrever a dá-la ao escravo que esperava por ela. Por fim, deitou-a sobre a secretária.

– Amanhã – disse ele sorrindo para Helena.

Helena lançou mão da carta e deu-a ao escravo.

– Leva à casa do senhor dr. Camargo – ordenou a moça. – Não tem resposta.

Capítulo XIV

Camargo ia sentar-se à mesa quando lhe entregaram a carta de Estácio; leu-a para si, mas a filha leu-a nos olhos dele. Uma aura de bem-aventurança desrugou a fronte do médico; seus lábios – coisa pasmosa! – abriram-se num sorriso franco, sorriso que chegou a desabrochar em gargalhada, a primeira que Dona Tomásia lhe ouviu. Acabado o jantar, Camargo deu conta do

38. Na Roma Antiga, o rio Rubicão separava a Itália da Gália Cisalpina. Júlio César (100-44 a.C.) o atravessou para tomar a cidade eterna de Roma e o poder do Império. Transpor o Rubicão é tomar uma decisão que não tem volta.

pedido à mulher, e os dois pais chamaram a filha à sala. Eugênia ouviu a notícia sem baixar os olhos nem corar. Interrogada, respondeu que era muito do seu gosto o casamento.

– Sim? – perguntou Camargo, simulando espanto.

Eugênia fez uma leve inclinação de cabeça, com certo ar de quem dizia não acreditar no espanto do pai. Este pegou nas mãos da filha e puxou-a para si.

– Assim, pois, meu anjo – disse ele –, casas-te por tua livre vontade? Estácio é o eleito de teu coração? Louvo a escolha, que não podia ser mais digna. Serás herdeira das virtudes de tua mãe, que te proponho como o melhor modelo da Terra.

– O mais consciencioso pelo menos – acudiu Dona Tomásia, satisfeita e vaidosa do louvor do marido. – Há de ser boa esposa, modesta, solícita e econômica.

– Econômica, sem avareza – emendou Camargo. – A riqueza não deve ser dissipada, mas é certo que impõe obrigações imprescindíveis, e seria da maior inconveniência viver a gente abaixo de seus meios. Não farás isso nem cairás no extremo oposto; procura um meio-termo, que é a posição do bom senso. Nem dissipada, nem miserável.

Dona Tomásia concordou com essa explicação do marido, enquanto Eugênia, olhando alternadamente para um e outro, parecia não lhes dar a mínima atenção. O pensamento estava em Andaraí; ela via já na imaginação a cerimônia do consórcio, as carruagens, o apuro do noivo, a sua própria graça, a coroa de flores de laranjeira, que a havia de adornar; enfim talhava já o vestido branco e pregava as rendas de Malines[39] com que havia de levar os olhos a ambas as metades do gênero humano. Daquele sonho foi despertada pelo pai, que lhe imprimiu na testa o seu segundo beijo. O primeiro, como o leitor se há de lembrar, foi dado na noite da morte do conselheiro. O terceiro seria provavelmente no dia em que ela casasse.

– Sabes que te amo, Eugênia? – disse Camargo olhando para ela.

– Papai!

Camargo não pôde dizer mais nada. O amor, um instante expansivo, volveu a aninhar-se no fundo do coração, onde

39. Rendas de luxo fabricadas na Bélgica.

sempre estivera. A satisfação do médico precisava do silêncio e do recolhimento para saborear-se. Foi então que Eugênia passou às mãos de Dona Tomásia. A mulher do dr. Camargo via aquele casamento com olhos diferentes do marido. O que ela sobretudo via eram as vantagens morais da filha. Sentou-a ao pé de si e recitou-lhe um catecismo de deveres e costumes, que Eugênia interrompia de quando em quando, com exclamações de obediência filial:

– Sim, mamãe!... Deixe estar!... Mamãe há de ver!...

Dona Tomásia sentia-se feliz. O rosto, cuja expressão era vulgar, tinha naquela ocasião alguma coisa que o tornava sublime. Ela fez que a filha se lhe sentasse no regaço; e esta, sentindo que a molestava, deixou-se lentamente cair de joelhos, ficando entre os dela, a olhar para ela.

Camargo, entretanto, já não era daquele mundo. Passeava de um para outro lado, com as mãos para trás, a morder a ponta do bigode. De quando em quando parava e olhava para o grupo das duas senhoras, mas era só maquinalmente; o seu olhar baço indicava que ele ia mergulhado em profundas cogitações.

Naquele homem cético, moderado e taciturno, havia uma paixão verdadeira, exclusiva e ardente: era a filha. Camargo adorava Eugênia: era a sua religião. Concentrara esforços e pensamentos em fazê-la feliz, e para o alcançar não duvidaria empregar, se necessário fosse, a violência, a perfídia e a dissimulação. Nem antes nem depois sentira igual sentimento; não amou a mulher; casou porque o matrimônio é uma condição de gravidade. O maior amigo que teve foi o conselheiro Vale, mas essa mesma amizade que o ligara ao pai de Estácio nunca recebera a contraprova do sacrifício; aliás apareceria em toda a sinceridade a natureza do médico. Ele só conhecia os afetos, por assim dizer, caseiros e inertes, os que não sabem nem podem afrontar as intempéries da vida. Nas relações morais dos homens possuía somente o troco miúdo da polidez; a moeda de ouro dos grandes afetos nunca lhe entrara nas arcas do coração. Um só existia ali: o amor de Eugênia.

Mas esse mesmo amor, aliás violento, escravo e cego, era uma maneira que o pai tinha de amar-se a si próprio. Entrava naquilo uma soma larga de fatuidade. Menos graciosa,

Eugênia seria, talvez, menos amada. Ele contemplava-a com o mesmo orgulho com que o joalheiro admira o adereço que lhe saiu das mãos. Era a ternura do egoísta; amava-se na própria obra. Caprichosa, rebelde, superficial, Eugênia não teve a fortuna de ver emendados os defeitos; antes foi a educação que lhos deu. Dos lábios de Camargo nunca saiu a expressão corretiva; nenhum de seus atos revelou esse procedimento vigilante e diretor, que é a nobre atribuição da paternidade. Se a índole da filha fosse má, a cumplicidade do pai fá-la-ia péssima.

Não era, felizmente; o coração conhecia as doçuras da bondade; a rebeldia era um hábito, não um vício nativo. A própria frivolidade foi-lhe desenvolvida pela educação, nada podendo o zelo da mãe contra as complacências do pai. Esta era a explicação também da fascinação que exercia nela o tumulto exterior da vida. Quase se pode dizer que ela não conhecera o vestido curto; a modista a desmamou; uma contradança foi a sua primeira comunhão.

Não era fácil dar a Eugênia a felicidade que o pai ambicionava e a que mais lhe apetecia a ela. Posto não fosse perdulário, eram poucos os haveres do médico, de modo que à filha não podia caber pecúlio suficiente a satisfazer todas as veleidades. Ele espreitou durante longo tempo um noivo, armando com algum dispêndio a gaiola em que o pássaro devia cair. No dia em que percebeu a inclinação de Estácio, fez quanto pôde para prendê-lo de vez. Esperou muitos meses a iniciativa de Estácio; e quando ela lhe entrou a fugir para a região das coisas problemáticas, suspeitou a influência de Helena. Já era muito que esta moça diminuísse a herança do futuro genro; arrancar-lhe o genro era demais. Camargo não hesitou um instante, foi direito ao fim. O resultado confirmou-lhe a suspeita.

O casamento era muito, mas não bastava. Camargo cuidara na carreira política de Estácio, como um meio de dar certo relevo público ao da filha, e, por um efeito retroativo, a ele próprio, cuja vida fora tanto ou quanto obscura. Se o marido de Eugênia se confinasse no repouso doméstico, entre a horta e a álgebra, a ambição de Camargo padeceria imenso. Vimo-lo apresentar a Estácio a maçã política; recusada a princípio, foi-lhe de novo apresentada, e finalmente aceita com a noiva.

Essa dupla vitória foi o momento máximo da vida do médico. Ele ouvia já o rumor público; sentia-se maior – antegostava as delícias da notoriedade –, via-se como que sogro do Estado e pai das instituições.

– Vou entrar na cova dos leões, sem a convicção de Daniel[40] – suspirou Estácio na ocasião em que cedeu às instâncias de Camargo.

– Seu talento amansará os leões – acudiu este.

Assentou-se logo ali que o casamento seria celebrado na primeira semana de março. Os dois meses de intervalo foram destinados às formalidades eclesiásticas e ao preparo do enxoval. Estácio ajeitou tudo sem objeção. Dona Úrsula e Helena aprovaram o plano. A primeira acrescentou uma cláusula: os noivos viriam morar com elas em Andaraí.

O padre Melchior, consultado sobre o casamento, deu-lhe inteira aprovação, e só lhe pareceu que o prazo era longo demais. A efusão com que abraçou Estácio, as palavras de aplauso que lhe disse, impressionaram vivamente o mancebo.

– Desejava muito este casamento? – perguntou ele.

– Muito! Seu pai há de aprová-lo no céu!

Até os mortos conspiravam contra ele; Estácio aceitou resolutamente o destino. A alegria do padre, ordinariamente contida e digna, transpôs os limites do costume para se mostrar quase infantil; Dona Úrsula não cabia em si de contente; Helena parecia colher naquele casamento a sua própria felicidade. Era a bem-aventurança universal que Estácio ia comprar a troco de um vínculo eterno.

Surgiu, entretanto, um obstáculo temporário. A madrinha de Eugênia, a fazendeira que lhe mandara um dia a opala, que a moça admirou namorando ao mesmo tempo os olhos do futuro noivo, a madrinha de Eugênia adoeceu gravemente, menos ainda da moléstia que a acometeu que dos anos que lhe pesavam nos ombros. Era senhora rica, viúva, flanqueada por duas sobrinhas solteiras, uma cunhada, um primo, dois filhos destes e uma vintena de afilhados. Já daqui se pode inferir a

40. Na passagem bíblica, o profeta Daniel é jogado na cova dos leões por orar a Deus e, firme, valente e com ajuda de Deus, sai ileso.

estreiteza das esperanças de Camargo. Posto que ele não tivesse nunca preterido os deveres que lhe impunha o vínculo espiritual, dando à fazendeira todas as provas possíveis de um grande afeto, ainda assim era de recear que a última vontade da moribunda não trouxesse o cunho da estrita justiça, ou, quando menos, de razoável equidade. Nessas circunstâncias, a viagem a Cantagalo era urgentíssima, e cumpria realizá-la à custa dos maiores incômodos. Todo o incômodo é aprazível quando termina em legado. Camargo não perdia a esperança desse desenlace igualmente afetuoso e pecuniário. Resolveu ir com a família toda, e avisou por carta ao futuro genro.

Estácio estimou o obstáculo, mas não contou com o que ele trazia no bojo. Chegando ao Rio Comprido achou aflitos o médico e Dona Tomásia; Eugênia recusava sair da Corte. Em vão lhe mostravam a conveniência de corresponder, em ocasião tão grave, à afeição da madrinha; debalde lhe diziam que era ser ingrata não ir recolher o último suspiro da venerável senhora, sua mãe espiritual. Eugênia recusava a pés juntos.

Assistiu o noivo à última fase da luta entre os pais e a filha. Esta trazia os olhos vermelhos de chorar; batia com as mãos uma na outra, declarando que só iria à força. Estácio procurou chamá-la à razão, apoiando as reflexões do pai, sem alcançar mais do que ele. Enfim, Eugênia pôs uma condição à sua aquiescência:

– Irei, se o dr. Estácio for conosco.

Camargo aprovou a condição *in petto*[41]; verbalmente, opôs-se ao sacrifício. Estácio enfiara; posto entre a espada e a parede, já a viagem de Eugênia lhe parecia supérflua.

– Acompanha-nos? – insistiu a moça.

– Não é possível – acudiu o médico – tamanho incômodo por um simples capricho.

– Pois então não vou!

Dona Tomásia ficou um tanto vexada com a teima de Eugênia. Estácio mordia o lábio, olhando para a moça, cujo rosto o interrogava instantemente. Venceu-o o decoro; considerando Eugênia sua mulher, quis cortar por uma cena que lhe parecia ridícula.

---

41. Do italiano: "no peito", no íntimo.

– Acompanhá-los-ei – disse ele, sem entusiasmo.

A solução era favorável a todos; os três aceitaram de boa feição. Marcou-se a viagem para dois dias depois. Dona Úrsula, apesar dos bons olhos com que via o casamento, achou desnecessária a ida do sobrinho, mas não empreendeu dissuadi-lo. Helena aprovou tudo. Ele fez sentir às duas parentas a extensão do sacrifício e esteve a ponto de retirar a palavra. Era tarde. A última noite passada em Andaraí foi cruel para ele; as horas voaram ligeiras como nunca. Como devia sair no dia seguinte, logo cedo, ali mesmo se despediu da tia e da irmã, despedida de alguns dias que lhe custou como se fora de anos. Prometeu, entretanto, que o regresso seria breve.

O que ele não podia prometer era conjeturar o drama que se lhes preparava, drama que ia enfim desenvolver-se, intenso, funesto e irremediável – do qual não o consolariam jamais nem as doçuras da paz doméstica, nem as glórias da vida pública.

Capítulo XV

Estácio levantou-se ao amanhecer. Uma vez pronto, quis surpreender a tia e a irmã com uma lembrança sua, e escreveu numa folha de papel estas simples palavras: "Até à volta; seis horas da manhã". Dobrou-a e foi pô-la sobre a mesa de costura de Dona Úrsula. Dali passou à sala de jantar, depois à varanda. Aqui chegando, deu com os olhos em Helena, que o esperava ao pé da escada.

– Silêncio! – disse graciosamente a moça. – Não faça espantos, que pode acordar titia. Vim saber se você precisa de alguma coisa.

– De nada – respondeu Estácio comovido. – Mas que imprudência foi essa de se levantar tão cedo?

– Cedo! O sol não tarda a cumprimentar-nos. Adeus! Muitas recomendações a Eugênia. Não lhe falta nada, não é assim?

– Nada.

Estácio recebeu a mão que Helena lhe estendera e ficou a olhar para ela.

– Olhe que é tarde!

Dizendo isso, Helena apertou-lhe a mão e procurou retirar a sua; Estácio reteve-a.

– Se soubesses como me custa ir!

– São apenas alguns dias...

– Valem por meses, Helena! Adeus, não te esqueças de mim. Escreve-me; eu escreverei logo que chegar. Não faças imprudências; não saias a passeio enquanto eu estiver ausente.

– Adeus!

– Adeus!

Estácio quis dar-lhe o abraço da despedida; mas a moça, menos ainda com a palavra que com o gesto, fê-lo recuar.

– Não – disse ela afastando-se –; as despedidas mais longas são as mais difíceis de suportar.

Recuou até a porta da sala de jantar, fez um gesto de despedida e entrou. Estácio desceu a custo as escadas. Helena viu-o descer e sair; depois subiu cautelosamente ao seu aposento. Ali, sentou-se alguns minutos, pensativa e triste. Ergueu-se enfim, vestiu rapidamente as roupas de montar, colocou o chapelinho preto sobre os cabelos penteados à ligeira, e desceu. Na chácara esperava-a Vicente, com a égua ajaezada[42] e pronta. Helena montou sem demora; o pajem cavalgou uma das duas mulas que havia na cavalariça e os dois saíram a trote na direção da casa do alpendre e da bandeira azul.

A casa estava ainda silenciosa; porta e janelas conservavam-se hermeticamente fechadas. Helena apeou-se e bateu de mansinho; repetiu as pancadas progressivamente mais fortes. Ninguém lhe respondeu. Helena, impaciente, rodeou a casa; mas parece que achou igualmente fechadas as portas do fundo, porque volveu logo. Colou o ouvido à porta e esperou. Quando lhe pareceu que era baldado o esforço, tirou da algibeira um lápis e um pedacinho de papel; colocou o pé no degrau de tijolo e sobre o joelho escreveu algumas palavras; dobrou depois o papel e introduziu-o por baixo da porta. Esperou ainda alguns minutos, caminhou para a égua, montou e regressou à casa.

---

42. Adornada para a montaria.

Vinha triste e pensativa. A égua, a passo vagaroso, não sentia o esforço da cavaleira, que a deixava ir, frouxa a rédea, inútil o chicote. O pajem levava os olhos na moça com um ar de adoração visível; mas, ao mesmo tempo, com a liberdade que dão a confiança e a cumplicidade, fumava um grosso charuto havanês, tirado às caixas do senhor.

Dona Úrsula não estava ainda levantada; Helena não lhe ocultou o passeio. O dia correu triste e solitário, como os seguintes, sem embargo da companhia que iam fazer às duas senhoras as pessoas mais íntimas. Mendonça, a quem Estácio as recomendara, era ali pontual; conseguia disfarçar um pouco as saudades do moço ausente. O padre Melchior prolongava visitas quotidianas. O mesmo sentimento ligava a todas as pessoas.

O mesmo era, e não único, porque outro e mais egoísta e pessoal veio ali viçar também. Mendonça sentiu que metade de seu destino estava acabada, e que a outra metade ia começar, mais circunspecta que a primeira. O relógio em que ele viu bater essa hora fatídica foram os olhos de Helena. Mendonça começava a amar. Estouvado, e não corrupto, atravessara o delírio dos primeiros anos sem perder a flor dos castos afetos, sem sequer a haver colhido. Helena sentiu nascer e crescer essa adoração silenciosa, sem parecer que a descobrira. Não animou o mancebo nem o repeliu; redobrou de confiança – dessa confiança que só se dá aos simples familiares, e que mostra claramente a um namorado a inanidade de suas esperanças. Ao parecer de estranhos, a situação afigurava-se de perfeita concórdia. O coronel-major piscou um dia os olhos ao dr. Matos; o dr. Matos proferiu um *Latet anguis in herba*[43], e ambos foram repartir o pão das conjeturas com a esposa do advogado, senhora muito perspicaz nos namoros de salão. A opinião dos três é que o casamento era coisa provável, e talvez certa. Um só obstáculo podia haver; eram os escrúpulos do pai de Mendonça. Esse mesmo obstáculo não existia, porquanto, além das qualidades estimáveis da moça, havia o reconhecimento legal e social, público e doméstico; acrescendo (observação do dr. Matos) que duzentas e tantas apólices mereciam

43. "Uma serpente se esconde na relva." Citação do poeta latino Virgílio (70-19 a.C.).

um cumprimento de chapéu e não davam lugar a cinco minutos de reflexão.

As primeiras cartas de Estácio chegaram uma tarde em que as duas senhoras e Mendonça se achavam na varanda, acabado o jantar, bebendo as últimas gotas de café. Dona Úrsula, depois de pôr em atividade três mucamas para lhe irem procurar os óculos, levantou-se e foi ela própria à cata deles, com a sua carta na mão. Helena ficou com a que lhe era dirigida; estava sentada junto a uma das janelas; abriu-a e leu-a para si:

> Quando esta carta te chegar às mãos, estarei morto, morto de saudades de minha tia e de ti. Nasci para os meus, para a minha casa, os meus livros, os meus hábitos de todos os dias. Nunca o senti tanto como agora que estou longe do que há de mais caro neste mundo. Poucos dias lá vão, e já me parece meses. Que seria se a separação não fosse tão limitada?
>
> Na carta que escrevo a titia dou conta da nossa viagem e da saúde de todos. Dona Clara está, na verdade, à beira da morte; mas pode durar ainda alguns dias, e o dr. Camargo resolveu esperar até dar-lhe os últimos adeuses. A recepção que nos fez a família foi cordialíssima. Há aqui uma cunhada da enferma, um primo, três sobrinhos, outros parentes e vários afilhados. O primo é comendador e tenente-coronel; ele e os outros são a gente mais afável do mundo. Os homens da família são influências eleitorais; quando souberam da minha candidatura, ofereceram-me logo os seus serviços, com a cláusula única de que haja prévia recomendação do Rio de Janeiro. Agradeci o favor, com muita abundância d'alma, porque a tal candidatura, que não me seduzia nem seduz, não há remédio senão cuidar dela, de modo que o meu nome não padeça a injúria da derrota. Que te parece esta pontazinha de vaidade?
>
> Mudemos de assunto, que este me aflige, e não quero filosofar sem ti, que és a minha companheira nestas vadiações de espírito. Aí não te lembrarás, talvez, das nossas palestras; aqui lembra-me tudo. De manhã, dou

o meu passeio equestre, como lá; mas que diferença! Quem vai a meu lado é o tenente-coronel, excelente homem, coração de pomba, com o defeito único e enorme de se não chamar Dona Helena do Vale, a minha boa Helena, que lá está na Corte, a divertir-se sem seu irmão. Ele fala de tudo e muito: do café, do governo, das eleições, dos escravos, dos impostos. Eu ouço, que é o menos que posso fazer, e deixo-o ir sem interrupção. Às vezes, como que desconfiado, recolhe-se ao silêncio; eu ato o fio da conversa e ele encarrega-se de desenrolar o novelo. Tão pouca coisa o faz feliz! Já cacei uma vez; confesso-te que é o que me pode distrair um pouco. Pensava ter perdido o costume; mas não perdi. A modéstia impede-me dizer mais.

A fazenda é vasta e a casa excelente. Não te direi que gosto da vida agrícola; não gosto, não me dou com ela. Mas viver num recanto como este, a dois passos do mato, a tantas léguas da rua do Ouvidor, isso creio que se dá com a minha índole. Consultaremos titia. Eu não sei o que é amar o tumulto exterior; acho que é dispersar a alma e crestar a flor dos sentimentos. Nasci para monge... e creio que também para déspota, porque estou a planear uma vida ignorada e deserta, sem consultar tuas preferências. Sou um Cromwell[44] com tendências de frade; ou, por dizer tudo numa só palavra: sou um Lutero[45]... muito inferior.

Pobre Helena! Já lá vão quatro páginas só a falar de mim. Vejamos o que tens feito. Andas muito triste? Passeias? Lês? Jogas? Tocas? Conta-me a tua vida o mais miudamente que puderes; conta-me a vida de todos. Não me escondas nada; se, por exemplo, ao abrir um livro ou tocar uma tecla do piano, pensares em mim, escreve isso mesmo, marcando o dia e até a

44. Oliver Cromwell (1599-1658), político inglês puritano e anticatólico.

45. O reformador religioso alemão Martinho Lutero (1483-1546), fundador do protestantismo.

hora, se puder ser. E depois dou-te o direito de perguntar onde ficou a minha gravidade, e responderei que há uma puerilidade séria, e que os extremos se tocam. Quando assim não seja, a culpa é do céu, que me não deu uma irmã criança; agora é preciso que comecemos pela primeira fase da vida.

Deixei muito recomendado ao Mendonça que fosse à nossa casa com frequência. Não sei se ele se terá lembrado e cumprido a promessa que me fez. Se não tiver cumprido, hás de mandar-lhe dizer que eu o detesto e abomino; que ele é o maior traidor que o céu cobre; que tudo fica acabado entre mim e ele; que a amizade é um culto, etc. Dize o que te parecer e pelo modo que te é usual.

Lembro-me de ti a propósito de tudo. Hoje de tarde, por exemplo, o terreiro oferecia um aspecto bonito e característico. Se ela estivesse aqui, disse comigo, faria um magnífico desenho. Peguei de um lápis que trouxe, meia folha de papel, e quis reproduzir o panorama. Escrevi um problema algébrico! Foi um conselho que me deu o lápis: ninguém se meta a fazer aquilo que ignora. Eu ignorava o que era estar ausente da família; por que motivo me determinei a tentá-lo? Interrompi esta carta para receber o dr. Fróis, que é o médico de Dona Clara; veio ao meu quarto para me dizer que o estado da doente é perdido, que a morte é certa; mas que a vida pode prolongar-se ainda por muitos dias. Vê que perspectiva! Estou com raiva de mim mesmo; esses últimos dias da enferma pesam sobre mim como se fora o punho fechado do destino. Se a morte é certa, por que viver alguns dias mais? E é vida isso, ou é morrer aos goles, sem consciência do que se perde nem do que se vai ganhar?

Está decidido; posso ir daqui a seis dias ou daqui a um mês. Será o que Deus quiser. Manda-me, entretanto, alguns livros. No meu quarto só achei um *Manual de Medicina Prática*. Manda-me alguma coisa que me faça lembrar o Andaraí. Tira da estante oito ou dez volumes, à tua escolha. Manda também algum trabalho de agulha teu; quero mostrá-lo à cunhada de Dona Clara, a quem gabei muito os teus talentos. Se puderes desenhar alguma coisa, à pressa, o tanque, a varanda ou qualquer outro lugar, faze-o, e manda com o resto. Escreve-me longamente; conta-me tudo o que houve interessante; fala-me de ti, que é o meio de consolar minhas saudades, que são imensas, imensas como este amor que tenho à minha família toda. Vou fazer por voltar breve. Adeus, minha boa Helena; adeus, minha vida, adeus, ó mais bela e doce de todas as irmãs!

P. S. – Reli a carta, e fiquei envergonhado do trecho a respeito da vida da doente. Perdoa-me a ferocidade, e leva-a em conta da solidão.

Capítulo XVI

Helena leu e releu a carta. Depois ficou silenciosa, a olhar para as folhas da trepadeira, que do lado de fora viera a subir pela muralha da varanda e a debruçar-se enfim do parapeito para dentro. A carta ficara aberta sobre os joelhos da moça. Mendonça, a poucos passos, olhava para esta, sem ousar falar-lhe.

Goethe[46] escreveu um dia que a linha vertical é a lei da inteligência humana. Pode dizer-se, do mesmo modo, que a linha curva é a lei da graça feminil. Mendonça o sentiu, contemplando o busto de Helena e a casta ondulação da espádua e do seio, cobertos pela cassa[47] fina do vestido. A moça estava um pouco inclinada. Do lugar em que ficava, Mendonça via-lhe o perfil correto e pensativo, a curva mole do braço, e a ponta indiscreta e curiosa do sapatinho raso que ela trazia. A atitude convinha à beleza melancólica de Helena. O rapaz olhava para ela sem movimento nem voz.

A tarde expirava; a cor verde do morro fronteiro ia tomando o aspecto cinzento-escuro que precede a cor fechada da noite. A própria noite desceu, e um escravo entrou na varanda

46. Johann Wolfgang von Goethe (1749-1832), o monumento da literatura alemã, autor do *Fausto*.

47. Tecido de linho ou algodão.

a acender as duas lâmpadas que pendiam do teto. Essa circunstância acordou a moça, e bastou-lhe voltar um pouco a cabeça para ver o amigo de Estácio a alguns passos de distância.

– Estava aí? – perguntou Helena, estremecendo.

– Dona Úrsula não voltou – respondeu Mendonça com timidez –; não quis interromper a leitura que a senhora fazia.

– A leitura? A leitura acabou há muito tempo.

– Mas também se lê de cor.

Helena lançou-lhe um olhar suspeitoso.

– Não sei ler de cor – disse ela, erguendo-se e saindo da varanda.

Mendonça ficou aturdido. Que lhe dissera ele tão grave que a pudesse ofender? Repetiu as próprias palavras e não lhes achou sentido mau. Certo, porém, de que a molestara, ali ficou aborrecido de si mesmo, desejoso de lhe explicar tudo, se alguma coisa houvesse explicável. Após alguns instantes, resolveu entrar também. Entrou; Helena não estava nem na sala de jantar, nem na do jogo, onde achou Dona Úrsula com o dr. Matos e o coronel-major. Dali passou à sala de visitas. Helena não o viu entrar; estava mergulhada numa poltrona com a cabeça nas mãos. Comovido, deteve-se alguns instantes a contemplá-la; depois caminhou para ela e falou-lhe.

Helena ergueu a cabeça.

– Perdoe-me – disse ele –, se alguma coisa lhe disse que a magoou. Confesso que não sei o que poderia haver em minhas palavras. Ficou triste por isso?

A moça cravou nele um olhar ainda suspeitoso, e não lhe respondeu logo. Mendonça adotou o melhor dos alvitres naquela ocasião; inclinou-se e recuou para sair. Helena chamou-o; ele aproximou-se outra vez, com um ar de tão doce resignação que lisonjearia o mais levantado orgulho. Helena estendeu-lhe a mão; ele apertou-a e teve ímpetos de a beijar uma e muitas vezes, triunfando naquele único instante da hesitação de todos os dias; faltou-lhe resolução. Helena mostrou-lhe o trecho da carta em que Estácio se referia a ele; falaram dos ausentes e dos presentes, de todos e de tudo, menos do assunto que exclusivamente preocupava o moço. Ele saiu dali sem haver dito nada de seu coração. Chegando à rua, achou-se poltrão e ridículo, disse mil nomes feios a si próprio; enfim, prometeu declarar tudo a Helena no dia seguinte.

No dia seguinte, que era domingo, Helena dirigiu-se à capela a ouvir a missa do padre Melchior. Acabada a cerimônia, não seguiu para casa, com Dona Úrsula, mas foi ter à sacristia, onde o padre acabava de tirar os paramentos. Melchior, logo que soubera da carta de Estácio, nessa manhã, pedira a Helena que lha deixasse ver.

– Falam sempre ao coração as letras dos amigos – dissera ele.

Helena deu-lhe a carta, que o padre recebeu com uma expressão antes de curiosidade que de afeto. Leu-a vagarosamente, como escrutando o sentido e as palavras; e sendo longa a epístola, longo foi o tempo que ele despendeu em a interpretar. Durante esse tempo, Helena admirava-lhe a figura austera, a serenidade religiosa. A sacristia era pequena; duas altas janelas deixavam entrar a luz, o ar e o aroma das folhas e das flores da chácara. Entre a cimalha e o telhado algumas andorinhas haviam fabricado os ninhos, donde saíam, como pensamentos de juventude, a adejar ao sol da manhã. Ao pé daquele quadro exterior de alegria e verdura, a sacristia tinha certo ar melancólico e severo, que lançava n'alma o esquecimento das vicissitudes humanas. Helena deixou-se cativar desse sentimento de abstenção e elevação; se alguma dor ou remorso a pungia, esqueceu-os, por um minuto ao menos, entre aquelas paredes desataviadas, diante de um padre, entre uma imagem de Jesus e as obras vivas do Criador.

Lida a carta, Melchior dobrou-a com ar pensativo; depois entregou-a à moça.

– Já respondeu? – perguntou ele.

– Já; trouxe-lhe a carta que vou mandar hoje mesmo.

Melchior abriu-a e leu; não gastou menos tempo, ainda que era de menores dimensões. O estilo era afetuoso, mas muito menos exuberante que o da carta de Estácio. Ela contava-lhe, em suas feições gerais, a vida que ali passavam, desde que ele partira, as ocupações de cada dia e as distrações da noite.

Vivemos, dizia a moça, como podem viver duas criaturas que sabem a afeição que lhes tem um parente amigo, ausente embora, mas não esquecido – nem ingrato. O padre Melchior, algum dos vizinhos, e o dr. Mendonça são as nossas visitas habituais. Você sabe o que vale o padre; é a mais bela alma que Deus mandou ao mundo. Os vizinhos são afáveis, como sempre. O dr. Mendonça é verdadeiramente digno da nossa afeição e confiança. Disse-lhe o que você me escreveu; ele riu, como homem seguro de escapar à punição.

Pena é que você tenha de se demorar aí tanto tempo; mas, se alguma esperança pode haver de salvar a doente, damo-nos por bem pagas da demora. É verdade que você não é médico; mas há aí outra doente, para quem é, não só médico, mas até toda a medicina. Por que razão me não escreveu Eugênia? Eu não cuidei que essa amiga me esquecesse na véspera de ser minha cunhada. Se estivéssemos mais perto, ia puxar-lhe as orelhas. Diga-lhe isto; e se tiver ocasião de emprestar-me os seus dedos, aplique-lhe o castigo, declarando-lhe o delito cometido e o juiz que a sentenciou.

O que você diz da vida solitária é muito justo, mas impraticável. Os amigos não nos iriam ver; e poderíamos nós dispensá-los? Tal é a opinião de titia e a minha. O melhor de tudo é este meio-termo de Andaraí; nem estamos fora do mundo, nem no meio dele. O ruído externo pode ter os efeitos de que você fala; mas ele é às vezes preciso para aturdir e distrair o espírito. Também a solidão tem suas dores, e fundas; também ela abala o coração. Nem um extremo nem outro.

A carta continha alguns períodos mais, não muitos; três ou quatro vezes falava em Eugênia, com tamanha insistência que punha em relevo o silêncio a tal respeito conservado por Estácio; falava-lhe da beleza da noiva, do casamento próximo, do amor que os faria felizes, e da ventura que ambos dariam a todos os seus.

Quando o padre acabou de ler a resposta, abriu os braços a Helena; depois abrangeu com as mãos a cabeça da moça e contemplou-a durante alguns segundos.

– Toda a sua alma está nesse escrito – disse ele –; vejo aí a reflexão e o afeto. Tanto melhor! Há contudo uma lacuna: não transmite a seu irmão as minhas saudades; há também uma excrescência: louva méritos que não possuo. Embora! Mande-a...

– Escreverei duas linhas mais.

– Pois sim. Diga-lhe que se apresse, porque estou velho e posso morrer antes.

– Oh! – protestou Helena.

Melchior olhou para era silenciosamente.

– Crê que Estácio seja feliz? – perguntou ele enfim.

– Creio.

– Também eu.

Outro silêncio. O primeiro que o rompeu foi o padre.

– Por que se não casa também? – disse ele.

– Eu?

– Decerto. Pode ser que muito breve, talvez...

– Talvez nunca.

Melchior franziu a testa; a fisionomia, de ordinário meiga, tornou-se severa, como a consciência dele. O padre tinha uma das mãos de Helena entre as suas; deixou-a insensivelmente cair. Entre os dois estabeleceu-se um silêncio que os acabrunhava e que não ousavam romper; como subjugados por um mistério, receava cada um deles que o outro lho lesse na fronte; instintivamente desviaram os olhos.

Melchior foi o primeiro que voltou a si. A reflexão corrigiu a espontaneidade, e o padre reassumiu o gesto usual, com essa dissimulação que é um dever, quando a sinceridade é um perigo.

– Vamos lá – disse ele –; ninguém pode decidir o que há de fazer amanhã; Deus escreve as páginas do nosso destino; nós não fazemos mais que transcrevê-las na Terra.

– É verdade! – confirmou ela com um gesto de cabeça, e sem erguer os olhos.

– Amanhã – continuou o padre –, o acaso – isso a que os incrédulos chamam acaso, e que é a deliberação da vontade infinita – lhe apontará um homem digno da senhora, e seu coração lhe dirá: é este, e o suspiro desalentado de hoje converter-se-á num olhar de graças ao Céu. Ora, o que eu lhe peço, o que eu desejo, é que se apresse tanto que eu possa casá-los...

– Oh! Mas não vai morrer amanhã – interrompeu Helena.

– Estou velho, minha filha; estes cabelos brancos são já a neve desse mar polar para onde navegamos todos. Conto sessenta anos. A morte pode colher-me um dia próximo...

– Vamos almoçar – disse Helena sorrindo.

Saíram da sacristia, atravessaram a capela, e penetraram na chácara. Na ocasião em que iam transpor a porta da capela, viram Mendonça entrar em casa. Melchior estacou e olhou para Helena. Esta ia como acabrunhada e absorta. O gesto do padre, quando ela lhe declarou que não se casaria talvez nunca, ficara-lhe gravado na memória, como um enigma, que talvez receava decifrar. Poucos minutos eram passados; contudo, ela pôde refletir, e coligir os elementos de uma resolução. Detendo-se, com o padre, à porta da capela, viu também entrar Mendonça. Os olhos da moça e do padre interrogaram-se de novo, mas dessa vez nenhum deles os desviou.

– Vê aquele homem? – perguntou Helena. – Parece-lhe que seria bom marido?

– Excelente, decerto – disse vivamente Melchior –; caráter, educação, sentimentos...

– Tem ainda uma virtude particular: ama-me.

– Sei.

– Ele lho disse?

– Não, mas vê-se. É sabido de todos os que frequentam esta casa. A probabilidade do casamento é objeto de comentários, e a opinião geral é que ele se fará dentro de pouco tempo. Confessou-lhe alguma coisa?

– Nada; mas os olhos da mulher amada não são menos sagazes que os dos padres amigos. Acha que devo confirmar a opinião dos outros?

– Acho; consulte, porém, seu coração.

– Já consultei.

– Neste único instante?

– Nada menos.

– Deveras? – disse Melchior, derramando um olhar de paternal ternura no rosto sério de Helena.

– Não digo que o ame desde já; mas a afeição que ele me tem refletirá em meu coração, e eu virei a amá-lo. O que importa saber é que é digno de mim. De todos os que me pretendessem nenhum lhe seria superior.

– Ainda bem! Contudo, repare que vai contrair uma obrigação perpétua, e que um contrato destes não pode ser deliberado em poucos instantes.

– Oh! Nesse ponto a minha ignorância sabe mais do que a sua teologia. Que são minutos e que são meses? Paixões de largos anos, chegando ao casamento, acabam muitas vezes pela separação ou pelo ódio, quando menos pela indiferença. O amor não é mais que um instrumento de escolha; amar é eleger a criatura que há de ser companheira na vida, não é afiançar a perpétua felicidade de duas pessoas, porque essa pode esvair-se ou corromper-se. Que resta à maior parte dos casamentos, logo após os anos da paixão? Uma afeição pacífica, a estima, a intimidade. Não peço mais ao casamento, nem lhe posso dar mais do que isso.

– Não gosto de tanta reflexão em tão verde idade – replicou benevolamente Melchior –; todavia, encanta-me esse raciocínio que, ao cabo de tudo, pode ser verdadeiro. Mas não me desdigo; alguns minutos é pouco tempo; reflita ainda 24 horas.

– Nem um instante mais – insistiu Helena. – Minhas reflexões são lentas ou súbitas: ou cinco minutos ou um ano; escolha.

– Pois reflita cinco minutos – replicou o padre sorrindo.

– Já lá vão quatro; aproveitarei o último para lhe dizer que em nada disto falaria, se não fossem as qualidades notáveis desse moço; e para acrescentar que a ele me liga certa simpatia de gênios... é talvez a semente do amor.

Tinham chegado ao primeiro degrau da escada da varanda. Subiram e penetraram na sala de jantar, onde acharam Dona Úrsula e Mendonça, este a percorrer com os olhos um jornal do dia. O almoço serviu-se imediatamente.

– Padre-mestre – disse Dona Úrsula – demorou-se tanto que cuidei... tivesse ideia de me arrebatar Helena.

– Estive-a ouvindo de confissão – respondeu Melchior.

– E pôde absolvê-la?

– Decerto.

– Mas com grande penitência, não?

– A mais fácil de todas – acudiu Helena, olhando para o padre.

– Oh! Então é que os pecados são leves! – concluiu Dona Úrsula. – Não lhe parece?

Estas últimas palavras foram dirigidas a Mendonça, na ocasião em que todos caminhavam para a mesa. Mendonça não respondeu nada. Contra o costume, falava pouco – menos ainda que na véspera e nos dias anteriores. Dona Úrsula via a diferença mas não a compreendia.

– Não quero saber que pecados confessou – disse ela sentando-se –; estou certa de que o maior deles não levaria ninguém ao purgatório.

– Veja o que é uma tia indulgente – observou Helena a Mendonça, sentando-se ao seu lado.

Preocupado com a conversa que acabava de ter na sacristia e na chácara, Melchior pouca atenção prestou a princípio ao filho do comerciante. Analisava as circunstâncias do momento e pesava a responsabilidade que lhe podia vir de qualquer resolução que adotasse. Após um longo diálogo com a consciência, o velho sacerdote inclinou os olhos ao mancebo, que lhe ficava defronte, ao lado de Helena. Viu-os conversar. Ela mostrava-se graciosa, solícita e atenta, como uma esposa amante; ele parecia enamorado da voz e das falas da donzela; como que um clarão interior lhe desvendara à alma os horizontes infinitos da esperança. Familiarizado com Helena, tratado por ela com esquisita atenção, era contudo a primeira vez que ela lhe falava não como a um confidente amigo, mas como a um homem que poderia vir a ser seu esposo. Alguma seriedade, um olhar submisso, uma atenção continuada, fizeram essa diferença, que antes foi sentida pelo coração do que descoberta pelos olhos.

No fim do almoço, Melchior dirigiu-se para a sala de visitas, com Helena. Mendonça acompanhou-os. A resolução do padre estava assentada de raiz; ele aceitava aquele casamento como um presente do céu. Apenas entrados na sala, travou as mãos de um e outro e lhes disse, com voz comovida:

– Prometem não zangar-se comigo?

– Por quê? – interrogou Mendonça com os olhos.

Helena baixara os seus.

– Prometem?

– Padre-mestre... – começou Mendonça sem poder concluir a frase.

O padre olhou silenciosamente para um e outro. Talvez hesitava falar; talvez buscava o melhor meio de dizer o que tinha no coração. Urgia romper o silêncio; fê-lo com solenidade:

– Serei duas vezes padre: segundo a natureza e segundo o Evangelho. Quando duas criaturas se merecem, é servir a Deus emprestar a voz ao coração que não ousa falar. O senhor ama esta menina; leio-lhe nos olhos o sentimento que o arrasta para ela; são dignos um do outro. Se é a timidez que lhe fecha os lábios, eu sou a voz da verdade e do amor infinito; se outro motivo, serei juiz complacente para escutá-lo.

Ouvindo essas palavras, Mendonça ficou aturdido e mudo. Não só a fortuna lhe chegava às mãos, quando ele menos esperava, mas até escolhera um caminho desusado e estranho. A realidade confundia-se ali com o sonho. A presença de um terceiro era suficiente motivo para acanhar os mais resolutos; acrescia a veste sacra do sacerdote, que dava àquilo um ar de solenidade e consagração. Mendonça recobrou, enfim, o uso dos sentidos; a resposta única e eloquente foi estender a mão a Helena, gesto a que a moça correspondeu com simpleza e naturalidade.

– Não se enganaram meus olhos – disse o padre. – Ama-a, e pode dar-lhe a felicidade que lhe desejo a ela. Também Helena o fará venturoso, não? – perguntou ele, voltando-se para a moça.

– Mas é isto um sonho? – perguntou enfim Mendonça.

– A vida não é outra coisa – retorquiu o capelão –; velho pensamento e velha verdade. Façamos por que o sonho seja agradável e não árido ou triste. Prometem-me que se farão felizes?

– Não ambiciono outra coisa – disse o rapaz –; será o meu cuidado e a minha glória.

– Seu amor – continuou Melchior – é mais forte que o de Helena; eu consultei-a antes, e li em seu coração. Elege-o com prazer, embora sem entusiasmo. Não é a paixão cega que a faz falar; é um sentimento brando e singelo, por isso mesmo duradouro. A reflexão de um corrigirá a violência do outro, e os dois sentimentos se completarão pela virtude especial de cada um.

Essa explicação franca de Melchior teve o condão de ser agradável aos dois. Helena estimou que ele nem lisonjeasse as ilusões de Mendonça, nem a desse como aceitando indiferente e estouvada o casamento proposto. Pela sua parte, Mendonça viu nas palavras do padre um indício da sinceridade de Helena, e aceitou o pouco oferecido, com a certeza de multiplicá-lo. O caráter de Melchior e a veneração que mereciam suas virtudes eram fianças de veracidade e davam ao ato singelo que ali se passava um forte cunho de santidade e elevação. Não era uma vulgar declaração de amor, sujeita às variações do espírito ou do interesse, mas verdadeiros esponsais em que a religião era inspiradora e testemunha.

Capítulo XVII

Aquele dia foi marcado no calendário de Mendonça com letras de ouro e cetim; a noite desceu coroada de murta[48] e rosas. Ele viveu essas horas todas num estado de sonambulismo e êxtase. Tencionava referir tudo à mãe, logo que entrou em casa ao meio-dia; mas não se atreveu, porque ele mesmo não estava certo se vivia a realidade ou se voava nas asas de uma quimera. De noite voltou a Andaraí; achou em Helena o mesmo modo afetuoso, a mesma solicitude e carinho; nenhuma ternura expansiva, nenhuma contemplação namorada; um meio-termo que o continha a ele próprio, e não era menos aprazível ao coração. A nova situação era, entretanto, sensível, porque os vigilantes de fora trocaram entre si olhares cheios de graves descobertas; um deles, o coronel-major, chegou a proferir uma alusão, que os interessados fingiram não perceber.

Quando Mendonça chegou a casa nessa noite, ia mais que nunca cheio de comoção e nadando em plena glória. A cidade, apenas aí entrou, pareceu-lhe transformada por uma vara mágica; viu-a povoada de seres fantásticos e rutilantes,

48. Planta de folhas pequenas cultivada em cercas vivas.

que iam e vinham do céu à terra e da terra ao céu. A cor deste era única entre todas as da palheta do divino cenógrafo. As estrelas, mais vivas que nunca, pareciam saudá-lo de cima com ventarolas elétricas, ou fazerem-lhe figas de inveja e despeito. Asas invisíveis lhe roçavam os cabelos, e umas vozes sem boca lhe falavam ao coração. Os pés como que não pousavam no solo; ia extático e sem consciência de si. Era aquele o galhofeiro de há pouco? O amor fizera esse milagre mais.

Um dos teatros estava aberto; comprou um bilhete e entrou. Não era desejo de divertir-se ou interessar-se pelo drama, que aliás expirava de parceria com o protagonista; era necessidade de ver gente, de apalpar a realidade das coisas, tão quimérico se lhe afigurava tudo o que se passara desde manhã.

Um espectador, o filho do coronel-major, viu-o a alguma distância e foi sentar-se ao pé dele.

– O senhor, que tem melhor vista – disse o acadêmico –, desengane-me; aquela moça que ali está, naquele camarote, não é a andorinha viajante?

– A andorinha viajante? – repetiu Mendonça, olhando para ele – que quer dizer esse nome?

– É a alcunha da irmã de Estácio. Será ela que está ali, com uma senhora idosa?

– Mas por que lhe chamam assim?

– Eu sei! Naturalmente porque sai à rua todos os dias. Na verdade, é um passear! Mal amanhece, lá vai trepada no cavalinho, com o pajem atrás.

– Quem lhe pôs essa alcunha?

– As alcunhas são como as mofinas: não têm autor.

Caíra o pano: Mendonça despediu-se ali mesmo e saiu. Na rua repetiu mentalmente as palavras do jovem acadêmico. Ao cabo de alguns minutos, sorriu; compreendera que, apenas suspeitada a sua felicidade, já a inveja lhe deitava na taça uma gota de veneno. Ergueu os ombros, resoluto a suportar tranquilo essa lívida companheira do êxito.

Guiou para casa, onde entrou pouco depois. Helena volvera a ocupá-lo exclusivamente. Só, na alcova de solteiro, inventariou os acontecimentos daquele dia e achou-se morgado[49] da fortuna. Como precisava conversar com alguém,

49. Filho primogênito ou único, herdeiro da fortuna.

escreveu uma longa carta a Estácio, narrando-lhe toda a história do seu coração, as esperanças e a pronta realização delas. A alma derramou-se no papel impetuosa e exuberante. O estilo era irregular, a frase incorreta; mas havia ali a eloquência e a sinceridade da paixão. Quando fechou a carta, anteviu o prazer que ia dar ao amigo, logo que ela lhe chegasse às mãos, levando a notícia de que os vínculos atados na aula iam apertar-se na família.

"Vem quanto antes", dizia ele ao terminar a missiva; "tenho ânsia de abraçar-te e ouvir de ti mesmo o consentimento que me fará o mais feliz dos homens!"

Quando essa carta chegou a Cantagalo, Estácio voltava de uma pequena excursão que fizera com o pai de Eugênia. Conheceu a letra do sobrescrito; abriu negligentemente a carta; leu-a com assombro. A impressão foi tão visível que Camargo lhe perguntou de que se tratava.

– Recebo uma notícia que me obriga a partir amanhã – disse ele.

– Negócio grave?

– Grave.

– Ainda assim, nesta ocasião...

– Que tem? Dona Clara pode ainda resistir à morte alguns dias; e, posto que a minha ausência não prejudique nada do fato a que aludo, contudo é mister que me informe e providencie.

– Algum negócio relativo ao inventário? – aventurou Camargo, que nada conhecia mais grave que o dinheiro.

– Justamente – respondeu maquinalmente Estácio.

Camargo consolou a filha do desgosto que lhe causava a partida do noivo; falou-lhe a linguagem da razão; disse que havia assuntos práticos, a que os sentimentos tinham de ceder o passo alguma vez. No dia seguinte de manhã, partiu Estácio na direção da Corte, não sem prometer que voltaria, se a moléstia ou qualquer outro motivo obrigasse a família a demorar-se em Cantagalo.

Ninguém esperava por ele em Andaraí. Entrando na chácara – era de noite – viu Estácio que a sala que ficava no ângulo esquerdo da frente da casa estava alumiada e tinha gente. A sala ficava ao rés do chão, e as janelas estavam abertas. Parou a pouca distância, e pôde distinguir o coronel-major e o dr. Matos jogando o gamão; a mulher do advogado falava a Dona Úrsula e Melchior, em um dos lados; do outro estava assentada Helena, tendo Mendonça diante de si.

Estácio deu volta aos fundos da chácara, e entrou pela varanda. Os escravos que o viram chegar deram sinal da novidade, com vozes de alegria, que, aliás, não chegaram até as pessoas da sala. Estas só souberam do recém-chegado quando ele assomou à porta. A satisfação de o ver foi geral e sincera em todos. Estácio distribuiu abraços e apertos de mão. Melchior, que se deixara ficar de lado, foi o último com que falou.

– O dr. Camargo veio? – perguntou Dona Úrsula ao sobrinho, logo depois que este cumprimentara a todos.

– Não – respondeu Estácio –, a doente não pode escapar, mas ainda a deixei com vida.

– Imagino a impaciência dos herdeiros.

Essa observação filosófica do coronel-major não teve nenhum efeito. Melchior, que a reprovara interiormente, fez mudar a conversa, informando-se da família de Camargo. Estácio deu todas as notícias que podiam interessar; depois, falou de alguns incidentes da viagem; enfim, retirou-se por alguns minutos.

Mendonça acompanhou o amigo, alcançando-o ainda na escada. Subiram juntos e juntos entraram no quarto.

– Agora que estamos sós – perguntou Mendonça –, houve por lá alguma coisa?

– Nada.

– Tanto melhor!

Um escravo entrou no quarto, a fim de servir a Estácio; Mendonça, ansioso por lhe falar de Helena, contentou-se com trocar algumas vagas indicações.

– Recebeste a minha carta? – disse ele.

– Recebi.

– Não esperavas por ela, aposto...

– Não.

– Como eu não esperava escrevê-la. Estás aborrecido?

– Estou cansado.

– Naturalmente – assentiu Mendonça, abrindo um livro que achou sobre a mesa e tornando-o a fechar.

O silêncio prolongou-se alguns minutos, durante os quais Mendonça tornou a abrir o livro, examinou uma espingarda de caça, preparou um cigarro e fumou. O escravo ajudava o senhor a mudar de roupa. Estácio continuava mortalmente calado; Mendonça falou algumas vezes, sobre coisas indiferentes, e o tempo não correu, andou com a lentidão que lhe é natural, quando trata com impacientes. Logo que Estácio se deu por pronto, e o escravo saiu, Mendonça voltou diretamente ao assunto que o preocupava.

– Estava ansioso por ver-te – disse ele. – Não nos é possível falar agora; não temos tempo. Mas quero dar-te um abraço, ao menos, um abraço de agradecimento pela felicidade...

– Parece que só esperavas a minha ausência?

– Creio que não. Já antes de seguires, começava a sentir alguma coisa nova, que vim a descobrir ser paixão violenta.

– Helena ama-te?

– Com igual amor, não creio; mas aceita-me; tem-me algum afeto.

– Tratarei de consultá-la.

Mendonça não pôde continuar, porque Estácio descia a escada ao dar-lhe a última resposta. Mendonça desceu também. Na sala estavam ainda as mesmas pessoas. Perto de uma janela conversava Helena com o padre. O chá foi logo servido e a conversa tornou-se geral, ainda que sem grande animação. Melchior falou menos que todos.

Nem por isso foi o primeiro que saiu; foi o último. Na chácara, dirigindo-se ao portão, ergueu os olhos ao firmamento, não para ver a lua e as estrelas, senão para subir a região mais alta. O que disse ninguém o soube, mas o anjo das rogativas humanas porventura colheu em seu regaço os pensamentos do ancião, e os levou aos pés do eterno e casto amor.

Capítulo XVIII

– Helena – disse Estácio no dia seguinte, logo que pôde falar a sós à irmã –, sabes por que vim mais depressa? Foi por tua causa. O Mendonça escreveu-me dizendo haver alcançado de ti uma promessa de casamento.

– É verdade.

– É verdade?

– Até ao ponto em que a minha vontade tem um limite, que é a sua. Por mim só nada posso decidir; mas não creio que você se oponha de nenhum modo. Não é certo que deseja a minha felicidade?

Estavam sentados em um banco de pau, defronte do grande tanque. Estácio ficou algum tempo a olhar para a água.

– Não entendo – disse ele enfim.

– Por quê?

– Mais de uma vez me confessaste não sei que paixão violenta, paixão que parecia conter a tua vida toda. Que, sem embargo de um amor único e forte, uma mulher despose um homem que não é o preferido de seu coração, é caso não vulgar e muita vez justificável. Mas que este casamento seja para ela felicidade, confesso que não o poderei entender nunca.

– Recusa então o seu consentimento?

– Não recuso; desejo compreender.

– Nada mais simples – retorquiu a moça.

– Ah!

– Falei-lhe de um amor forte, é certo, não extinto naquele tempo, mas totalmente sem esperança. Que moça não tem dessas fantasias, uma vez ao menos? A fantasia passou. Ou eu não devo casar nunca, ou posso desposar um homem digno, que me ame. Não casar foi algum tempo o meu desejo; não o é hoje, desde que você, titia e o padre Melchior ambicionam ver-me casada e feliz. Para obter a felicidade, além do casamento, escolhi pessoa que me parece capaz de dar a paz doméstica e os melhores afetos de seu coração.

– De maneira que te sacrificas a um desejo nosso?

– Quando fosse sacrifício, fá-lo-ia de boa cara; mas não é.

– Não se trata de um sacrifício repugnante e odioso; entretanto, cumpre examinar o que perdes. Dizes que a fantasia passou; não creio, Helena, não creio que ela passasse. Tu amas decerto; amas violentamente alguém; amas sem esperança nem futuro; isto é, levas para casa do teu marido um coração que te não pertence, um sentimento intruso e inimigo...

Helena quis interrompê-lo.

– Ouve – continuou Estácio. – Esse sentimento, se vier a extinguir-se e se for substituído pela afeição que criares a teu marido, não te fará desventurosa; mas supõe que não morre esse amor, qual será a tua situação?

– Tudo isso é um castelo no ar – disse Helena sorrindo –; eu amei, não amo; ou amo somente a meu futuro marido.

Estácio abanou a cabeça com ar de incredulidade. Seus olhos pousaram no rosto plácido da irmã, como tentando arrancar-lhe uma confissão silenciosa. Os dela, firmes e tranquilos, cruzavam o olhar com os dele. Estácio conhecia já o domínio que a moça exercia sobre si mesma; a tranquilidade não o convenceu. Assim pensava, assim o disse, sem rebuço.

– Por que razão negaria eu a verdade? – retorquiu Helena. Estácio ergueu os ombros.

– Supondo que você tenha razão – tornou ela –, não deverei casar nunca?

– Não digo isso; mas há dois caminhos para a felicidade, além de Mendonça.

– Não os vejo.

– Esse amor misterioso será realmente sem esperança? Nada há definitivo no mundo, nem o infortúnio nem a prosperidade. O que a tua imaginação supõe estar perdido, acha-se apenas transviado ou oculto...

– Adivinho o segundo caminho – atalhou Helena –; não casando agora, posso vir a amar um dia, mais do que a Mendonça, algum homem tão digno como ele.

– Parece-te absurdo isso?

– Não, mas é uma loteria; perco um bem certo por outro duvidoso. O jogador não faz cálculo diferente. Essa felicidade pode não vir; eu contento-me com a que me cabe agora. Mendonça ama-me deveras; senti-o desde algum tempo. O padre Melchior abriu-me os olhos; aceito o destino que os dois me oferecem. Esta é a razão e a realidade; o mais é ilusão e fantasia.

Enquanto ela falava, Estácio, que tirara o chapéu de chile[50], ocupava-se em fazer circular na copa a fita larga que o cingia. Houve entre ambos grande silêncio. Pela beira do

50. Variedade de chapéu panamá.

tanque seguia uma longa carreira de formigas, conduzindo as mais delas trechos de folhas verdes. Com um galho seco, Estácio distraía-se em perturbar a marcha silenciosa e laboriosa dos pobres animais. Fugiam todas, umas para o lado da terra, outras para o lado da água, enquanto as restantes apressavam a jornada na direção do domicílio. Helena arrancou-lhe o galho da mão; Estácio pareceu acordar de largas reflexões; ergueu-se, deu alguns passos e voltou a ela.

– Helena – declarou ele –, não creio nada do que você me diz; você sacrifica-se sem necessidade e sem glória. Não consinto; é meu dever opor-me a semelhante coisa.

Helena ergueu-se também.

– Mendonça começa a ser o fruto proibido – observou ela, sorrindo –, é o meio seguro de o fazer amado.

A moça afastou-se na direção da casa. Estácio viu-a desaparecer por entre as árvores, e ficou algum tempo entre o banco e o tanque. As formigas, dispersas alguns minutos antes, tinham agora entrado no primeiro caminho, com a mesma ordem anterior. Viu-as o moço, e comparou-as às próprias ideias, também necessitadas de que um galho invisível as não dispersasse e confundisse. No meio de suas reflexões, lembrou-lhe o padre; Estácio atravessou a chácara, saiu à rua e dirigiu-se à casa de Melchior.

Melchior habitava uma casinha, situada no centro de um jardim diminuto, a algumas braças da residência de Estácio. Tinha duas salas o prédio, janelas por todos os lados, uma porta na frente e outra nos fundos. A da frente abria entre duas janelas de venezianas. A sala de visitas era ao mesmo tempo gabinete de estudo e de trabalho. Simples era a mobília, nenhuns adornos, uma estante de jacarandá, com livros grossos in-quarto e in-fólio[51]; uma secretária, duas cadeiras de repouso e pouco mais.

Na ocasião em que Estácio ali entrou, Melchior passeava de um para outro lado, com um livro aberto nas mãos, algum

51. Formatos de livros. In-quarto: com folhas dobradas duas vezes, resultando em oito páginas por folha dobrada. In-fólio: com folhas dobradas uma vez para gerar quatro páginas.

Tertuliano ou Agostinho[52], ou qualquer outro da mesma estatura, porque o padre amava contemplar os grandes espíritos do passado, quando não encarava os mistérios do futuro. Naquele corpo mediano havia uma águia cativa. Entre as quatro paredes da casa, limitada a vista pelos arbustos e as flores do jardim, Melchior olvidava o tempo e eliminava o espaço, vivendo a vida retrospectiva ou profética, doce e misteriosa volúpia das almas solitárias. Melchior era um solitário; sem embargo das relações sociais, que ele cultivava, amava sobretudo estar separado dos homens. Nessas horas, que eram a maior parte do tempo, lia ou meditava, esquecido ou estranho a todas as coisas do seu século.

Naquela ocasião lia. Vendo assomar à porta o vulto de Estácio, Melchior fechou o rosto; contudo, recebeu-o afavelmente.

– Vim interrompê-lo – disse Estácio –; mas era preciso.

Melchior depôs o livro sobre a mesa redonda que havia no meio da sala, marcando a lauda com uma velha estampa. Depois sentaram-se ao pé de uma das janelas laterais. Estácio não se atreveu a dizer logo o motivo que o levara ali; mas de sua própria hesitação deduziu Melchior qual era ele.

– Era preciso? – repetiu o padre.

– Trata-se de Helena. Sei que é nosso amigo, confio em seu conselho e discrição. Como deseja a felicidade de minha família, buscou facilitar o casamento de Helena e Mendonça.

– Contando com a sua aprovação – explicou o padre.

– Hesito em dá-la.

– Por quê?

Estácio explicou que Helena não tinha inclinação ao noivo que se lhe propunha, ao que Melchior respondeu, referindo singelamente a verdade.

– É certo que o não ama ardentemente – concluiu ele –, mas aceita-o, aprecia-o, está a meio caminho da felicidade que lhe devemos dar.

– Há uma dificuldade, padre-mestre; é que ela ama a outro.

---

52. Tertuliano: escritor cristão nascido por volta de 150 d.C. em Cartago, na África, autor de *Apologética*. Santo Agostinho (354-430): o grande teólogo do cristianismo, autor das *Confissões*.

Melchior empalideceu; o olhar escrutador, como o de um juiz, cravou-se imóvel e afiado no rosto de Estácio. A fronte severa do moço não se alterou, nem seus olhos baixaram à terra.

– Ama a outro – continuou ele –; paixão violenta, mas sem esperança, e tão real quão misteriosa. Uma ou duas vezes aludiu a ela; nada mais lhe pude arrancar. Agora mesmo, quando lhe falei a tal respeito, desviou daí o sentido e a conversação. Nada mais sei; sei, porém, que ama, e casar com outro em tais circunstâncias dá dois inconvenientes igualmente graves: priva-se da possibilidade de uma união feliz com o homem que interiormente elegeu, e leva para a casa do marido um sentimento de pesar e de remorso. Parece-lhe isso tolerável?

– Não há remorso, não há pesar onde não há esperança – redarguiu o padre. – Helena aceita o Mendonça por espontânea vontade; e conheço-a tanto que não acho já possível que ela recuse.

– Salvo o meu consentimento.

– É claro; mas por que o não daria?

– Porque não desanimo de descobrir a pessoa a quem Helena entregou o coração. Talvez ela ache impossível aquilo que é simplesmente difícil. Demais, não esqueçamos que Helena mal tem dezessete anos.

– Valem por 25.

– Pode ser; mas convém não aceitar de coração leve uma condescendência ou um capricho, ou qualquer outro motivo oculto que a inspira nessa resolução.

– Que motivo seria?

– Eu sei! Talvez a suspeita de que estimássemos vê-la afastar-se de casa.

– Não a calunie; Helena tem perfeita ciência e consciência dos afetos que a rodeiam e da estima em que é tida. Suas objeções não valem nada diante da declaração que ela própria fez. Não compliquemos uma situação simples e definida.

Melchior proferiu essas palavras com voz branda, mas em tom firme; Estácio não se animou a responder logo. Voltou, porém, ao primeiro argumento; depois, aventurou uma objeção nova.

– Mendonça é bom coração – disse ele –; mas não possui as qualidades que, em meu entender, devem distinguir o marido de Helena. Nunca exercerá sobre ela a influência que deve ter um marido. Entre os dois inverte-se a pirâmide. Mas isso, ao menos, se destruía uma das condições do casamento, podia conservar a felicidade doméstica. O perigo maior é outro; é vir ele a perder a estima da mulher. Nesse caso, que lhe daríamos nós a ela? Um casamento aparente e um divórcio real.

Não olhava para ele o padre, mas para fora, com uns olhos dolorosos e o gesto impaciente. Quando ele acabou, fitou-o com resolução; disse que se tratava de casar Helena, não com um marido especial, mas com o que ela própria escolhera de sua vontade livre; casamento que cumpria fazer sem demora. Era certo que, como chefe de família, Estácio podia opor-se ao casamento ou marcar-lhe condições; mas nem convinha isso ao interesse de Helena nem ao próprio interesse da família.

Estácio ergueu-se quando o padre acabou; percorreu a sala, calado e pensativo. No fim de alguns segundos, o padre foi a ele.

– Vá contar tudo à sua tia – disse –; aprove sua irmã, casá-los-ei a todos no mesmo dia.

– Pois bem – disse Estácio, como concluindo um raciocínio interior –; consinto em que Helena se case, mas procuremos outro marido. Mendonça, não; há de ser outro. Vou casar-me também; receberei todas as semanas; algum rapaz aparecerá que a mereça e de quem ela venha a gostar seriamente... É a minha última resolução.

Capítulo XIX

No momento em que Estácio proferia essas palavras, transpunha Mendonça a porta do jardim do capelão. Preocupado com a frieza de Estácio, lembrara-lhe falar a Melchior e pedir-lhe conselho. Melchior ia responder ao sobrinho de Dona Úrsula, quando ouviu rumor de passos na areia do jardim.

– Aí vem o noivo – disse ele.

Estácio deu dois passos para pegar no chapéu; reconsiderou e foi sentar-se ao pé da mesa redonda. Havia ali um exemplar das Escrituras. Abriu-as ao acaso; a página acertou ser um capítulo dos *Provérbios*[53]; leu este versículo: "Quem quer abrir mão de seu amigo, busca-lhe as ocasiões; ele será coberto de opróbrio". Envergonhado, voltou a folha. Mendonça entrara na sala. Não contava com Estácio, mas estimou vê-lo ali.

– Venha – disse Melchior –, tratávamos justamente do seu casamento.

Estácio lançou ao padre um olhar de exprobração. O padre não o viu; olhava para Mendonça, que imediatamente lhe respondeu:

– Não venho cá para outra coisa. Uma vez que a fortuna o fez nosso confidente, desejo constituí-lo meu conselheiro e diretor.

– Antes de tudo, sou advogado de sua causa – disse Melchior –; estava expondo agora as vantagens dela.

Mendonça olhou fixamente para o amigo, e, depois de curta pausa:

– Rejeitas ou aceitas o noivo? – perguntou ele.

Posto entre a espada e a parede, Estácio não soube logo que respondesse; ficou a olhar para a lauda aberta, receoso de encontrar a vista dos dois. O silêncio era pior que a resposta; e nem o caso nem as pessoas permitiam tão grande pausa. Estácio fechou de golpe o livro e ergueu-se.

– Discutia somente as vantagens do casamento – disse ele.

– E qual é a tua opinião?

– Minha opinião é que Helena está ainda muito menina. Mas não é só essa, nem é a principal; o voto, em todo caso, é a favor do casamento. A principal razão é o teu próprio crédito.

– Meu crédito?

– Helena pode vir a amar-te como lhe mereces; a verdade é que não sente ainda hoje igual paixão à tua; foi o padre-mestre que mo disse. Estima-te, é certo; mas a estima é flor da razão, e eu creio que a flor do sentimento é muito mais própria no canteiro do matrimônio...

– Há muita flor nesse ramalhete de retórica – interrompeu benevolamente o padre. – Falemos linguagem singela e

53. Um dos livros sapienciais do Antigo Testamento, traz regras morais em forma de parábolas e lições de vida.

nua. Não creia literalmente o que lhe diz este filósofo – prosseguiu ele, voltando-se para Mendonça –; ele gosta de ambos e quer vê-los felizes; é o próprio zelo que lhe faz falar assim. Numa palavra, deseja que o senhor a conquiste, depois de campanha formal...

Mendonça respondeu ao capelão com um sorriso pálido, que lhe arrebitou um pouco as pontas do bigode, recolhendo-se logo medroso e frio. O rosto ficara carregado e pensativo; a língua de Estácio tocara-lhe o coração. Disposto a aceitar a estima e a simpatia de Helena com a esperança de converter esse pequeno dote em avultado capital, não lhe ocorrera que, a olhos estranhos, podia parecer que o fim exclusivo era a riqueza da moça. Estácio rompera o véu a essa probabilidade. Uma só palavra desfizera a ilusão de poucos dias.

– Vamos lá – disse o padre –, abracem-se como irmãos.

Nenhum deles se mexeu. Melchior sentiu toda a gravidade da situação; viu perdidos os esforços, desfeita a união assentada, um abismo cavado entre os dois amigos, incerto o destino de Helena. Interveio outra vez com palavras de brandura, que os dois ouviram sem interromper. Quando acabou:

– O Estácio tem razão – disse Mendonça –; meu crédito padecerá, desde que alguém se lembre de dizer que o casamento foi arranjado sem nenhuma preocupação das preferências de Dona Helena. Ela me desobrigará, em troca da palavra que lhe restituo.

A frase brotou-lhe dolorida, mas sem hesitação nem fraqueza. Estácio olhava para ele e sentia alguma coisa semelhante a um remorso. Uma voz interior parecia dizer-lhe: "Sonâmbulo, abre os olhos, tem consciência de tuas ações; teu abraço enforca; teus escrúpulos fazem-te odioso; tua solicitude é pior do que a cólera". Viu o mancebo cortejar o padre; deteve-o pelo braço.

– Onde vais? – disse ele.

– Vou aonde me leva o pundonor – disse singelamente Mendonça.

– Pobres rapazes! – exclamou o padre. – São dois estouvados, nada mais; um quer catar argumentos onde sua irmã só achou nobre e franca resolução; o outro rompe de coração leve uma promessa feita em presença de um sacerdote. Estouvados, disse eu? São mais do que isso: são dois dementes. Ora, como só eu tenho juízo e consequente autoridade, digo que nem um há de sair assim desenganado, nem o outro há de recusar a aquiescência que lhe peço em nome de seu finado pai.

Estácio estremeceu, Mendonça conservou-se frio. A arma era rija, mas o golpe excedia a necessidade. Mendonça não quereria dever a esposa à evocação do nome do conselheiro: equivalia a um rapto. Percebeu-o Melchior, quando viu Estácio estender a mão ao amigo, mão que este recebeu com dignidade e frieza. Contaria Estácio com essa mesma repulsa do pretendente? O certo é que lhe disse, sem a menor sombra de hesitação:

– Meu zelo foi talvez excessivo; a intenção é boa e pura. Que posso eu desejar senão ver felizes os meus? Amem-se; será o remate das minhas aspirações. Prometes fazê-la feliz?

– Não prometo nada – disse Mendonça –; o casamento é já impossível. Tu abriste-me os olhos; não te quero mal por isso. Perco muito, é certo, mas não me exponho à língua dos maus.

Mendonça foi buscar o chapéu e dispôs-se a sair, não obstante a intervenção de Melchior, que procurou trazê-lo a sentimentos de reconciliação. Não insistiu o padre; viu no rosto do mancebo uma resolução digna e firme, que era impossível dobrar naquele momento. Quando Mendonça lhe estendeu a mão em despedida, ele apertou-lha com ternura e esperança. Estácio tentou ainda retê-lo; foi inútil; Mendonça saiu dali sem rancor, mas sem pesar. O coração sangrava-lhe, a consciência ia contente.

Melchior foi até a porta, a despedir-se de Mendonça. Quando este saiu, ele voltou o rosto para dentro, cruzou os braços e fitou o sobrinho de Dona Úrsula. O moço desviou os olhos.

– Viu? – perguntou o padre. – Não sei qual seja a sua resolução; mas prometo-lhe que serei como Maomé[54] – Deus me perdoe! –, ainda que veja o sol à minha direita e a lua à minha esquerda, não deixarei de executar o meu desígnio. Vá ter com sua família; deixe-me alguns instantes com o meu breviário.

54. O fundador do islamismo, viveu entre 570 e 632.

Estácio não pôde resistir à intimação do sacerdote; não achou uma palavra para lhe dizer. Saiu aturdido, desconsolado, colérico. Na rua e na chácara, ia pensando na cena daquela última hora, e parecia apenas reconstruir um sonho. Desconhecia-se, apalpava a inteligência, chamava em seu auxílio todas as forças da realidade; olhava para o chão, suspeitoso de que ia calcando as nuvens. Quando a razão tomou pé no meio de lembranças tão desconcertadas, ele viu claramente o resultado de suas ações: perdia um amigo de longos anos e abdicava a direção da família, pelo menos em relação ao casamento da irmã. Se esta lhe agradecesse a resistência, Estácio dar-se-ia por bem pago de tudo. Não era em seu favor que ele conspirara? Esse pensamento levantou-lhe o ânimo; tivesse a aprovação de Helena, pouco lhe importaria o resto.

Helena ouviu-lhe a narração fiel do que se passara em casa de Melchior. Ouviu-a comovida; no fim reprovou tudo o que ele fizera.

– Mendonça é já o fruto proibido – concluiu a moça –; começo a amá-lo. Se ainda assim me obrigar a desistir do casamento, adorá-lo-ei.

– Chegamos ao capricho! – exclamou ele – é o fundo do coração de todas as mulheres.

Helena sorriu e voltou-lhe as costas. Subiu ao quarto, travou de uma pena e escreveu um bilhetinho. A tinta secou primeiro que duas grossas lágrimas caídas no papel; mas as lágrimas secaram também. Antes de fechar o bilhete, desceu Helena a mostrá-lo ao irmão.

Quando a moça entrou no gabinete, Estácio ia ter com ela. Tinha resolução assentada. Uma vez que a irmã aceitava de boa feição o casamento, não havia mais que o aprovar e celebrar. Encontraram-se na porta; Estácio recuou para dentro.

– Helena – disse ele –, faça-se a tua vontade.

– Consente?

Estácio fez um gesto afirmativo.

– Não basta isso – tornou a moça –; Mendonça não voltará cá depois do que se passou. Peço-lhe a remessa deste bilhete.

Estácio abriu o bilhete; continha estas poucas palavras:

Venha hoje a Andaraí; é o meu coração que o pede e a nossa felicidade que o exige.

Cinco minutos gastou o moço a ler as duas linhas; leu o que estava escrito e o que não estava. Helena desarmava os escrúpulos de Mendonça, tirando à futura união qualquer suspeita de interesse. Leu e fechou lentamente o papel.

– Aprova? – perguntou a moça.

– Assim, pois – disse o moço tristemente –, a tua felicidade exige que esse homem venha cá, que te cases com ele, que nos fujas? Não te basta a família, a afeição de nossa tia, a minha própria afeição? Estes meses de doce intimidade vão ser esquecidos em um só instante, sacrificados aos pés do primeiro homem que te apraz escolher e seguir? No dia em que penetraste nesta casa, entrou contigo um raio de luz nova, alguma coisa que nos faltava e que tu trouxeste contigo; nossa família completou-se: nossos corações receberam um sentimento último. Pensávamos que isto seria duradouro, e era simplesmente fugaz. Oh! Helena, melhor fora não ter vindo!

Helena quis responder, a voz travou-se-lhe na garganta, e a palavra retrocedeu ao coração. Apontou para o papel como pedindo-lhe, ainda uma vez, que o enviasse e saiu.

De tarde, apareceu Melchior; ia tranquilo e resoluto a dar um golpe decisivo. Estácio rendeu-se, antes que ele falasse.

– Padre-mestre – disse o moço logo que o viu –, a reflexão venceu-me; faça-se a vontade de todos.

– Fala de coração?

– De coração.

– Pois bem, seja completo – tornou o padre. – Sou ministro de uma religião que condena o orgulho. Não há desar em curar as feridas de um amigo: vá ter com o seu amigo; traga-o a esta casa, como irmão.

– Irei amanhã.

– Não; vá hoje mesmo.

A noite caiu logo; Estácio foi dali vestir-se. Não tendo enviado o bilhete de Helena, meteu-o na algibeira para entregá-lo ele próprio; depois tirou-o e releu-o; tendo-o relido, fez um gesto para rasgá-lo, conteve-se e perpassou-o ainda uma vez pelos olhos. A mão, à semelhança de mariposa indiscreta, parecia atraída pela luz; resistiu, resistiu algum tempo; enfim chegou o bilhete à vela e queimou-o.

Capítulo XX

A visita de Estácio não causou nenhum espanto a Mendonça; ele a esperava com a confiança das índoles ingênuas e avessas ao ódio. Não era crível que um amigo de longos anos dormisse sobre a injustiça de um minuto; contudo dormiu. Foi na seguinte manhã que Estácio procurou o pretendente de Helena.

Entrou naturalmente em casa de Mendonça, sem expressão nem secura. A entrevista foi breve e cordial; houveram-se os dois com afetuosa dignidade. Estácio explicou os escrúpulos, declarou-se contente com a aliança. O contentamento podia existir; todavia, a manifestação foi parca e seca. Houve mais calor e expansão quando ele lhe pediu que desse vida feliz à irmã.

– Será para mim um eterno remorso, se Helena vier a ser desgraçada – disse ele. – Não tivemos o mesmo berço, vivemos nossa infância debaixo de teto diferente, não aprendemos a falar pelos lábios da mesma mãe. Importa pouco; nem por isso lhe quero menos. Meu pai recomendou-a à nossa família, e ela correspondeu ao sentimento que ditou essa última vontade.

Mendonça não respondeu nada; refletira, durante a noite, nas palavras que ouvira a Estácio no dia anterior – palavras que bem podiam ser ditas ou pensadas por outros, talvez por todos, logo que soubessem do casamento. Helena viria a amá-lo, talvez; mas desde logo lhe levava para casa a chave da independência. Mendonça recuou. Quando o padre Melchior o soube, não pôde conter um gesto de admiração; mas, se louvou o escrúpulo, não aprovou a resolução, que vinha derrubar tudo.

– Não tapará nunca a boca aos maus – disse o padre –; eles acharão meio de envenenar-lhe a generosidade.

– Paciência! – tornou o moço –, é menor esse perigo. Se casar, dirão que faço uma operação vantajosa; talvez a família o suponha; talvez ela própria o pense.

Helena teve notícia dos receios do pretendente, e da resolução a que parecia inclinar o coração. Perguntou-lhe se era verdade. Mendonça afirmou que sim. Ela contemplou-o longamente, sem dizer palavra; travou-lhe das mãos, apertou-as com efusão; ele persistiu.

No desinteresse de Mendonça havia porventura um pouco de faceirice. A moça o percebeu, nem por isso deixou de crer na sinceridade do rapaz. Tentou dissuadi-lo; e, posto nada alcançasse nos primeiros minutos, estava certa de que venceria o derradeiro obstáculo. Teria os olhos mais hábeis e felizes que os lábios do padre. Foi o que ela disse ao capelão.

– Tomo à minha conta efetuar este casamento – continuou Helena.

– Resolvida a tudo?

– A tudo.

– Mas, se ele insistir...

– Se ele insistir, vencê-lo-ei, ou por um modo ou por outro. Uma moça que quer ser noiva, vale por um exército; eu sou um exército.

– Muito bem! Contudo, sua dignidade...

– Oh! Em último caso abro mão da herança.

– Era capaz disso? – perguntou Melchior.

– Se era capaz? Desejo-o até – disse a moça com veemência.

E acrescentou em tom mais brando:

– Sobre o homem de minha escolha desejo que não paire a mínima desconfiança.

Tal era a situação, dois dias depois da volta de Estácio. O casamento podia contar-se feito. Mendonça não resistiu ao desinteresse de Helena. Dona Úrsula aprovou tudo com efusão e amor, nada sabendo das incertezas e contradições dos últimos dias.

Na noite desse dia, Estácio escreveu para Cantagalo dando notícias suas. Do casamento de Helena falou pouco, quase nada. Tudo o descontentava; tanto o que ele fizera e dissera, sem proveito, como o desenlace da situação. Não soubera opor-se com eficácia, nem aplaudir oportunamente.

Posto fosse tarde, o sono teimava em fugir-lhe, e ele velou até muito além da meia-noite. Ocupado, sem dúvida, em adormecer organizações menos sensíveis e existências menos complicadas, o sono fez-lhe apenas uma curta visita. Pelas cinco horas da manhã, Estácio acordou e ergueu-se. A manhã estava fresca; quase toda a família dormia. Estácio desceu; o único escravo que achou levantado preparou-lhe uma xícara de café. Não tendo ainda chegado os jornais, bebeu-a sem a leitura do costume.

Quem sabe por que fios tênues se prendem muitas vezes os acontecimentos humanos? Estácio ouviu o som longínquo de um tiro; era algum caçador, talvez; a suposição deu-lhe a ideia de ir caçar, foi buscar a espingarda, proveu-se de pólvora e chumbo, e saiu.

Se a habilidade não era muita, parecia ter ainda diminuído naquela manhã, ou porque a mão estivesse menos firme, ou porque a vista andasse menos segura. Estácio caminhara longo tempo sem pensar no fim que o levava; ia absorto, alheio ao lugar e às coisas. Fez algumas tentativas de caça. Quando cansou de errar, consultou o relógio e viu que não era cedo. Tinha o braço cansado de suster a espingarda; só então reparou que não trouxera um pajem consigo. Dispôs-se a voltar. Vendo uma parasita, colheu-a com a intenção de a dar a Helena, como seu primeiro presente de núpcias. Depois desceu, em caminho para casa.

Vinha descendo, com a espingarda debaixo do braço, os olhos no chão, a passo lento, apesar de ser tarde. De uma vez que ergueu os olhos, viu um caso estranho, que lhe fez deter o passo. Um pouco abaixo, saía, de trás de uma casa velha, o pajem de Helena, conduzindo a mula e a égua. Estácio não soube que pensar daquilo; cedendo ao impulso, que não pôde dominar, deu um salto por cima da cerca de espinhos, agachou-se e esperou o resto.

O resto não se demorou muito. Assomou à porta da frente a figura de Helena. Depois de olhar cautelosamente para um e outro lado, saiu e montou a égua; o pajem cavalgou a mula e os dois desceram a trote.

Estácio sentiu uma nuvem cobrir-lhe os olhos; ao mesmo tempo, apertava o primeiro objeto que achou debaixo das mãos: era a cerca de espinhos. A dor fê-lo voltar a si; tinha a mão ensanguentada. Ao longe, cavalgavam Helena e o pajem. Logo que os viu desaparecer, Estácio saltou de novo à estrada. Sem resolução nem plano, caminhou em direção à casa donde vira sair a irmã. Era a mesma da bandeirinha azul que Helena cumprimentara de longe, alguns meses antes, e não esquecera de reproduzir na paisagem que dera ao irmão, no dia dos anos dele. Essas circunstâncias, antes indiferentes, apareciam-lhe agora como outros tantos artigos de um libelo.

O prédio parecia ainda mais velho do que a primeira vez que o vira; a caliça das paredes e das colunas ia caindo; e o esqueleto de tijolo estava a nu, em mais de um lugar. Alguma erva mofina brotava a custo junto às paredes, cobrindo com folhas descoloridas o chão desigual e úmido. Por baixo de uma das janelas havia um banco de pau, gretado pelo tempo, com as bordas roliças de longo uso. Tudo ali respirava penúria e senilidade.

"Não", dizia Estácio consigo, "não é este o asilo de um Romeu[55] de contrabando. Mora aqui alguma família pobre, que a caridade engenhosa de Helena vem afagar de longe em longe."

A solução do enigma pareceu-lhe tão natural que o moço resolveu parar a meio da aventura, e chegou a dar alguns passos para trás. Mas a suspeita é a tênia do espírito; não perece enquanto lhe resta a cabeça. Estácio sentiu o desejo imperioso de indagar o que aquilo era, e voltou sobre seus passos. Para entrar ali era necessário um motivo ou pretexto. Procurou algum; a aventura dera-lhe o melhor de todos. Olhou para a mão ferida e ensanguentada, e foi bater à porta.

Capítulo XXI

Poucos instantes esperou Estácio. Veio um homem abrir-lhe a porta; era o mesmo que ele vira ali uma vez. Entre ambos houve meio minuto de silêncio, durante o qual nem Estácio se lembrou de dizer o que queria, nem o desconhecido de lhe perguntar quem era. Olhavam um para o outro.

---

55. O coprotagonista ultrarromântico da peça *Romeu e Julieta* (1597), de Shakespeare (1564-1616).

– Que desejava? – disse enfim o dono da casa.

– Um favor – respondeu Estácio, mostrando-lhe a mão ferida. – Ia a cair há pouco; procurando amparar-me numa cerca de espinhos, feri-me, como vê. Podia dar-me um pouco d'água para lavar este sangue e...

– Pois não – interrompeu o outro. – Queira sentar-se aí no banco, ou se prefere, entrar... É melhor entrar – concluiu, abrindo-lhe caminho.

Em qualquer outra ocasião, Estácio teria recusado o convite, porque o espetáculo da pobreza lhe repugnava aos olhos saturados de abastança. Agora, ardia por haver a chave do enigma. Entrou. O desconhecido abriu uma das janelas para dar mais alguma luz, ofereceu ao hóspede a melhor cadeira e foi por um instante ao interior.

Estácio pôde então examinar, à pressa, a sala em que se achava. Era pequena e escura. A parede, pintada a cola já de longa data, tinha em si todos os sinais do tempo; primitivamente de uma só cor, a pintura apresentava agora uma variedade triste e desagradável. Aqui o bolor, ali uma greta, acolá o rasgão produzido por um móvel; cada acidente do tempo ou do uso dava àquelas quatro paredes o aspecto de um asilo da desgraça. A mobília era pouca, velha, mesquinha e desigual. Cinco ou seis cadeiras, nem todas sãs, uma mesa redonda, uma cômoda e uma marquesa, um aparador com duas mangas de vidro cobrindo castiçais de latão, sobre a mesa um vaso de louça com flores, e na parede dois pequenos quadros cobertos de escumilha encardida, tais eram as alfaias[56] da sala. Só as flores davam ali um ar de vida. Eram frescas, colhidas de pouco. Atentando nelas, Estácio estremeceu; pareceu-lhe reconhecer uma acácia plantada em sua chácara. Quando a suspeita germina na alma, o menor incidente assume um aspecto decisivo. Estácio sentiu um calafrio.

Voltou o dono da casa, trazendo nas mãos uma bacia, e nos braços uma toalha, cuja alvura contrastava singularmente com a cor da parede e o aspecto senil da casa. Estácio ergueu-se.

– Deixe-se estar – disse o desconhecido.

56. Adornos domésticos, enfeites.

– Estou perfeitamente bem.

– Nesse caso, faça o favor de chegar à janela.

A bacia foi posta na janela; o desconhecido quis lavar ele próprio a mão do hóspede; o moço não lho consentiu.

– Ao menos – disse o dono da casa –, há de consentir que a enxugue. Eu entendo um pouco disto; infelizmente, não tenho aqui nenhum medicamento caseiro para aplicar.

Estácio aceitou o oferecimento. O dono da casa abriu a toalha e começou cuidadosamente a operação. O sobrinho de Dona Úrsula pôde então examiná-lo à vontade.

Era um homem de 36 a 38 anos, forte de membros, alto e bem proporcionado. Uma cabeleira espessa e comprida, de um castanho escuro, descia-lhe da cabeça até quase tocar nos ombros. Os olhos eram grandes, e geralmente quietos, mas riam, quando sorriam os lábios, animando-se então de um brilho intenso, ainda que passageiro. Havia naquela cabeça – salvo as suíças – certo ar de tenor italiano. O pescoço, cheio e forte, surgia entre dois ombros largos e, pela abertura da camisa, que um lenço atava frouxamente na raiz do colo, podia Estácio ver-lhe a alva cor e a rija musculatura. Vestia pobre, mas limpamente, um rodaque[57] branco, calça de ganga[58] e colete de brim pardo. O vestuário, disparatado e mesquinho, não diminuía a beleza máscula da pessoa; acusava somente a penúria de meios.

Quando acabou de lavar os arranhões de Estácio – eram pouco mais do que isso –, propôs-se a ir buscar um pedaço de pano. Estácio, com a outra mão e os dentes, rasgou o lenço que trazia, e o dono da casa completou o sumário curativo.

– Pronto! – disse ele. – Se tiver em casa algum medicamento apropriado, será conveniente aplicá-lo. Toda a cautela é pouca; convém evitar alguma inflamação.

– Obrigado – respondeu Estácio. – Realmente, vim darlhe uma maçada, sem grande necessidade, talvez...

– Por quê?

– Podia fazer isto mesmo quando chegasse a casa.

– Mora perto?

---

57. Tipo de casaco masculino.

58. Tecido pesado e resistente, azul ou amarelo.

– Um pedaço abaixo.

– Foi conveniente curar já; nenhuma precaução é inútil em coisa nenhuma da vida.

– Máxima de prudência – observou Estácio, procurando sorrir.

– Que só aprende tarde quem a não traz na massa do sangue – replicou o outro, suspirando.

A não ser indiscreto ou falador, era difícil levar a conversa por diante. O favor estava feito, o assunto esgotado. Restava agradecer, despedir-se e sair. Estácio, entretanto, tinha necessidade de mais tempo; queria arrancar àquele homem uma palavra menos indiferente à situação, ou conhecer-lhe, se fosse possível, o caráter e os costumes. Para isso havia, talvez, um meio; contrafazer-se, empregar maneiras estranhas às suas, apegar-se à ocasião por todas as bordas. Estácio determinou-se a isso, confiando o resto ao acaso. Voltou à cadeira e sentou-se.

– Consente que descanse um pouco? Estou fatigadíssimo.

– Não pelo que caçou – disse o desconhecido, rindo.

– Volto com as mãos abanando. Nunca fui bom caçador, e tenho, não obstante, a mania de atirar aos pássaros.

– Não é esse o defeito de muita outra gente, em mais elevada ordem de coisas? Eu fui vítima desse defeito moral.

– Ah! – exclamou Estácio com certa entonação interrogativa.

O dono da casa sorriu levemente, mas não pareceu molestá-lo a curiosidade do hóspede; talvez mesmo não desejasse outra coisa.

– É verdade – disse ele –; devo a minha atual penúria ao erro de teimar em coisas estranhas à minha índole e aptidão, estranhas e totalmente opostas...

– Há de perdoar-me – interrompeu Estácio, com um ar de familiaridade indiscreta, que lhe não era habitual –; eu creio que um homem forte, moço e inteligente não tem o direito de cair na penúria.

– Sua observação – disse o dono da casa sorrindo – traz o sabor do chocolate que o senhor bebeu naturalmente esta manhã antes de sair para a caça. Presumo que é rico. Na abastança é impossível compreender as lutas da miséria, e a máxima de que todo o homem pode, com esforço, chegar ao mesmo brilhante resultado, há de sempre parecer uma grande verdade à pessoa que estiver trinchando um peru... Pois não é assim; há exceções. Nas coisas deste mundo não é tão livre o homem, como supõe, e uma coisa, a que uns chamam mau fado, outros concurso de circunstâncias, e que nós batizamos com o genuíno nome brasileiro de caiporismo[59], impede a alguns ver o fruto de seus mais hercúleos esforços. César e sua fortuna![60] Toda a sabedoria humana está contida nestas quatro palavras.

O desconhecido proferiu isso com o tom mais simples e natural do mundo, e uma facilidade de elocução que Estácio mal lhe podia supor. Era aquilo uma comédia ou a expressão da verdade? Estácio olhou fixamente para ele, como a querer penetrá-lo. Ao mesmo tempo, ouviu-se um rumor na parte da casa que ficava além da sala; Estácio voltou a cabeça com um gesto de desconfiança. A porta abriu-se e apareceu uma preta velha trazendo nas mãos uma bandeja. A criada estacou a meio caminho.

– Põe em cima da mesa – disse o dono da casa. – É o meu almoço – continuou ele, voltando-se para Estácio –; almoço parco e higiênico. Ousarei oferecer-lho?

Estácio fez um gesto negativo, e dispôs-se a sair.

– Já! Não é meu intento despedi-lo; almoçarei conversando. Vivo tão solitário que a presença de alguma pessoa é para mim um encanto...

Estácio aceitou sem dificuldade o convite; sentou-se defronte do homem, ao pé da mesa, e assistiu ao almoço, que não podia ser mais escasso: um pão, duas hóstias de queijo duro e uma chávena de café. O que mais valia era o contentamento do dono da casa e a franqueza com que ostentava aos olhos de um estranho a simplicidade de seus hábitos.

---

59. Azar.

60. O historiador grego Plutarco (c. 45-120) conta que Júlio César, o líder romano, em certa ocasião tranquilizou um barqueiro que estava temendo navegar em más condições de vento, dizendo: “Não tema, você leva César e sua fortuna em seu barco”.

– Não é refeição de príncipe – dizia ele –, mas satisfaz todas as ambições de um estômago sem esperança. Aqui é a sala de visitas e a sala de jantar; a cozinha é contígua; além, ficam duas braças de quintal; para lá do quintal... o infinito da indiferença humana.

E depois de um silêncio:

– Não digo bem – emendou ele –; nem sempre acho indiferença. Meu trabalho não me dá mais do que escasso pão de cada dia; mas tenho algumas alegrias, no meio de minha perpétua quaresma; e essas recebo-as de mãos caridosas e puras.

Dizendo isso, o desconhecido esgotou a chávena, e reclinou-se sobre a cadeira, fitando em cheio a cara do hóspede. Estácio refletiu nas últimas palavras, e um raio de esperança veio rasgar-lhe a nuvem que lhe entenebrecia a fronte. Os dois homens pareciam interrogar-se. O filho do conselheiro sacou do bolso um charuto e ofereceu-o ao dono da casa.

– Obrigado – disse este.

– Não fuma?

– Já fumei; hoje economizo esse vício. Nem por isso faço mais lentamente a digestão.

– Mora só?

– Só.

– Não tem família?

– Nenhuma.

– Há de achar-me singularmente indiscreto...

– Não; suponho que a sua curiosidade tem uma causa honrosa e legítima.

– Acertou; o senhor inspira-me simpatia. E se eu conhecesse algumas dessas mãos puras, que lhe emendam as lacunas da sorte...

– Dar-me-ia, por intermédio delas, o seu óbulo?

– Se o não ofendesse...

– Não ofendia, mas eu recusava, se soubesse; peço-lhe desde já que o não faça às escondidas...

Estácio fez um gesto de assentimento.

– Não é orgulho – continuou o dono da casa –; é um resto de pudor que a pobreza me não tirou ainda. Fiz-lhe agora um obséquio, um simples dever de vizinho... Pareceria que o senhor mo pagava com um benefício. O benefício seria menos espontâneo de sua parte e menos agradável para mim. Agradável não exprime, talvez, toda a minha ideia; mas o senhor facilmente compreenderá o que quero dizer.

– Entendeu-me mal; o meu óbulo não seria na espécie a que o senhor alude. Tenho amigos e alguma influência; poderia arranjar-lhe melhor posição...

O desconhecido refletiu um instante.

– Aceitaria? – perguntou Estácio.

– Estou pensando na maneira de recusar. Ouro é o que ouro vale. Eu vexar-me-ia eternamente de dever qualquer melhora da sorte ao cumprimento de um dever de caridade.

– Já me não admira a vida pobre que tem tido.

– Excessivo escrúpulo, talvez?...

– Escrúpulo desarrazoado.

– Antes demais que de menos.

– Nem de menos nem demais; mas só a porção justa.

– A porção varia, conforme as necessidades morais de cada um. Mas eu mesmo, que lhe estou a falar, nem sempre tive esta virtude intratável; e porventura alguma vez fraqueei...

A fronte do desconhecido tornou-se sombria; a voz morreu-lhe nos lábios, e os olhos caíram naquela atonia que exprime uma grande concentração de espírito. Era ocasião de interrogá-lo diretamente ou sair. Estácio preferiu o último alvitre.

– Não o quero demorar mais – disse o dono da casa, quando o mancebo proferiu as palavras de despedida. – Já é tarde, e sua mãe talvez esteja ansiosa...

Estácio limitou-se a olhar para ele em cheio, dizendo:

– Se alguma vez resolver dar de mão a seus escrúpulos, mande procurar-me. Minha casa é conhecida em todo Andaraí pela casa do conselheiro Vale...

O desconhecido, em cujo rosto Estácio esperou ver um sinal qualquer de abalo ou surpresa, conservou-se impassível e risonho. Curvou-se em sinal de agradecimento; e como Estácio hesitasse em estender-lhe a mão, ele meteu as suas nas algibeiras.

– Talvez nos vejamos ainda – disse Estácio já fora da porta.

– Sim?

– Passeio algumas vezes por estes lados.

– Nem sempre estou em casa; mas, ainda estando, conservo fechadas as portas. Quando quiser descansar, bata; a casa é pobre, mas será amiga.

Estácio afastou-se rapidamente. Eram dez horas, e o sol aquecia; ele não deu pelo sol nem pelo tempo. Semelhante ao transviado florentino, achava-se no meio de uma selva escura, a igual distância da estrada reta – *diritta via* – e da fatal porta, onde temia ser despojado de todas as esperanças.[61] Nada sabia, nada conjeturava; eram tudo novas dúvidas e oscilações. O homem com quem acabava de conversar parecia-lhe sincero; a pobreza era autêntica, sensível a nota de melancolia que, por vezes, lhe afrouxava a palavra. Mas onde cessava ali a realidade e começava a aparência? Vinha de tratar com um infeliz ou um hipócrita? Estácio rememorou todos os incidentes da manhã, e todas as palavras do desconhecido; eram outros tantos pontos de interrogação suspeitos e irrespondíveis. Repelia com horror a ideia do mal: custava-lhe a aceitar a ideia do bem; e a pior das angústias – a dúvida – continha-o todo e agitava-o em suas mãos felinas. O sol e a agitação alastravam-lhe a testa de pérolas de suor; ao ofego da marcha apressada juntava-se o da violenta comoção. Estácio não via os objetos que ia costeando, nem as pessoas que lhe passavam ao lado; ia cego e surdo, até que o choque da realidade o despertasse.

Chegou enfim à casa. Ao portão estava um escravo, a quem deu a espingarda. A demora causara alguma inquietação à família; logo que as duas senhoras souberam de seu regresso, correram a recebê-lo, ficando Dona Úrsula a uma janela, e descendo Helena até meio caminho. A aparição súbita da moça, a alegria e o amor que pareciam impeli-la, a perfeita ingenuidade do gesto, tudo produziu nele a necessária reação – reação de um instante, mas salutar, porque a crise era

---

61. O desgarrado florentino é o poeta Dante (1265-1321), em cuja *Divina comédia*, marco da literatura universal, o autor está perdido numa "selva escura", fora da "estrada reta" (*diritta via*) da salvação e a caminho da "fatal porta" do inferno, além da qual de nada vale ter esperanças.

demasiado violenta. Estácio apertou as mãos da moça com energia. Um fluido sutil percorreu as fibras de Helena, e aquele rápido instante teve toda a doçura de uma reconciliação.

Estácio contava recolher-se ao quarto para pôr em ordem as ideias, compará-las, extrair uma conjetura, pelo menos, e verificá-la ou desmenti-la. Mas nem a tia nem a irmã haviam almoçado, à espera dele, e forçoso lhe foi acompanhá-las na satisfação de uma necessidade que não sentia. Durante o almoço, Estácio procurou observar Helena; trabalho ocioso, porque o rosto da moça, se alguma coisa traía nessa ocasião, eram as alegrias inefáveis da família. Ela própria servia por suas mãos a Estácio e Dona Úrsula; inexcedível na atenção com que sabia repartir-se entre os convivas, não o era menos no carinho, e na graça. Nos olhos parecia estampada a ignorância do mal, e o sorriso era o das almas cândidas. Poder-se-ia atribuir àquela criatura de dezessete anos corrupção e hipocrisia? Estácio envergonhou-se de tal ideia; sentiu as vertigens do remorso.

Mas o almoço acabou, dispersou-se a companhia, o mancebo recolheu-se ao gabinete, e, desfeita a visão, voltou a suspeita. Estácio buscou dominar a situação. Ele não ia ao ponto de supor em Helena a completa perversão dos sentimentos; o limite do mal, que se lhe podia atribuir, era o de uma culposa leviandade. Se, em vez de um ato leviano, fosse aquilo um simples estratagema de caridade, Helena não mereceria menos uma advertência; mas a pureza da intenção salvava tudo, e a paz da família, não menos que o seu decoro, se restabeleceria inteira. Estácio examinou um por um todos os indícios de culpabilidade e de inocência; buscou sinceramente os elementos de prova; não esqueceu um só argumento de indução. Nesse trabalho despendeu longo tempo, sem resultado apreciável, pela razão de que, se a sentença era difícil de formular, o juiz era incompetente para decidir; entre a dignidade e a afeição balouçava incerto.

Quase à hora do jantar, Estácio, que não saíra uma só vez do gabinete, chegou a uma das janelas, e viu atravessar a chácara a mais humilde figura daquele enigma, humilde e importante ao mesmo tempo: o pajem. O pajem apareceu-lhe como uma ideia nova; até aquele instante não cogitara nele uma só vez. Era o confidente e o cúmplice. Ao vê-lo, recordou-se de que Helena lhe pedira uma vez a liberdade daquele escravo. A ameaça rugiu-lhe no coração; mas a cólera cedeu à angústia, e ele sentiu na face alguma coisa semelhante a uma lágrima.

Nesse momento duas mãos lhe taparam os olhos.

Capítulo XXII

Não era preciso grande esforço para adivinhar a dona das mãos. Estácio, com as suas, afastou as mãos de Helena, segurando-lhe os pulsos de modo que lhe arrancou um leve gemido. Voltando-se, deu com os olhos na irmã, que lhe disse em tom de gracioso reproche:

– Você é muito mau! Pagou-me a carícia com um apertão. Deixe estar que nunca mais cairei em outra. Vim vê-lo, porque você hoje não se lembrou ainda de dar à gente um ar de sua graça... Doeu-me! – continuou ela olhando para os pulsos. – Mas... tenho os dedos molhados; seria... você estaria... Que é? Que foi?

Estácio, que ouviu o discurso da irmã com o rosto desfeito e o olhar ansioso, não lhe respondeu às últimas interrogações, e continuou a olhar para ela, como a querer ler na fisionomia da moça a explicação do enigma que o atordoava. Helena ainda insistiu, aterrada e aflita. Indo pegar-lhe nas mãos, Estácio desviou o corpo, dirigiu-se à parede, despendurou o desenho que Helena lhe dera no dia de seus anos, e aproximou-se da moça.

– Que é? – repetiu esta admirada.

A única resposta de Estácio foi estender o dedo sobre a misteriosa casa reproduzida na paisagem. Helena olhou alternadamente para o desenho e para o irmão. A expressão interrogativa e imperiosa deste fê-la atenta no ponto indicado. Súbito empalideceu; os lábios tremeram-lhe como a murmurar alguma coisa, mas a alma falou tão baixo que a palavra não chegou à boca. Durou aquilo poucos instantes. A angústia lia-se no rosto dos dois; a moça, para ocultar a sua, cobriu os olhos com as mãos. O gesto era eloquente; Estácio lançou para longe de si o quadro, com um movimento de cólera. Helena atirou-se para o corredor.

Dona Úrsula aguardava os sobrinhos para jantar. Demorando-se estes, dirigiu-se ela própria ao gabinete de Estácio. A porta estava aberta; Dona Úrsula entrou e deu com ele, sentado numa poltrona, com o lenço na cara, como a soluçar. A tia correu com a velocidade que lhe permitiam os anos. Estácio não a ouviu entrar; só deu por ela quando as mãos da boa senhora lhe arrancaram as suas dos olhos. O assombro de Dona Úrsula foi indescritível, sobretudo quando Estácio, erguendo-se, atirou-se-lhe aos braços, exclamando:

– Que fatalidade!

– Mas... Que é?... Explica-te.

Estácio enxugou as faces molhadas do longo e silencioso pranto, com o gesto decidido de um homem que se envergonha de um ato de debilidade. A explosão desabafara-lhe o espírito; podia enfim ser homem, e era preciso que o fosse. Dona Úrsula pediu e ordenou que lhe confiasse a causa da inexplicável aflição em que viera achá-lo. Estácio recusou dizê-la.

– Saberá tudo amanhã ou logo. Agora só poderia dar-lhe um enigma, e eu sei o que ele me há custado. Algumas horas mais, e precisarei de seu conselho e apôio.

Dona Úrsula resignou-se à demora. Quando chegou à sala de jantar, achou um recado de Helena; mandava-lhe dizer que se sentira repentinamente incomodada e que a dispensasse naquela tarde e noite. Dona Úrsula suspeitou logo que o recado de Helena tivesse relação com a aflição de Estácio, e correu ao quarto da sobrinha. Achou-a meio inclinada sobre a cama, com o rosto na almofada, e o corpo tranquilo e como morto. Ao sentir os passos de Dona Úrsula, ergueu a cabeça. A palidez era grande e profundo o abatimento; mas não houvera lágrimas. A dor, se a houve, e houve, parecia ter-se petrificado. O que restava ainda vivo na figura da moça eram os olhos, que não perderam o fulgor natural. Ela ergueu-os a medo, e abraçou a tia com um olhar de súplica e de amor. Dona Úrsula travou-lhe das mãos, encarou-a silenciosamente, e murmurou:

– Conte-me tudo.

– Saberá depois! – suspirou a moça.

– Não tens confiança em tua tia?

Helena ergueu-se e lançou-se-lhe nos braços; duas lágrimas rebentaram-lhe dos olhos, e foram as primeiras que eles verteram naquela meia hora. Depois beijou-lhe as mãos com ternura:

– Pode receber estes beijos – disse ela –, os anjos não os têm mais puros.

Foram as últimas palavras que Dona Úrsula pôde arrancar-lhe; a moça recolheu-se ao silêncio em que ela a encontrou. Dona Úrsula saiu; e foi dali ter com Estácio. O sobrinho encaminhava-se para a sala de jantar.

– Vamos para a mesa – disse ele –, não convém que os escravos saibam de tais crises.

Dona Úrsula referiu o estado em que achara Helena e as palavras que trocara com ela. Estácio ouviu-a sem nenhuma expressão de simpatia. O jantar foi um simulacro; era um meio de iludir a perspicácia dos escravos, que aliás não caíam naquele embuste. Eles conheceram perfeitamente que algum acontecimento oculto trazia suspensos e concentrados os espíritos. As iguarias voltavam quase intactas; as palavras eram trocadas com esforço entre a sinhá velha e o senhor moço. A causa daquilo era, com certeza, nhanhã Helena.

Estácio deu ordem para que a todas as pessoas estranhas se declarasse estar ausente a família. A única exceção era o padre Melchior. A esse escreveu pedindo-lhe que os fosse ver.

– Não posso esperar até amanhã – disse Dona Úrsula –; se tens de revelar alguma coisa a um estranho, por que o não fazer a mim primeiro? Dize-me o que há. Não posso ver padecer Helena; quero consolá-la e animá-la.

– O que tenho para dizer é longo e triste – retorquiu Estácio –; mas, se deseja sabê-lo desde já, peço-lhe ao menos que espere a presença do padre Melchior. Eu não poderia dizer duas vezes as mesmas coisas; seria revolver o punhal na ferida.

A curiosidade de Dona Úrsula cresceu com essas meias palavras do sobrinho; mas era forçoso esperar, e esperou. Foi dali ao quarto de Helena. Como a porta estivesse fechada, espreitou pela fechadura. Helena escrevia. Essa nova circunstância veio complicar as impressões de Dona Úrsula.

– Helena está encerrada no quarto, e escreve – disse ela ao sobrinho.

– Naturalmente – respondeu este, com sequidão.

O padre Melchior não se demorou em acudir ao chamado de Estácio. O bilhete era instante e a letra febril. Algum acontecimento grave devia ter-se dado. A reflexão do padre era justa, como sabemos; ele o reconheceu desde logo, não só no aspecto lúgubre da família, como na ânsia com que era esperado. Os três recolheram-se a uma das salas interiores.

– Helena? – perguntou Melchior.

– Vamos tratar dela – respondeu Estácio.

Referir o que se passara naquela fatal manhã era mais fácil de planear que de executar. No momento de expor a situação e as circunstâncias dela, Estácio sentiu que a língua rebelde não obedecia à intenção. Achava-se num tribunal doméstico, e o que até então fora conflito interior entre a afeição e a dignidade, cumpria agora reduzi-lo às proporções de um libelo claro, seco e decidido. Inocente ou culpada, Helena aparecia-lhe naquele momento como uma recordação das horas felizes – doce recordação que os sucessos presentes ou futuros podiam somente tornar mais saudosa, mas não destruiriam nunca, porque é esse o misterioso privilégio do passado. Reagiu, entretanto, sobre si mesmo; e, ainda que a custo, referiu minuciosa e sinceramente o que se passara desde aquela manhã.

Não fora talhado para tão melindrosas revelações o coração de Dona Úrsula. Desde o princípio da conversação sentiu o atordoamento que dão os grandes golpes. Esperava, decerto, um grande infortúnio de Helena, um episódio da família anterior, alguma coisa que desafiasse a compaixão, sem diminuir o sentimento da estima. Acontecia justamente o contrário; a estima era impossível e a compaixão tornava-se apenas provável.

– Mas não! É impossível! – exclamou ela daí a pouco, logo que a razão, obscurecida pelo abalo, pôde readquirir alguma luz... – Não! Eu a vi há pouco; senti-lhe as lágrimas na minha face, ouvi-lhe palavras que só a inocência pode proferir. E, além disso, seu procedimento irrepreensível, um ano quase de convivência sem mácula, a elevação de seus sentimentos... não posso crer que tudo isso... Não! Pobre Helena! Vamos chamá-la, ela explicará tudo. Interroguemos o Vicente.

Um gesto dos dois homens mostrou que nenhum deles julgava digno esse último recurso para conhecer a verdade.

Dona Úrsula caíra em prostração, recordava suas apreensões do primeiro dia, e recuava com horror à ideia de ter acertado. Defronte dela, Estácio ocupava uma poltrona rasa, em cujos braços fincava os cotovelos, apoiando nas mãos a cabeça ardente e abatida. A alma ruminava a dor.

Um só dos três vingava a dignidade da situação. O padre Melchior não sentira menor assombro que os dois parentes de Helena, nem padeceu menos profundo golpe; mas reergueu-se de um e outro; pôde vencer-se e conservar a razão clara, fria e penetrante. Entre os dois corações ulcerados e sem força, compreendeu Melchior que lhe cabia a principal ação, e não recuou ante a responsabilidade que daí poderia deduzir. Viu de um lance a extensão possível do mal, a desunião da família, os desesperos da ocasião, os ódios do dia seguinte, as amarguras indeléveis, e, talvez, as indeléveis saudades; mas nem este quadro o aterrou, nem ele o aceitou sem exame. Melchior não condenava nem absolvia; esperava. Ele pertencia ao número dessas virtudes singelas para as quais o vício é uma rara exceção; natureza sincera e franca, era-lhe difícil crer na hipocrisia. Enquanto Estácio prosseguia calado e pensativo, e Dona Úrsula, ora sentada, ora de pé, intercalava o silêncio com exclamações de dor, Melchior observava-os e refletia também consigo. Enfim, proferiu estas palavras de animação:

– Sossegue, Dona Úrsula; a verdade há de aparecer, e não estamos certos de que seja o que nos parece. Em todo o caso, não antecipemos a aflição. Seria padecer duas vezes. Há tempo de chorar à larga.

Melchior levantou-se:

– Convém sacudir o abatimento – continuou, dirigindo-se a Estácio –; é a hora da ação e do vigor. Sobretudo, é necessário não boquejar de semelhante assunto por agora; daria azo às vozes estranhas e seus naturais comentários. Eu tomarei nesta colisão o lugar que me compete, se mo não contestam...

– Oh! – exclamou Estácio.

– ... Mas desejo que desde já se compenetrem bem de que, se a dignidade pede uma coisa, a caridade pede outra, e que o dever estrito é conciliá-las. Nada de ódios; perdão ou esquecimento.

– Mas, padre-mestre, que lhe parece? – perguntou Dona Úrsula com ansiedade.

– Dona Úrsula – disse o padre –, é preciso agora que a razão fale e trabalhe; o sentimento deve retrair-se e esperar. Examinarei o caso, e aconselharei o necessário remédio. Talvez estejamos a debater-nos no vácuo; quem sabe, trata-se de um equívoco, de uma aparência...

– Oh! Ela confessou tudo! – interrompeu Estácio. – Vi-lhe a expressão da culpa nos olhos. Mas, enfim, estou pronto para tudo – continuou ele erguendo-se. – Não foi o senhor um dos melhores amigos de meu pai? Não o é ainda nosso? Ajude-nos, aconselhe-nos; faremos o que lhe parecer melhor. Na situação em que nos achamos, nenhum de nós tem o espírito bastante senhor de si para colher os elementos da verdade, apurá-la e resolver. Esse papel é seu.

Vieram trazer a Estácio uma carta. Era do dr. Camargo, anunciando-lhe que a madrinha de Eugênia falecera, e que ele no prazo de alguns dias estaria na Corte. Era o pior momento para semelhante vinda; Estácio não pôde reprimir um gesto de desgosto. O padre, dizendo-lhe o mancebo de que tratava a carta, observou que nenhum inconveniente podia haver no regresso de Camargo, uma vez que, sem demora, ficasse liquidado o assunto que os afligia.

– Dona Úrsula – continuou ele –, deixe-nos agora sós alguns instantes: vá tranquila, confie em Deus, e não faça suspeitar a ninguém o que se passa nesta casa.

Dona Úrsula obedeceu. Logo que ela saiu, Melchior fechou a porta. Estácio sentou-se de novo, disposto a ouvir o capelão. Este deu alguns passos entre a porta e uma das janelas. Ia anoitecendo; Estácio acendeu um candelabro. Melchior sentou-se ao pé dele, sem lhe falar nem lhe voltar sequer os olhos. Meditava ou lutava consigo mesmo; a fronte pesada e merencória traduzia a agitação interior. Já não era a inalterável placidez, reflexo de uma consciência religiosa e pura. Se a consciência era a mesma, não o era o coração, a braços com uma crise nova. Após dez minutos de profundo silêncio entre ambos, o padre falou.

Capítulo XXIII

– És forte? – perguntou o padre.

– Sou.

– Crês em Deus?

Estácio estremeceu e olhou para o ancião, sem responder. Melchior insistiu:

– Crês?

– Essa pergunta...

– É menos ociosa do que parece. Não basta supor que se crê; nem basta crer à ligeira, como na existência de uma região obscura da Ásia, onde nunca se pretende pôr os pés. O Deus de que te falo não é só essa sublime necessidade do espírito, que apenas contenta alguns filósofos; falo-te do Deus criador e remunerador, do Deus que lê no fundo de nossas consciências, que nos deu a vida, que nos há de dar a morte, e, além da morte, o prêmio ou o castigo. Crês?

– Creio.

– Pois bem, tu transgrediste a lei divina, como a lei humana, sem o saber. Teu coração é um grande inconsciente; agita-se, murmura, rebela-se, vaga à feição de um instinto mal expresso e mal compreendido. O mal persegue-te, tenta-te, envolve-te em seus liames dourados e ocultos; tu não o sentes, não o vês; terás horror de ti mesmo, quando deres com ele de rosto. Deus, que te lê, sabe perfeitamente que entre teu coração e tua consciência há como um véu espesso que os separa, que impede esse acordo gerador do delito.

– Mas que é, padre-mestre?

Melchior inclinou-se e encarou o moço. Os olhos, fitos nele, eram como um espelho polido e frio, destinado a reproduzir a impressão do que lhe ia dizer.

– Estácio – disse Melchior pausadamente –, tu amas tua irmã.

O gesto mesclado de horror, assombro e remorso com que Estácio ouvira aquela palavra mostrou ao padre não só que ele estava de posse da verdade, mas também que acabava de a revelar ao mancebo. O que a consciência deste ignorava, sabia-o o coração, e só lho disse naquela hora solene. A consciência, depois de tatear nas trevas, recuou apavorada, como afastando de si o clarão súbito que acendera nela a palavra do sacerdote. Estácio não respondeu nada; não podia responder nada. Com que vocábulo e em que língua humana exprimiria ele a comoção nova e terrível que lhe abalara a alma toda? Que fio pudera atar-lhe as ideias rotas e dispersas? Nem falou, nem se atreveu a erguer os olhos; ficou como estúpido e morto. Melchior contemplou-o alguns minutos, silencioso e compassivo. Os olhos, que eram de águia para os mistérios da vida, eram de pomba para os grandes infortúnios. Abaixo da cabeça máscula, havia um coração feminino.

A mudez de Estácio cessou enfim; o corpo agitou-se; o lábio articulou algumas frases desconcertadas. Vago era o sentido delas; podia concluir-se que ele não cria na revelação de Melchior, que o suposto sentimento era tão absurdo e desnatural que só a maus instintos devia ser atribuído. Melchior ouviu-o, sorriu com satisfação. Não era aquilo mesmo um protesto de consciência honrada?

– Maus instintos, não – respondeu Melchior –; um desvio da lei social e religiosa, mas desvio inconsciente. Entra em teu coração, Estácio; revolve-lhe os mais íntimos recantos, e lá acharás esse germe funesto; lança-o fora de ti, que é o preceito do Eterno Mestre. Não o sentiste nunca, a tentação usa essa tática serpentina e dolorosa; é insinuante como a calúnia, e pertinaz como a suspeita. Mas eu sou a verdade que afirma, e a caridade que consola. Digo-te, não que pecaste, mas que ficaste à beira do pecado, e estendo-te a mão para que recues do abismo.

– Padre-mestre! – murmurou Estácio, cujo coração recebia a influência da palavra de Melchior, a um tempo severa e meiga.

– Não fales – continuou o padre –; negá-lo é mentir, confessá-lo é ocioso. Como nasceu em teu coração semelhante sentimento? Quis a fortuna que entre vocês dois não houvesse a imagem da infância e a comunhão dos primeiros anos; que, em plena mocidade, passassem, do total desconhecimento um do outro, para a intimidade de todos os dias. Esta foi a raiz do mal. Helena apareceu-te mulher, com todas as seduções próprias da mulher, e mais ainda com as de seu próprio espírito, porque a natureza e a educação acordaram em a fazer original e superior. Não sentiste a transformação lenta que se operou em ti, nem podias compreendê-la. São Paulo[62] o disse: para os corações limpos, todas as coisas são limpas. Vias a afeição legítima naquilo que era já afeição espúria; daí vieram os zelos, a suspicácia, um egoísmo exigente, cujo resultado seria subtrair a alma de Helena a todas as alegrias da Terra, unicamente para o fim de a contemplares sozinho, como um avaro.

Ouvindo a palavra do padre, Estácio soletrava o próprio coração e lia claramente o que até então era para ele como um livro fechado. A situação tornava-se, entretanto, por demais aflitiva, profunda a vergonha, intenso o remorso. Estácio ergueu-se: erguendo-se, deu com os olhos no retrato do conselheiro que, na penumbra em que ficava, parecia olhar para o filho e interrogá-lo. Essa circunstância desorientou o moço.

– Não, padre-mestre! – exclamou ele deixando-se cair na cadeira. – É impossível! Isto que me está dizendo é um sonho mau, é um funesto equívoco; é impossível; juro-lhe que é impossível. É certo que a amo... que a amava, com sentimentos de irmão; mas esquecer-me, aninhar em minha alma tão odioso afeto... Oh! Era impossível!

Melchior erguera-se. Após meia dúzia de passos, aproximou-se de Estácio, sobre cuja cabeça estendeu a mão direita, enquanto com a outra lhe erguia a barba, obrigando-o a olhar para ele.

– Digo-te que tens uma raiz de má erva no coração; esta é a cruel verdade. Há no homem uma ligação de sentimentos às vezes inexplicável. Produtos de climas opostos aí se alternam ou se confundem... Mas queres saber o resto?

– O resto?

62. O pregador do cristianismo, convertido depois da morte de Jesus; citação de epístola bíblica.

– Ouve – continuou o padre, sentando-se. – A planta ruim bracejou um ramo para o coração virgem e casto de Helena, e o mesmo sentimento os ligou em seus fios invisíveis. Nem tu o vias, nem ela; mas eu vi, eu fui o triste espectador dessa violenta e miserável situação. São irmãos e amam-se. A poesia trágica pode fazer do assunto uma ação teatral; mas o que a moral e a religião reprovam não deve achar guarida na alma de um homem honesto e cristão.

– Impossível! Impossível! – exclamou Estácio. – Mas, dado que assim fosse, por que acumular à dificuldade presente o horror de semelhante revelação?

– Porque a revelação explica a dificuldade. Helena não saberá que ama, mas ama. Ora, um amor clandestino, de parceria com esse outro amor incestuoso, embora inconsciente, provaria da parte de Helena uma perversão que ela não pode ter, e que, em tal idade, faria dela um monstro. Será Helena esse monstro? Se o fosse, eu desesperaria da natureza humana. Não! Essa casa, onde a viste entrar, é com certeza asilo de miséria: o que ela aí vai levar é a esmola e a compaixão.

Um raio de esperança alumiou a fronte de Estácio. O raciocínio do padre era exato, e por mais perigosa que fosse a situação revelada por ele, já agora não se podia desejar outra coisa: a dignidade da família ficava intacta. Estácio refletiu largo tempo no que acabava de ouvir. Mas a esperança foi curta, embora a necessidade dela fosse grande.

– Helena continua recolhida? – perguntou o padre.

Estácio fez um leve sinal afirmativo.

– Falar-lhe-ei amanhã; por hoje convém não dizer palavra nem deixar transpirar coisa nenhuma.

Dizendo isso, Melchior recolheu-se ao silêncio, como se refletisse ainda alguma coisa. Estácio erguera-se e entrara a passear lentamente. De quando em quando, apertava a cabeça entre as mãos; tantas comoções bastavam para atordoar mais forte espírito. O mistério o cercava de todos os lados. Ele ia até a janela, daí até a porta, intercalando as reflexões interiores com sacudimentos nervosos do braço ou da cabeça. A intervalos, olhava a furto e de través para o capelão, como o criminoso olha para a consciência; não podia evitar o sentimento de terror, e ao mesmo tempo de respeito, que lhe infundia aquele investigador exato e profundo de seus sentimentos mais recônditos e inacessíveis. Ruminava o que o padre lhe dissera; cada minuto lhe ia tornando mais clara a verdade revelada, e o que era obscuro fizera-se-lhe enfim transparente. É assim que a luz de um astro, acesa desde séculos, chega finalmente a ferir a retina de nossos olhos mortais.

Uma vez, interrompendo os passos, ergueu os olhos para o retrato do conselheiro. Não os retirou aterrado; cravou-os com ar de reproche e de amargura, em que o padre reparou e que o fez sorrir tristemente. O olhar do filho pedia contas ao pai.

– Paz aos mortos! – observou Melchior. – Os atos de seu pai já não pertencem à jurisdição deste mundo.

Melchior proferiu estas palavras já de pé.

– O dr. Camargo – disse ele mudando de tom – deve chegar um dia deste, segundo anuncia. Há alguma razão para demorar o casamento?

– Nenhuma.

– Convém realizá-lo imediatamente?

– Imediatamente.

Melchior caminhou para a porta. Ia dar volta à chave e deteve-se.

– Antes de nos separarmos – disse ele –, desejo a promessa de que não falarás a Helena antes de amanhã.

– Prometo.

O padre refletiu um instante; Estácio pareceu adivinhá-lo.

– Quer ainda outra promessa? – perguntou ele. – Quer que a evite de todos os modos?

– Sim; que a considere como pessoa totalmente estranha.

– Poderia ser de outra maneira? – observou melancolicamente Estácio. – Os sucessos destes dias são, por enquanto ao menos, uma barreira entre ela e sua família. Demais, eu seria destituído de todo o senso moral...

– Juras?

– Juro.

Melchior desabrochou a camisa e aventou um crucifixo de marfim, que lhe pendia de uma fita preta, ao pescoço.

– Este – disse ele com voz singela – é a efígie do teu Deus. Tão puro exemplo de castidade não viram os séculos nem antes nem depois que ele desceu à Terra. Jura o que me prometes.

– Padre-mestre – retorquiu Estácio –; minha palavra era bastante. Mas, se é preciso afirmação mais solene, eu a darei tal qual me pede.

Estácio inclinou a cabeça sobre o crucifixo e beijou-o respeitosamente; depois beijou a mão ao padre. Melchior abençoou-o e saiu.

Saindo do gabinete de Estácio, dirigiu-se para a sala de costura, onde achou Dona Úrsula um pouco menos agitada.

– Falou a Helena? – perguntou ela, dirigindo-se ao padre.

– Ainda não; sei que não quer sair do quarto; deixemos passar a primeira comoção. Amanhã virei saber tudo. Por hoje é preciso que a senhora sossegue.

– Oh! Estou sossegada! Não perdi a confiança.

Dona Úrsula proferiu essas palavras com tamanha serenidade e tão profunda convicção que fortaleceu o espírito do próprio Melchior, aliás, não inclinado a crer no mal. O ancião deteve-se alguns instantes a contemplar o rosto plácido de Dona Úrsula, a admirar a força secreta que a tornava surda ao clamor da realidade – pelo menos, da realidade aparente. Contemplou-a silencioso e desceu à chácara.

Capítulo XXIV

A noite era escura. Calcando a terra e a areia das largas calhes da chácara, Melchior, em sua imaginação, refloria o passado, nem sempre feliz, mas geralmente quieto. Mais de uma vez buscara dissipar a sombra pesarosa que alguns erros do conselheiro acumularam na fronte da consorte. Haveria naquela casa uma geração de dores, destinadas a abater o orgulho da riqueza com o irremediável espetáculo da debilidade humana?

"Não", dizia ele consigo mesmo. "A verdade é que tudo se encadeia e desenvolve logicamente. Jesus o disse: não se colhem figos dos abrolhos.[63] A vida sensual do marido

63. Passagem bíblica; como diz Jesus, é impossível colher figos de um espinheiro.

produziu o infortúnio calado e profundo daquela senhora, que se foi em pleno meio-dia; o fruto há de ser tão amargo como a árvore; tem o sabor travado de remorsos."

Neste ponto chegava ao portão. Aí deteve-se um instante. O passo cauteloso e tímido de alguém fê-lo voltar a cabeça. Um vulto, cujo rosto não via, tão escuro como a noite, ali estava e lhe tocava respeitosamente as abas da sobrecasaca. Era o pajem de Helena.

– Seu padre – disse este –, diga-me por favor o que aconteceu em casa. Vejo todos tristes; nhanhã Helena não aparece; fechou-se no quarto... Me perdoe a confiança. O que foi que aconteceu?

– Nada – respondeu Melchior.

– Oh! É impossível! Alguma coisa há por força. Seu padre não tem confiança em seu escravo. Nhanhã Helena está doente?

– Sossega; não há nada.

– Hum! – gemeu incredulamente o pajem. – Há alguma coisa que o escravo não pode saber; mas também o escravo pode saber alguma coisa que os brancos tenham vontade de ouvir...

Melchior reprimiu uma exclamação. A noite não lhe permitia examinar o rosto do escravo, mas a voz era dolente e sincera. A ideia de interrogá-lo passou pela mente do padre, mas não fez mais do que passar; ele a rejeitou logo, como a rejeitara algumas horas antes. Melchior preferia a linha reta; não quisera empregar um meio tortuoso. Iria pedir a Helena a solução das dificuldades. Entretanto, o pajem, como interpretasse de modo afirmativo o silêncio do sacerdote, continuou:

– Nhanhã Helena é uma santa. Se alguém a acusa, acusa o bom procedimento dela. Eu lhe direi tudo.

Melchior ia recusar, mas um incidente interrompeu a palavra do pajem, contra a vontade deste, e talvez contra o desejo de Melchior. Ouviram-se passos; era um escravo que vinha fechar o portão.

– Vem gente – disse Vicente –; amanhã.

O pajem tateou nas trevas em procura da mão do padre; achou-a, enfim, beijou-a e afastou-se. Melchior seguiu para casa, abalado com a meia revelação que acabava de ouvir. Outro qualquer podia duvidar um instante da sinceridade do escravo; podia supor que o ato dele era menos espontâneo do que parecia; enfim, que a própria Helena sugerira aquele meio de transviar a expectação e congraçar os sentimentos. A interpretação era verossímil; mas o padre não cogitou de tal coisa. A ele era principalmente aplicável a máxima apostólica: para os corações limpos, todas as coisas são limpas.

A seguinte aurora alumiou um céu puro de nuvens. Estácio acordou com ela, depois de uma noite maldormida. Nunca a manhã lhe pareceu mais rumorosa e jovial; nunca o ar apresentara tão fina transparência nem a folhagem tão lustrosa cor. Da janela a que se encostara, via as flores de todos os matizes, quebrando a monotonia da verdura, e enviando-lhe, a ele, uma nuvem invisível de aromas: aspecto de festa e ironia da natureza. Estácio achava-se ali como um saimento[64] em horas de carnaval.

Almoçou sozinho; Dona Úrsula estava com Helena. Logo depois do almoço, recebeu uma carta de Mendonça, que, tendo ido na véspera a Andaraí, recebera a resposta dada a todos, e mandava saber se havia moléstia em casa. Estácio respondeu afirmativamente, acrescentando que, posto não se tratasse de coisa grave, só o esperava dois dias depois. A resposta podia ser mais circunspecta; no estado em que ele se achava, pareceu-lhe excelente.

Pela volta do meio-dia, chegou Melchior. Na sala de visitas achou Dona Úrsula, que o espreitava de uma das janelas.

– Helena? – perguntou ele ansioso.

– Já hoje desceu – respondeu Dona Úrsula. – Está mais tranquila. Não lhe perguntei nada, mas dizendo-lhe que o senhor viria falar-lhe, mostrou-se ansiosa por vê-lo, e pediu-me até que o mandasse chamar.

Seguiram os dois até a saleta que ficava ao pé da sala de jantar. Helena estava sentada, com a cabeça saída sobre as costas da cadeira, e os olhos metade cerrados. Logo que o padre entrou, Helena abriu os olhos e ergueu-se. Vivo e passageiro rubor coloriu-lhe as faces pálidas da vigília e da aflição.

64. Cortejo fúnebre.

Ergueu-se e deu dois passos para o padre, que lhe apertou as mãos entre as suas.

– Imprudente! – murmurou Melchior.

Helena sorriu, um sorriso pálido e tão passageiro como a cor que lhe tingira o rosto. Dona Úrsula dispôs-se a ir chamar Estácio, que estava no andar de cima. Apenas a viu sair, Helena segurou em uma das mãos do padre.

– Queria vê-lo! – disse ela. – Não tenho ânimo de falar a ninguém mais, de dizer tudo...

– É inútil; tudo sei – interrompeu Melchior sorrindo. – O Vicente foi hoje de manhã à minha casa; foi de movimento próprio; relatou-me quanto sabia; disse-me que esse homem é seu irmão; que a senhora o ia ver, a ocultas, não podendo ou não querendo apresentá-lo em casa de seus parentes. O escrúpulo era excessivo, e o ato leviano. Por que motivo dar aparência incorreta a um sentimento natural? Teria poupado muita aflição e muita lágrima, a si e aos seus, se tomasse antes o caminho direito, que é sempre o melhor.

Helena ouviu essas palavras do padre com a alma debruçada dos olhos. Não parecia sequer respirar. Quando ele acabou, perguntou sôfrega:

– Com que intento lhe falou ele?

– Com o mais puro de todos; desconfiou que a senhora padecia e por isso veio contar-me tudo.

Helena cruzou os dedos e ergueu os olhos. Melchior não a quis interromper nessa ascensão mental ao céu; limitou-se a contemplá-la. A beleza de Helena nunca lhe parecera mais tocante dò que nessa atitude implorativa. A contemplação não durou muito, porque a oração foi breve.

– Orei a Deus – disse ela, descendo as mãos – porque infundiu aí no corpo vil do escravo tão nobre espírito de dedicação. Delatou-me para restituir-me a estima da família. Aquilo que ninguém lhe arrancaria do coração, tirou-o ele mesmo no dia em que viu em perigo o meu nome e a paz de meu espírito. Infelizmente, mentiu.

Melchior empalideceu.

– Mentiu sem o saber – continuou a moça. – Disse o que supunha ser verdade, o que eu lhe dei como tal. Não é meu irmão esse homem.

Melchior inclinou-se para a moça e, pegando-lhe nos pulsos, disse imperiosamente:

– Então quem é? Seu silêncio é uma delação; não tem já direito de hesitar.

– Não hesito – replicou Helena –; em tais situações, uma criatura, como eu, caminha direito a um rochedo ou a um abismo; despedaça-se ou some-se. Não há escolha. Este papel – continuou, tirando da algibeira uma carta –, este papel lhe dirá tudo; leia e refira tudo a Estácio e a Dona Úrsula. Não tenho ânimo de os encarar nesta ocasião.

Melchior, atordoado, fez um leve sinal de cabeça.

– Lido esse papel, estão rotos os vínculos que me prendem a esta casa. A culpa do que me acontece não é minha, é de outros; aceitarei contudo as consequências. Poderei contar ao menos com a sua bênção?

A resposta do padre foi pousar-lhe um beijo na fronte, beijo de absolvição ou de clemência, que ela lhe pagou com muitos na destra[65] enrugada e trêmula de comoção. Helena precipitou-se depois para o corredor, deixando o padre só, com a carta nas mãos, sem ousar abri-la, receoso dos males que iam dali sair, sem certeza ao menos de que ficaria no fundo a esperança. Ia abri-la, e hesitou se o devia fazer na ausência de Estácio e Dona Úrsula; venceu o escrúpulo e leu.

Dona Úrsula, que entrou na ocasião em que ele fechava a carta, recuou aterrada. Melchior estava pálido como um defunto. Antes que nenhum deles falasse, entrou Estácio na saleta. Melchior dirigiu-se a ele e entregou a carta. Leu-a Estácio e dizia assim:

> Minha boa filha. Sei pelo Vicente que alguma coisa aí há que te aflige. Presumo adivinhar o que é. O Estácio esteve comigo, logo depois que daqui saíste a última vez. Entrou desconfiado, e deu como razão ou pretexto a necessidade de curar algumas feridas feitas na mão. Talvez ele próprio as fizesse para entrar aqui em casa. Interrogou-me; respondi conforme pedia o

65. Mão direita.

caso. Supondo que ele soubesse de tuas visitas, não lhe ocultei a minha pobreza; era o meio de atribuí-las a um sentimento de caridade. A virtude serviu assim de capa a impulsos da natureza. Não é isso em grande parte o teor da vida humana? Fiquei, entretanto, inquieto; talvez lhe não arrancasse o espinho do coração. Pelo que me disse o Vicente, receio que assim acontecesse. Conta-me o que há, pobre filha do coração; não me escondas nada. Em todo o caso, procede com cautela. Não provoques nenhum rompimento. Se for preciso, deixa de vir aqui algumas semanas ou meses. Contentar-me-á a ideia de saber que vives em paz e feliz. Abençoo-te, Helena, com quanta efusão pode haver no peito do mais venturoso dos pais, a quem a fortuna, tirando tudo, não tirou o gosto de se sentir amado por ti. Adeus. Escreve-me. Salvador.

P. S. – Recebi o teu bilhete. Pelo amor de Deus, não faças nada; não saias daí; seria um escândalo.

Estácio não compreendeu desde logo o que acabava de ler. A verdade parecia inverossímil. O primeiro movimento foi sair dali e ir ter com Helena. Melchior deteve-o a tempo.

– Não precipitemos nada – disse ele. – Sossegue primeiro.

Estácio deixou-se cair numa cadeira; Melchior comunicou o conteúdo da carta a Dona Úrsula, cujo pasmo foi ainda mais profundo que o do sobrinho, porque ela não soltou uma palavra, não fez um gesto; ficou a olhar estupidamente para o papel. Houve então entre aqueles três personagens dez minutos de mortal silêncio. Dona Úrsula não pensava; olhava para a carta, logo depois para o sobrinho e o padre, como a esperar uma conclusão que seu próprio espírito não podia deduzir dos acontecimentos. Estácio ficara desorientado; em vão procurava um fio de dedução entre as ideias; a revelação nova era uma complicação mais. Se a carta era sincera, como explicar a declaração testamentária de seu pai? Se o não era, como explicar a audácia de semelhante invenção? Ele não podia discernir o que era favorável a Helena, nem ousava afirmar o que lhe era adverso.

No meio daquela família, arriscada a dispersar-se, Melchior considerava a superioridade da morte sobre alguns lances terríveis da vida. Se o óbito de Helena tomara o lugar da carta, a dor seria violenta, mas o irremediável desfecho e o consolo da religião teriam contribuído para sarar a alma dos que ficassem e converter o desespero de alguns dias na saudade da vida inteira. Em vez disso, estava ele, talvez, diante de um destino aniquilado; via um abismo possível entre corações que a vontade de um morto vinculara. Qualquer que fosse a veracidade da carta, o resultado era talvez esse.

Melchior foi dali ter com Helena, para alcançar mais detida explicação do que acabava de ler. Ela ergueu-se quando o viu, e pareceu reviver ao contemplar o gesto benévolo com que ele lhe falou. Um longo suspiro de alívio rompeu-lhe do coração: os braços caíram sobre os ombros do padre, em cujo seio escondeu o rosto e repousou enfim – um minuto – das dores que a afligiam.

– Perdoaram-me? – disse ela.

– Hão de perdoar; conte-me tudo.

– Oh! Não posso, não sei; sei que é meu pai.

O capelão não insistiu; voltou aos outros dois, a quem achou na posição em que os deixara. Interrogaram-no com os olhos.

– Nada – disse ele. – O coração dela não possui nesta ocasião a necessária força para responder a quanto se lhe devia perguntar; demais, não saberá tudo. Temos a primeira confissão da verdade...

– Da verdade? – interrompeu melancolicamente Estácio. – Quem sabe se é verdade o que lemos nesse papel?

– É, deve ser. Faltam-nos, é certo, os fundamentos da asseveração; mas eu incumbo-me de ir buscá-los.

– Iremos ambos.

Dona Úrsula quis dissuadir o sobrinho de ir à casa do homem, causa dos desastres da família, não tanto porque lhe parecia que entre Estácio e ele nenhuma relação convinha estabelecer, mas sobretudo porque ela precisava de alguém que a acompanhasse em tão graves circunstâncias. Melchior inclinou-se ao alvitre de Dona Úrsula.

– Irei eu só – disse ele –; depois conduzi-lo-ei até cá, se for preciso.

– Não posso esperar – insistiu Estácio –; preciso falar a esse homem, ouvi-lo, ler-lhe a verdade ou o embuste nas linhas do rosto. Talvez o decoro da família exigisse outra coisa; mas, padre-mestre, meu coração goteja sangue...

Era impossível dissuadi-lo: Melchior tratou somente de o moderar. De resto, a crise era violenta; cumpria resolvê-la sem demora nem hesitação. O padre animou Dona Úrsula, e saiu acompanhado de Estácio, cujo coração, convalescido do primeiro abalo, deixava as regiões da dúvida para entrar na atmosfera da verdade – pelo menos da esperança. Quaisquer que fossem as consequências da nova revelação, vinha esta como um bálsamo, após tão dolorosas comoções; era um rasgão azul no céu tempestuoso daqueles dias. Ia ele pensando assim – ou antes sentindo; porque o pensamento não ousava regê-lo, desde que a vida inteira do moço se lhe concentrara no coração.

Chegando à frente da casa, Estácio desviou os olhos; custava-lhe encará-la, mas venceu-se. Houve demora em abrir a porta; abriu-se esta enfim, e a figura do dono da casa apareceu aos dois. Vendo-os empalideceu um pouco, mas um sorriso procurou disfarçar a impressão. Estácio foi direito ao fim.

– Suponho que se lembra de mim? – disse ele.

– Perfeitamente.

– Sabe que motivo nos traz à sua casa?

– Não, senhor.

– Confessa a autoria desta carta?

Salvador estremeceu; depois respondeu com um gesto afirmativo.

– Pretende que Helena é sua filha – disse o moço depois de um instante. – Confirma verbalmente o que escreveu?

– Helena é minha filha.

Melchior interveio:

– Há um ano, falecendo, o meu velho amigo conselheiro Vale reconheceu Helena, por uma cláusula testamentária:

recomendava à família que a tratasse com afeto e carinho e designava o colégio em que ela estava sendo educada. O fato do reconhecimento e as circunstâncias que apontou dão toda a veracidade à palavra do morto. Que prova apresenta o senhor em contrário a ela?

– Nenhuma – disse Salvador –; não tenho prova de nenhuma natureza.

– Na falta de provas – prosseguiu o capelão –, poderia dizer-nos como supor da parte do conselheiro uma falsificação, tratando-se de disposição tão grave como essa de introduzir uma pessoa estranha na família?

Salvador sorriu amargamente.

– Suponha – disse ele – que eu havia iludido a confiança do conselheiro e que ele acreditava ser pai de Helena.

– Era isso?

– Não era. Na posição em que nos achamos, já não há lugar para meias palavras. Força é referir tudo. Dez minutos apenas.

Os três sentaram-se. Melchior olhava para o dono da casa com a persistência e a curiosidade naturais da ocasião. Salvador esteve alguns instantes calado; enfim, voltou-se para o capelão.

– Estimo – disse ele – que o senhor padre viesse; sua caridade temperará a legítima indignação deste moço; e eu farei as declarações indispensáveis na presença das duas pessoas a quem mais amo, abaixo de Helena.

– Queira falar – disse secamente Estácio.

Capítulo XXV

– A mãe de Helena – disse Salvador –, cuja beleza foi a causa, a um tempo, da sua má e boa fortuna, era filha de um nobre lavrador do Rio Grande do Sul, onde também nasci. Apaixonamo-nos um pelo outro. Meu pai opôs-se ao casamento; tinha alguns bens, mandara-me estudar, queria ver-me em posição brilhante. Ângela podia ser obstáculo à minha carreira, dizia ele. Opôs-se, e eu resisti; raptei-a; fomos viver na campanha oriental, donde passamos a Montevidéu, e mais tarde ao Rio de Janeiro. Tinha vinte anos quando deixei a casa paterna; possuía alguns estudos, poucos, meia dúzia de patacões, muito amor e muita esperança. Era de sobra para a minha idade, mas insuficiente para o meu futuro. A lua de mel foi desde logo uma noite de privações e trabalhos. Minha vida começou a ser um mosaico de profissões; aqui onde me veem, fui mascate, agente do foro, guarda-livros[66], lavrador, operário, estalajadeiro, escrevente de cartório; algumas semanas vivi de tirar cópias de peças e papéis para teatro. Trabalhava com energia, mas a fortuna não correspondia à constância, e o melhor dos anos gastei-o em luta áspera e desigual. Uma compensação havia, a mais doce de todas: era o amor e o contentamento de Ângela, a igualdade do ânimo com que ela encarava todas as vicissitudes. Pouco tempo depois da nossa fuga, havia outra compensação mais: era Helena. Essa menina nasceu em um dos momentos mais tristes da minha vida. Os primeiros caldos da mãe foram obtidos por favor de uma mulher da vizinhança. Mas nasceu em boa hora, e foi um laço mais que nos prendeu um ao outro. A presença de um ente novo, sangue do meu sangue, fez-me redobrar de energia. Trabalhava com alma, lutava resoluto contra todas as forças adversas, certo de encontrar à noite a solicitude da mãe e as ingênuas carícias da filha. Os senhores não são pais; não podem avaliar a força que possui o sorriso de uma filha para dissolver todas as tristezas acumuladas na fronte de um homem. Muita vez, quando o trabalho me tomava parte da noite, e eu, apesar de robusto, me sentia cansado, erguia-me, ia ao berço de Helena, contemplava-a um instante e parecia cobrar forças novas. Se o próprio berço era obra de minhas mãos! Fabriquei-o de alguns sarrafos de pinho velho; obra grosseira e sublime: servia a adormecer metade da minha felicidade na Terra.

Salvador interrompeu-se comovido.

– Perdoem-me – continuou ele, depois de alguns instantes – se estas memórias me abalam o coração. Eu era pobre, tão pobre como hoje. Desse tempo só resta um eco doloroso e consolador. Crescia Helena e cresciam suas graças. Era o

66. Responsável pela escrituração mercantil de uma casa comercial.

encanto e a esperança do meu albergue. Quando pôde aprender os rudimentos da leitura, dei-lhe as primeiras lições; assisti pasmado à aurora daquela inteligência que os senhores veem hoje tão desenvolvida e lúcida. Aprendia com facilidade, porque estudava com amor. Ângela e eu construíamos os mais lindos castelos do mundo. Nós a víamos já mulher, formosa como viria a ser, porque já o era, inteligente e prendada, esposa de algum homem que a adorasse e elevasse. Vivíamos dessa antecipação, que era apenas um sonho, e não sentíamos os golpes da fortuna.

– Por que razão – perguntou Melchior –, dado esse amor e nascida uma filha, não santificou o senhor a situação em que se achavam?

– A curiosidade é justa – replicou Salvador –, mas a resposta é decisiva. Casar era a nossa justificação; era um argumento contra o ressentimento de meu pai. Nos primeiros dias da nossa fuga do Rio Grande, a própria embriaguez da felicidade desviou qualquer ideia de santificar e legalizar uma união consentida pela natureza. Depois vieram os trabalhos e as necessidades. Como eu tinha certeza de não fugir ao dever que tomara em meus ombros, ia adiando o ato de mês para mês, de ano para ano. Afinal, o projeto esvaiu-se de todo. Estávamos ligados pela miséria e pelo coração, não pretendíamos o respeito da sociedade; triste desculpa; e ainda mais triste recordação, porque o casamento teria talvez obstado os acontecimentos posteriores. Helena contava seis anos. Minha fortuna, adversa sempre, com intermitências favoráveis, parecia abrandar um pouco. Ia encetar um novo meio de vida, quando uma circunstância grave me chamou ao Rio Grande. Meu pai adoecera; mandava-me o seu perdão, ordenando-me que o fosse ver sem demora. Obedeci prontamente. Do que ele me remeteu para as despesas de viagem e outras, deixei alguma coisa a Ângela e Helena, e parti. Vinte e quatro horas depois de ver meu pai, tive a dor de o perder. A liquidação dos negócios foi curta; os bens todos ficaram pertencendo aos credores; restavam-me alguns patacões. Recebi esse golpe novo com a filosofia da insensibilidade. Quem sabe se não era eu o culpado do acontecimento? Os negócios entretanto, apesar de curtos, demoraram-me mais do que eu pretendia e convinha. A ânsia de voltar cresceu, desde que não recebi a resposta da últimas cartas que escrevi a Ângela. Enfim, pude regressar ao Rio de Janeiro com um luto mais e uma esperança menos. Neste ponto entra a pessoa de seu pai.

Estácio desviou os olhos.

– Logo que cheguei – continuou Salvador –, corri à casa; achei-a fechada. Um vizinho, testemunha da minha aflição, deu-me notícia de que Ângela se mudara para São Cristóvão. Não sabia nem o número nem a rua; mas deu-me algumas indicações que me guiaram. Ainda hoje tenho ante os olhos o sorriso com que aquele homem me respondia. Era um sorrir de compaixão que humilhava. Sem nunca haver recebido de mim a menor ofensa, vejo que ele tinha um prazer secreto com o meu infortúnio. Por quê? Deixo aos filósofos liquidarem esse enigma da natureza humana. Voei a São Cristóvão; gastei tempo em procurar a casa, mas dei com ela. Quando a vi, duvidei de meus olhos ou das indicações. Era uma casa elegante, escondida entre o arvoredo, no meio de um pequeno jardim. Podia ser aquela a residência da companheira de minha miséria? Receoso de ir bater ali, vi assomar ao portão um homem, que me pareceu ser o jardineiro. Perguntei pela dona da casa, a quem dei o seu próprio nome, dizendo que lhe desejava falar. "A senhora saiu", respondeu ele distraidamente. Dispus-me a esperar, mas o jardineiro observou-me que ia sair e fechar o portão, e que a senhora só voltaria à noite. "Esperarei até a noite", redargui. O jardineiro mediu-me de alto a baixo, circulou um olhar cauteloso pela rua e disse-me baixinho: "Aconselho ao senhor que não volte; o patrão não há de gostar". Não escrevo um romance; dispenso-me de lhes pintar o efeito que produziram essas palavras. O que senti excede a toda a descrição. Há catástrofes mais solenes, há situações mais patéticas; mas naquela ocasião parecia-me que todas as dores do mundo se tinham convergido para meu coração. O jardineiro era verdadeiramente compassivo; lendo em meu rosto o efeito de suas palavras, disse-me alguma coisa de que absolutamente me não lembro. Convidou-me com brandura a sair; obedeci maquinalmente. Podendo informar-me acerca de Ângela, não o fiz. A febre reteve-me três dias de cama, numa pobre cama alugada em péssima estalagem da Cidade Nova. No terceiro dia recebi uma carta de Ângela. Pedia-me que lhe perdoasse o passo que dera; que uma paixão nova e delirante a havia guiado, e que, se viesse a arrepender-se, seria essa a minha vingança. Quando li a carta, tive ímpeto de ir ter com ela e esganá-la; mas o ímpeto passou, e a dor desfez-se em reflexões. Poucos dias antes, a bordo, um engenheiro inglês que vinha do Rio Grande para esta Corte emprestara-me um volume truncado de Shakespeare. Pouco me restava do pouco inglês que aprendi; fui soletrando como pude, e uma frase que ali achei fez-me estremecer, na ocasião, como uma profecia; recordei-a depois, quando Ângela me escreveu. "Ela enganou seu pai", diz Brabantio a Otelo, "há de enganar-te a ti também."[67] Era justo; pelo menos, era explicável. Dois dias depois da carta de Ângela, escrevi-lhe pedindo meia hora de conversação; nada mais. Ângela concedeu-me a entrevista. Meu plano era arrebatar-lhe Helena; ela parece que o previu, recebendo-me sozinha, no jardim, às nove horas da noite.

– Por que razão recorda todas essas minúcias? – interrompeu Melchior com brandura. – Nós desejamos somente saber o essencial.

– Tudo é essencial na minha narração – disse Salvador. – Aquela entrevista mostrou-me a toda a luz o caráter de Ângela. Que outra mulher se arriscaria, em tais circunstâncias, a afrontar a cólera do homem desprezado? Ângela era um complexo de qualidades singulares. Capaz de suportar as maiores angústias, forte e risonha no meio das máximas privações, esqueceu num instante as virtudes que tinha para correr atrás de uma fantasia de amor. Não foi a riqueza que a seduziu; ela iria, ainda que tivesse de trocar a riqueza pela miséria. Ângela nasceu metade freira e metade bailarina; capaz das austeridades de um claustro, não o era menos das pompas da cena. E daí... não fui eu mesmo que a desviei da estrada real para metê-la por um atalho obscuro? Disse-lho naquela noite em que procurei ser tranquilo e superior aos acontecimentos. "Meu fim",

67. Na tragédia *Otelo* (1604), de Shakespeare, o protagonista acaba matando a esposa por ciúme. Brabantio é o pai de Otelo.

declarei eu, "é só um: levar Helena; Helena é minha filha, não quero deixá-la entregue a seus maus exemplos." As lágrimas com que me banhou as mãos, as rogativas que me fez, ajoelhada a meus pés, para que lhe deixasse Helena, não há negar que foi tudo sincero. Cedi aparentemente. Minha resolução estava assentada; sem Helena, a vida parecia-me impossível. Que outro vínculo me prendia ao mundo? A morte e a miséria tinham feito em redor de mim completa solidão. A única felicidade sobrevivente era ela.

– Segundo rapto – observou o padre. – O senhor condenava-se a só adquirir um vislumbre de felicidade por meios violentos.

– Tem razão – respondeu Salvador com tristeza –; um abismo chamava outro abismo. Felizes os que sabem o caminho reto da vida e nunca se arredaram dele! Quis arrebatar Helena; espreitei-a noite e dia. Não a via nunca; a própria casa rara vez tinha uma porta ou janela aberta. Havia ali o recato e o mistério. Um dia, resolvi ir ter com o protetor de Ângela. A notícia que me deram do conselheiro Vale era a mais honrosa do mundo. Assentei que me ouviria e cederia a meus justos rogos. O demônio do orgulho impediu a execução do plano. Quase a entrar em casa do conselheiro, recuei. Decorreram assim cerca de dois meses. Emagreci; as longas vigílias fizeram-me pálido; o trabalho não me atraía; cheguei a padecer fome. O poeta que disse que a saudade é um pungir delicioso[68] não consultou meu coração. Acerbo o achei eu; é certo que a ela misturava-se a cólera, a cólera da impotência e o desgosto mortal do abandono. Um dia, dirigi-me para São Cristóvão, disposto a empregar a violência, contanto que trouxesse Helena ou fosse dali para o Aljube. Era à tardinha. Aproximei-me do jardim de Ângela, ouvi a voz de minha filha. Era a primeira vez depois de longos meses! Parou-me o sangue todo. Passado o primeiro abalo, caminhei cauteloso, encostado à cerca; Helena falava a alguém. Por uma abertura da cerca, pude espreitá-la, estava ao colo de um homem. Esse homem era o conselheiro. Olhei para um e outro; ora para o meu rival, ora

68. Referência a *Camões* (1825), poema inaugurador do Romantismo em Portugal, de Almeida Garrett (1799-1854).

para a minha Helena. Helena acariciava as barbas dele; este sorria para ela com um ar de ternura, que o absolvia quase da ofensa a mim feita. O coração, porém, apertou-se-me, ao ver dar a outros afagos a que só eu tinha direito. Era um roubo feito à natureza; mas, se meu próprio sangue me repudiava, que podia eu exigir de alheios corações? Daí a algum tempo – não sei se foi curto ou longo, porque eu ficara a olhar para ambos, pasmado de amor e de cólera –, ouvi que falavam de mim. "Mas, olhe", dizia Helena, "papai quando vem?" O conselheiro deu um beijo na menina, e falou de uma borboleta que nesse momento pairava sobre a cabeça dela. As crianças, porém, são implacáveis. Aquela repetiu a pergunta. "Papai não volta", respondeu o conselheiro. Helena ficou séria. "Não volta? Por quê?" "Tua mamãe disse ontem que papai está no céu." Helena levou as mãos aos olhos, donde lhe rebentaram lágrimas copiosas. Uma nuvem passou-me pelos olhos... tentei dar alguns passos, entrar no jardim, dizer quem era e exigir minha filha. Os músculos não corresponderam à intenção; senti fraqueza nas pernas; achei-me de bruços. Quando dei acordo de mim, volvi de novo os olhos para o lugar onde os vira. Ainda ali estavam, mas a atitude era diferente. O conselheiro erguera-se, tendo nos braços Helena, que já não chorava. Ele beijava-lhe as mãozinhas e dizia-lhe: "Se papai foi para o Céu, fiquei eu no lugar dele, para dar-te muito beijo, muito doce e muita boneca. Queres ser minha filha?" A resposta de Helena foi a do náufrago; estendeu-lhe os braços em volta do pescoço, como se dissesse: "Se não tenho ninguém mais no mundo!" O gesto foi tão eloquente que eu vi borbulhar uma lágrima nos olhos do conselheiro. Essa lágrima decidiu do meu destino; vi que ele a amava, e de todos os sacrifícios que o coração humano pode fazer, aceitei o maior e mais doloroso: eliminei a minha paternidade, desisti da única herança que tinha na Terra, força da minha juventude, consolo de minha miséria, coroa de minha velhice, e voltei à solidão mais abatido que nunca!

Salvador interrompeu a narração; levou a mão direita aos olhos; por entre seus dedos escorreram algumas lágrimas, que ele, de envergonhado, enxugou rapidamente.

– Essas recordações são penosas – disse o padre –; não convém despertá-las de uma vez; seria abrir feridas que o tempo cicatrizou. Sabemos o essencial...

– Não, resta ainda alguma coisa – disse Salvador.

Estácio erguera-se. Visivelmente comovido, procurava lutar contra o sentimento que o dominava, a fim de conservar a necessária independência de espírito para julgar da narrativa e do alcance que ela podia ter. Tinha involuntariamente apertado a mão de Salvador, ao escutar-lhe as últimas palavras; e arrependera-se desse primeiro movimento, que podia parecer uma absolvição sumária. A verdade é que ele não refletia nem sentia claramente: a mente e o coração eram um campo de ideias e comoções contrárias.

– Vou acabar – disse Salvador depois de alguns minutos. – Resta explicar o procedimento de Helena.

Capítulo XXVI

– Seu pai – continuou Salvador dirigindo-se a Estácio, que, para acabar de compor o rosto, tinha ido até à janela e voltara a sentar-se –, seu pai era honrado e cavalheiro. Arrebatando-me Ângela, não me traiu, porque não me vira nunca; não contribuiu diretamente para a traição dela, porque supunha cortadas nossas relações. Soube depois que Ângela, quando eles se apaixonaram um pelo outro, lhe ocultara completamente o motivo da minha viagem; dera-se como separada de mim. Mentiu, como mentiu mais tarde, dizendo que eu havia morrido. O conselheiro não sabia sequer o meu nome. A mentira no primeiro caso não teve fim nenhum; não houve cálculo; foi uma sugestão de amor ou um esquecimento; foi, talvez, um modo de respeitar-me; no segundo caso, houve cálculo: era o de redobrar o afeto que o conselheiro tinha a Helena. Assim aconteceu, porque o conselheiro sentiu-se pai de Helena, e assumiu esse caráter desde aquela tarde. Do contrato, feito ali entre o homem e a criança, cumpriu ele todas as cláusulas com generosa pontualidade. Pode crer que lhe fiquei profundamente grato. Uma vez, passando por uma litografia, vi um retrato dele; comprei-o e conservo-o ali ao lado do de Helena.

Melchior e Estácio olharam para a parede, onde pendiam dois quadrinhos, ainda cobertos, conforme Estácio os vira, no primeiro dia em que ali foi.

– Os meses e os anos passaram – continuou Salvador –, Helena deu entrada em um colégio de Botafogo, onde recebeu apurada educação. O conselheiro a levou ali, dando-a como órfã de um amigo de Minas; Ângela, que se dera por sua tia, ia buscá-la aos sábados. Omito mil circunstâncias intermediárias, e as vezes, poucas, em que pude ver minha filha, de passagem e a ocultas. Se o tempo houvesse produzido em mim os seus naturais efeitos, se a natureza não se ajustasse em fazer contraste com a fortuna, conservando-me o vigor e o viço da mocidade, é possível que eu achasse meio de empregar-me no colégio ou nas imediações, a fim de ver mais frequentemente Helena. Mas eu era o mesmo; passado o primeiro abalo, voltaram-me as carnes, voltou-me a cor, e eu era o mesmo que antes de partir para o Rio Grande. Helena podia reconhecer-me; e eu faltava à convenção tácita que fizera com o conselheiro. Um sábado, porém, tinha Helena doze anos, vindo ambas do colégio, parou o carro defronte do Passeio Público. Vi-as descer e entrar. Levado por um impulso irresistível, entrei também. Queria contemplá-las de longe, sem lhes falar; mas a resolução estava acima das minhas forças. Que pai não faria outro tanto? No lugar mais solitário do Passeio, corri para Helena. Vendo-me, a menina pareceu não reconhecer-me logo; mas atentou um pouco, recuou espavorida e agarrou-se à mãe, abraçando-a pela cintura. Conheci que não estava ali um pai, mas um espectro que regressava do outro mundo. Ia afastar-me, quando ouvi a voz de Helena perguntar à mãe: "Papai?" Voltei-me. Ângela envolvera o rosto da criança entre os vestidos. O gesto equivalia a uma confissão; mas esta foi ainda mais clara quando a mãe, cedendo à boa parte da sua natureza, ergueu resoluta os ombros, descobriu o rosto da filha, pousou-lhe um beijo na testa, fitou-a e fez com a cabeça um gesto afirmativo. A menina não exigiu mais; correu para mim e atirou-se-me nos braços. Ângela não se atreveu a impedir o movimento da filha; o passado e o sacrifício falavam em meu favor. Abracei Helena e beijei-a como doido. Ângela interveio:

"Basta!", disse ela. Pegou na mão da filha e estendeu-me a sua. Apertei-a maquinalmente; meus olhos estavam pregados na criança. Era tão gentil, com o vestido rico que trazia, os cabelos enlaçados com fitas azuis, um chapelinho de palha e os pezinhos calçados com botinas de seda! "Fez bem", disse eu a Ângela, depois de alguns instantes; "deu-lhe um pai melhor do que eu." Reparei então que ela própria se transformara; trajava com elegância e estava superiormente bela. A abastança aperfeiçoara a natureza. Olhei-a sem inveja nem cólera – mas com saudade – nessa vez deliciosa, porque rememorei os bons tempos da nossa ebriedade e loucura. O passado é um pecúlio para os que já não esperam nada do presente ou do futuro: há ali sensações vivas que preenchem as lacunas de todo o tempo. "Fez mal", disse-me ela baixinho. E suspirou. "Sei que morri", disse eu, "e não pretendo ressuscitar." Depois voltei-me para Helena: "Minha filha, faze de conta que me não viste; morri para ti e para o mundo. Teu pai é outro. Prometes que não dirás nada?" Helena fez um leve sinal de cabeça e beijou-me a mão a furto, como se não quisesse ser vista de Ângela. Nesse simples gesto reconheci que ela ia obedecer-me; mas a tristeza que lhe ficou foi o castigo de sua mãe. Pedíamos à natureza mais do que ela podia dar.

Salvador fez uma pausa, ergueu-se, foi à cômoda, e de uma das gavetas tirou uma caixinha, que colocou sobre a mesa. Melchior e Estácio trocaram um olhar de curiosidade. Salvador sentara-se de novo.

– Ângela morreu – prosseguiu ele – daí a um ano. Seu pai e alguns amigos, poucos, foram levá-la à sepultura. Também eu lá me achei. A diferença é que ele enterrava uma aventura, e eu via enterrar o meu passado. Vi-o triste e taciturno, como sinceramente pesaroso da criatura que perdera. Helena, entretanto, não podendo estar só na mesma casa, foi removida para o colégio, onde ficou residindo definitivamente. O conselheiro ia visitá-la todas as semanas. Pela minha parte, certo da discrição de minha filha, encetei com ela uma correspondência que era toda a consolação que me podia caber. Uma escrava do colégio servia de intermediária entre nós. Então como hoje, achei uma alma compassiva que me ajudou a ser feliz com mistério; a diferença é que naquele tempo era precisa a intervenção pecuniária. Eu tinha pouco, mas dava o jantar de um dia para ler cartas de Helena. Conservo-as todas, tanto as de outrora como as destes últimos meses; estão fechadas aqui.

Salvador mostrou a caixinha que colocara sobre a mesa.

– Um dia, almoçando em um botequim, li a notícia da morte do conselheiro. O fato consternou-me; mas eu peço licença para lhes dizer tudo: de envolta com o sentimento de pesar, houve em mim alguma coisa semelhante a uma satisfação. Respirava enfim! O contrato expirava com ele; eu ia entrar na posse de minha filha. Não escrevi desde logo a Helena; fi-lo ao cabo de alguns dias. Tive duas respostas: a primeira era no sentido da minha carta; a segunda anunciava-me que o conselheiro a reconhecera por testamento. Podia procurar e ler-lhes a segunda carta: é um documento da elevação dos sentimentos daquela menina. Exprimia-se com a maior gratidão e saudade a respeito do conselheiro; mas negava-se a aceitar o favor póstumo. Sabendo a verdade, não queria escondê-la ao mundo. Aceitando o reconhecimento, entendia que prejudicava direitos de terceiro, além de repudiar-me solenemente, o que não queria fazer desde que adquiria a liberdade de ação. Entre a herança e o dever, dizia ela, escolho o que é honesto, justo e natural. Essa carta tirou-me o sono uma noite inteira, perplexo como fiquei entre o ato do finado e a resolução da herdeira. Que mão invisível tocara no coração do conselheiro essa corda de sensibilidade? Melhor fora que ele houvesse traduzido em uma simples lembrança a afeição que tinha a Helena. Longo tempo refleti nisso; o pai lutava com o pai. Tê-la comigo era a minha ventura, o meu sonho, a minha ambição; era a realidade que eu chegara a tocar com as mãos. Mas podia atá-la ao carro decrépito da minha fortuna, dar-lhe o pão amargo de todos os dias? A família do conselheiro ia afiançar-lhe futuro, respeito, prestígio; a lei ia ampará-la. Perguntei a mim mesmo se, depois de haver morrido para o mundo, me era lícito ressuscitar para reclamar e reaver um título de que me havia despojado; finalmente, se possuía já o direito de fazer um escândalo. Essas reflexões, se viessem sós, teriam triunfado desde logo; mas, em oposição a elas, vieram as sugestões do coração. Adverti que, cedendo à vontade do morto, cavaria um abismo entre mim e Helena, e que não mais, ou só raramente e a ocultas, podia desfrutar a felicidade de lhe dizer que a amava, de ouvir a mesma palavra de seu coração. Nessa luta gastei três longos dias. Helena escreveu-me outra carta, insistindo na resolução que dizia haver tomado. Urgindo responder-lhe, fi-lo sacrificando-me. Não a convenci. Procurei ter uma entrevista com ela. Não era fácil; mas o interesse venceu tudo; a escrava intermediária aumentou o preço da complacência. O que se passou entre nós não o poderei repetir agora; curto era o prazo concedido, mas a luta foi renhida e longa. Busquei persuadi-la com reflexões e súplicas; ela resistiu com indignação e lágrimas. A nobre alma repudiava a cumplicidade e o lucro de uma usurpação. Eu não via usurpação, porque a meus olhos nem os interesses da família do conselheiro, nem as noções da simples moral prevaleciam; eu via minha filha e seu futuro: nada mais. Talvez os culpados desse meu proceder fossem somente Ângela e seu benfeitor. Eles me acostumaram a amá-la de longe, a não disputar a outrem o benefício que ela recebia. Enfim, meu coração, egoísta e ulcerado, entendia que o reconhecimento daquela pobre criança era o simples retorno das carícias de que eu havia sido defraudado; tais foram os motivos da minha consciência. Helena resistiu até a última; cedeu somente à necessidade da obediência, à imagem de sua mãe que eu invoquei, como um supremo esforço, à fiança que lhe dei de que a acompanharia sempre, de que iria viver perto dela, onde quer que o destino a levasse; cedeu exausta, sem convicção nem fervor. Se nesse ato decisivo de Helena há culpa, é toda minha, porque eu fui o autor único; ela não passou de simples instrumento, instrumento rebelde e passivo. Seu erro foi não ter a prudência necessária para não transpor o abismo que nos separava. Eu devia contar com as resoluções súbitas e prontas dessa menina; há ali uma costela de sua mãe. Mandando-lhe dizer, com as indicações precisas, onde morava, estava longe de esperar que ela viesse ver-me. A princípio fiquei aterrado com as possíveis consequências; mas se o homem se habitua ao mal e à dor, por que se não há de acostumar ao prazer e ao bem? Helena veio mais vezes; o gosto de a ver fez olvidar o perigo, e eu bebi, em horas escassas e furtivas, a única felicidade que me restava na terra, a de ser pai e a de me sentir amado por minha filha.

Capítulo XXVII

Tinha acabado; grossas lágrimas, retidas a custo, enfim lhe rebentaram dos olhos e rolaram pelo rosto abaixo do narrador. A comoção não ficou só nele; os dois ouvintes a sentiram também. Acabara; e o pior que podia acontecer era isso mesmo. Uma vez finda a narração, ficaram os dois calados e perplexos, sem que ousassem contradizê-lo. Depois de curta pausa, Salvador rematou assim:

– De tudo o que lhes disse não tenho outras provas além destas cartas, que seriam bastantes, e de minhas lágrimas, que hão de ser eternas. Mas, ainda quando haja outras, creio que não serão precisas. Na situação em que estamos, só há duas soluções possíveis; ou nada se altera do que o conselheiro estatuiu, e somente eu carregarei as consequências da sorte, desaparecendo; ou a família rejeita Helena, e eu a levarei comigo. Dir-se-á que a lei a protege a todo transe? Pois ela assinará todas as desistências necessárias.

Estácio cortou-lhe a palavra, dizendo que oportunamente lhe dariam resposta. Saíram logo depois; não trocaram uma só palavra; cada um deles ia absorto. Contudo, o padre observava de quando em quando o sobrinho de Dona Úrsula, buscando adivinhar-lhe os pensamentos.

Chegando à porta da chácara, o padre perguntou ao moço:

– Que pretende fazer?

– Não sei ainda.

– Sei eu o que deve fazer: nada.

– Conservar esta situação?

– Decerto. Helena obedeceu à vontade de seus dois pais, aceitando o equívoco em que ambos a vieram colocar. Obedeceu à força. Agora, está reconhecida; é um fato que não podemos discutir nem alterar.

Estácio esteve silencioso alguns instantes.

– Mas posso eu, à vista do que acabamos de ouvir, conservar a Helena um título que rigorosamente lhe não pertence? Helena não é minha irmã; é absolutamente estranha à nossa família; o título que nos ligava desaparece. Por que motivo continuaríamos nós uma falsificação...

– De seu pai? – atalhou Melchior.

– Padre-mestre!

– Aquele homem falou verdade; mas nem a lei nem a Igreja se contentam com essa simples verdade. Em oposição a ela, há a declaração derradeira de um morto. A justiça civil exige mais do que palavras e lágrimas; a eclesiástica não extingue, com um traço de pena, a afirmação póstuma. Demais, não espere que esse homem reproduza perante ninguém as declarações de há pouco; só o fará quando perder a última esperança. É evidente que ele nada quer alterar do que seu pai estabeleceu, e antes se sacrificará do que envergonhará a filha. Sente-se disposto a fazer o que ele recusa?

Estácio não respondeu; tinham entrado na chácara, e caminhavam lentamente na direção da casa. Melchior deteve-o.

– Estácio! – disse o padre, depois de olhar para ele um instante. – Compreendo, quisera despojar Helena do título que seu pai lhe deixou, para lhe dar outro, e ligá-la à sua família por diferente vínculo...

Estácio fez um gesto como protestando.

– Esquece duas coisas graves: o escândalo e o casamento de um e outro; já se não pertence, nem ela se pertence a si. Vamos lá; seja homem. Sepultemos quanto se passou no mais profundo silêncio, e a situação de ontem será a mesma de amanhã.

Quando Estácio e Melchior entraram em casa, já Dona Úrsula sabia tudo; lograra desatar a língua de Helena. Abatida com a leitura da carta, não lhe levantara o ânimo a narração verbal da moça; preferia talvez que Helena fosse verdadeiramente filha do conselheiro. Alguns meses de espaço e a convivência afetuosa produziram a diferença do sentimento entre o primeiro e o último dia.

– Nada podemos fazer já agora – disse o padre –; provocaríamos um escândalo sem esperança do resultado.

Dona Úrsula fez um gesto de assentimento. Chamada a ouvi-los, Helena desceu daí a alguns minutos. A cor da vergonha tingiu-lhe a face, logo que ela deu com Estácio, que a esperava, ao lado de Melchior, ambos calados, mas sem nenhum vislumbre de irritação. Após um silêncio longo e abafado, Estácio comunicou a Helena a resolução da família e seus sentimentos de generosidade e confiança; concluiu dizendo que, sobre todas as coisas, prevalecia a vontade derradeira de seu pai. Helena empalideceu e cerrou os olhos; Dona Úrsula correu a ampará-la. O organismo debilitado pelas vigílias e comoções das últimas horas não pudera resistir; mas o delíquio foi leve e curto. Voltando a si, Helena beijou ardentemente as mãos de Dona Úrsula e as do padre, estendeu a sua a Estácio, que a apertou; depois, com voz trêmula, disse:

– Meu coração ficará eternamente grato ao resto de estima que não perdi; a situação mudou, e força é mudar com ela. Não quero a proteção da lei, nem poderia receber a complacência de corações amigos. Cometi um erro, e devo expiá-lo. Enquanto a vergonha vivia só comigo, era possível continuar nesta casa; eu atordoava-me para esquecê-la; mas agora que é patente, vê-la-ei nos olhos de todos e no sorriso de cada um. Peço-lhes que me perdoem e me deixem ir! Não devera ter entrado, é certo. Expio a fraqueza de um coração que eu me habituara a amar de longe, com o prestígio do mistério e o encanto do fruto proibido. De hoje em diante, amá-los-ei de longe ou de perto, mas estranha... e perdoada!

Dizendo isso, Helena abraçou Dona Úrsula, como a pedir o benefício da sua intervenção. Dona Úrsula abraçou-a igualmente, mas fez com a cabeça um gesto negativo. Melchior observou que a repulsa era pelo menos um sintoma de desprendimento pouco explicável em relação à família que, sem embargo dos últimos sucessos, não lhe retirara a estima nem a proteção.

– Herdou o orgulho do pai! – murmurou Estácio.

A frase foi dita em voz baixa, mas Helena ouviu-a, e seus olhos fulgiram de momentânea satisfação. Atribuir a orgulho o que era vergonha e remorso, dava-lhe certa superioridade que a moça julgava não ter naquele lance. Protestou em favor de seus sentimentos de gratidão, com a palavra viva, animada, cordial que todos três lhe conheciam, interrompida a intervalos pela comoção interior, e pelas lágrimas que lhe escorriam dos olhos, quase exaustos de chorar. Estácio pôs termo a todas as hesitações.

– Pois bem – disse ele –, será isso mais tarde; a lei é por nós; e nossa vontade é que nos obedeça.

Helena mordeu o lábio com desesperação, mas não respondeu. A cabeça descaiu-lhe lentamente como ao peso de uma ideia, a mais e mais opressora. Depois, ergueu-a; os olhos tristes, mais animados dos últimos raios de uma esperança, dirigiram-se para os de Estácio, que nessa ocasião pareciam falar as dores todas da paixão sufocada e rebelde. Ambos eles os baixaram à terra, medrosos de si mesmos.

– Não creio que ela aceite facilmente a sua decisão – disse Melchior a Estácio, logo que pôde achar-se só com ele. – Acautele-se; é capaz de fugir-nos.

– Crê?

– Não a conhece ainda? A posição em que estes acontecimentos a deixaram repugna-lhe mais que tudo. Prefere a miséria à vergonha, e a ideia de que interiormente não a absolvemos é o verme que lhe fica no coração.

De noite, recebeu Estácio uma carta de Salvador, acompanhada de um pacote.

> Refleti muito durante estas duas horas, dizia ele, e cheguei a uma conclusão única. Elimino-me. É o meio de conservar a Helena a consideração e o futuro que lhe não posso dar. Quando esta carta lhe chegar às mãos, terei desaparecido para sempre. Não me procure, que é inútil. Irei abençoá-lo de longe. Recaia, entretanto, sobre mim todo o ressentimento; eu só o mereço, porque só eu o provoquei. Vão as cartas de Helena; guardo três apenas, como recordação da felicidade que perdi.

Estácio teve vontade de ler as cartas de Helena, mas a tempo recuou; mandou-as dar à moça. Helena, que estava com Dona Úrsula, entregou-as a esta.

– São a minha história – disse ela. – Peço-lhe que as leia e me julgue.

Havia em seus olhos uma expressão que não era usual. Recolheu-se imediatamente a seu quarto, onde jazeu longo tempo, calada, quieta, sinistra, o corpo atirado em um sofá, a alma sabe Deus em que regiões de infinito desespero.

Capítulo XXVIII

Naquela noite, a segunda de tão extraordinários sucessos, foi que Estácio sentiu toda a violência do amor que lhe inspirara Helena. Enquanto os detinha um vínculo sagrado, amara sem consciência; e ainda depois de esclarecido pelo padre, o esforço empregado em vencer-se e a própria natureza da catástrofe não lhe permitiram ver a extensão do mal. Agora, sim; roto o vínculo, restituída a verdade, ele conhecia que a voz da natureza, mais sincera e forte que as combinações sociais, os chamava um para o outro, e que a mulher destinada a amá-lo e ser amada era justamente a única que as leis sociais lhe vedavam possuir.

Durante as primeiras horas o coração mordeu rebelde o freio da necessidade. A vigília foi longa e crua; e a reflexão veio enfim dominar a tempestade interior, ou antes alumiar seus destroços. Ele viu que o padre tinha razão; que era força desfolhar a esperança de um dia. Ao mesmo tempo, o exemplo de Helena deu-lhe ânimo. Senhora do segredo de seu nascimento, e consciente de amar sem crime, a moça apressara, não obstante, o casamento de Estácio e escolhera para si um noivo estimado apenas. Se uma vez a palavra delatora lhe rompeu dos lábios, ela a retraiu logo, fazendo o mais obscuro dos sacrifícios.

Não quis Estácio ser menos generoso. Logo de manhã escreveu a Mendonça, pedindo-lhe que não deixasse de os ir visitar nesse dia. Não o fez sem custo, mas fê-lo sem arrependimento. Tinha por fim apressar o casamento de Helena e o seu condenando-se a sofrer calado os golpes do avesso destino.

A manhã, entretanto, não trouxe a Helena o esquecimento e a paz. A noite não lhe serviu de remédio, antes legou à aurora toda a sua mortal angústia. Debilitada, nervosa, impaciente, não podia a moça vencer-se nem suportar-se. Ora repelia com sequidão as boas palavras de Dona Úrsula; ora pedia intercedesse com Estácio para a resolução que ela admitia como único meio de a poupar à vergonha. A excitação moral era grande; cumpria aquietá-la por meios persuasivos. Helena fugia a todos; não encarava Estácio e Dona Úrsula sem que o pejo[69] lhe colorisse a face, mudança tanto mais visível quanto que a vigília e a dor a tinham empalidecido muito. Diziam-lhe que a vontade do conselheiro estatuíra uma lei na família, segundo a qual ela continuava a ser parenta como dantes, e tão amada como era. A moça agradecia a generosidade, mas não podia fugir à ideia de haver contribuído para uma usurpação. Queria que a deixassem ir ter com o pai, ao pé de quem a natureza e a consciência lhe indicavam que poderia estar sem remorso. Estácio e Dona Úrsula respondiam-lhe com afagos e protestos; mas quando viram que estes eram inúteis, não houve mais que revelar-lhe a carta de Salvador.

O padre Melchior incumbiu-se de lhe fazer essa delicada comunicação.

– Seu pai – disse ele – praticou em seu favor um ato heroico; fugiu para lhe não fazer perder a consideração e o futuro. Leia esta carta e veja se ela lhe dá a força necessária para resistir.

Helena pegou na carta com sofreguidão, leu-a de um lance d'olhos. O gemido que lhe rompeu do coração mostrou bem a ferida que acabava de receber. O padre acolheu-a lacrimosa e esvaecida em seus braços; disse-lhe palavras de conforto e de esperança. Nos primeiros minutos, Helena nada pôde ouvir; o golpe ensurdecera a alma. Melchior fê-la sentar ao pé de si; ela obedeceu sem consciência. Após alguns minutos de silêncio e concentração, a moça dirigiu a palavra ao padre e agradeceu-lhe a caridade. Depois referiu-lhe os acontecimentos de sua infância, os mesmos que o capelão ouvira. A sagacidade natural do espírito cedo lhe fizera ver que a posição de sua mãe não era a mesma das outras mães; essa descoberta, porém, não teve outra virtude mais que comunicar ao amor de filha uma intensidade e energia capazes de afrontar os mais fortes obstáculos, como se ela quisesse reunir em si toda a

69. Vergonha, pudor.

soma de afetos e respeitos que a sociedade afiança às situações regulares. Melchior ouviu-a comovido; nutrido da medula do Evangelho, reconheceu um efeito da graça divina nesse amor imaculado, que valia por todas as absolvições da Terra. Ele a aplaudiu e confortou; falou-lhe do futuro, do carinho de sua família – sua, a despeito de tudo –, enfim da obrigação em que ela estava de corresponder a tanta confiança.

Talvez Helena, em sua razão, correspondesse aos conselhos de Melchior; mas a razão é o que menos a dirigia naquelas circunstâncias aflitivas. Ela deixou o padre para recolher-se aos aposentos. Quando Dona Úrsula ali foi, meia hora depois, achou-a profundamente abatida; a violência da crise passara. A linguagem que lhe falou foi maternal, tingida de amor e perdão; Helena ouviu-a agradecida, mas um sorriso descorado e sem convicção lhe entreabria os lábios. Supunha ler comiseração onde havia afeto e respeito, e o orgulho rebelava-se de inspirar o único sentimento que a consciência lhe dizia merecer.

As instâncias de Dona Úrsula para que Helena se alimentasse foram inúteis; ela apenas recebia o que bastava para não sucumbir à fome. A companhia repugnava-lhe; assim, poucas vezes a viram desde os dias que se seguiram àquela funesta manhã. Mendonça não conseguiu mais do que os outros. A família teve o cuidado de anunciar que Helena se achava enferma. A aflição do noivo foi grande; mas todos buscaram tranquilizá-lo. Nada havendo transpirado do acontecimento, fácil foi sustentar aquela explicação.

Melchior encomendara muito à família que vigiasse a moça, cujo espírito lhe parecia atrevido e tenaz; ele receava que Helena ou fugisse de casa, ou recorresse a algum ato de desespero. O mesmo padre desvelou-se em trazer a alma de Helena ao sentimento da resignação. A autoridade do caráter religioso, a influência que ele tinha no espírito de Helena, eram armas poderosas, temperadas com o amor verdadeiro e paternal que o ligava à donzela. Nada poupou; mas tais esforços não tiveram mais fruto que os da família. Helena mal podia tolerar a situação.

Uma vez, como ela descesse à chácara, saiu Estácio a procurá-la, não a encontrando senão ao cabo de alguns minutos. Achou-a ao pé do tanque, no lugar em que lhe falara poucos dias antes, sentada no mesmo banco de pau. Vendo-o, estremeceu; ele aproximou-se, contente de a haver encontrado enfim. O dia estava feio; grossas nuvens negras pejavam o ar, túmidas de temporal próximo. Estácio convidou-a a recolher-se.

– Deixe-me estar aqui um instante mais – respondeu ela.

– Dois minutos apenas.

Sentou-se ao pé dela e ficaram calados. Helena tinha uma taquara na mão; Estácio quis tomar-lha: ela arremessou-a para longe. Ergueu-se então o moço e foi buscá-la; só então viu que estava molhada até certa altura; calculou que seria o fundo do tanque. O tanque era raso; não poderia dar a morte; mas a suspeita de que Helena não recuaria diante do suicídio aterrou novamente o espírito de Estácio. Parecendo-lhe que a causa não comportava o efeito, perguntou a si mesmo se os sucessos daqueles dias não teriam velado a razão da moça. Sentou-se de novo e falou-lhe com brandura.

Ao escutá-lo, sentiu Helena como uma ressurreição de outras horas, que ela julgava escoadas para sempre; um sorriso lhe animou os lábios sem cor, ao passo que os olhos doridos e murchos pareciam reviver de um resto de luz. Estácio falou-lhe de si, da tia, do padre e de Mendonça, dos próximos casamentos, da felicidade futura. Depois insistiu com ela para que entrasse. Uma brisa mais forte começava a agitar as árvores, e a tempestade ameaçava cair de repente.

– Ainda não – disse a moça –; alguns minutos mais.

– Mas pode adoecer...

– Talvez, se todos quiserem a minha saúde. Há criaturas tão malfadadas que aqueles mesmos que as desejam fazer venturosas não alcançam mais do que preparar-lhes o infortúnio. Tal foi o meu destino. Seu pai e minha mãe não tiveram outro pensamento; meu próprio pai foi levado pelo mesmo impulso, quando me obrigou a ser cúmplice de uma generosa mentira. Agora mesmo que ele me foge, com o fim único de me não tolher a felicidade, arranca-me o último recurso em que eu tinha posto a esperança...

– Helena! – interrompeu Estácio.

– O último – repetiu a moça.

Esvaíra-se-lhe o sorriso, e o olhar tornara a ser opaco. Estácio teve medo daquela atonia e concentração; travou-lhe do braço; a moça estremeceu toda e olhou para ele.

A princípio foi esse olhar um simples encontro; mas, dentro de alguns instantes, era alguma coisa mais. Era a primeira revelação, tácita mas consciente, do sentimento que os ligava. Nenhum deles procurara esse contato de suas almas, mas nenhum fugiu. O que eles disseram um ao outro, com os simples olhos, não se escreve no papel, não se pode repetir ao ouvido; confissão misteriosa e secreta, feita de um a outro coração, que só ao céu cabia ouvir, porque não eram vozes da Terra, nem para a Terra as diziam eles. As mãos, de impulso próprio, uniram-se como os olhares; nenhuma vergonha, nenhum receio, nenhuma consideração deteve essa fusão de duas criaturas nascidas para formar uma existência única.

O vento tornara-se mais rijo; uma lufada os despertou, em má hora, porque há sonhos que deviam acabar na realidade do outro século. Estácio ergueu-se; sacudiu valorosamente o torpor da felicidade e reassumiu o papel que o pai lhe assinara ao pé de Helena. Esta desviou os olhos e cravou-os na água, fascinada e absorta. A ideia do suicídio roçaria deveras sua asa invisível pela fronte da moça? Estácio foi a ela, pegou-lhe nas mãos e convidou-a a sair dali.

– Entremos – disse ele pela terceira vez –, olhe que vai chover.

Helena deixou-se levantar; um calafrio percorreu-lhe o corpo todo, e as mãos, que o moço ainda tinha entre as suas, estavam muito mais quentes que o natural.

– Ande repousar – continuou Estácio –; pode adoecer, e não tem direito para tanto; nossa afeição não o consentirá nunca. Vamos.

– Amar-me-ão sempre? – perguntou Helena.

– Oh! Sempre!

– Impossível! Há uma voz no fundo de seu coração, que lhe dirá, de quando em quando, esta triste palavra: aventureira!

– Helena!

– Não posso ser outra coisa a seus olhos – prosseguiu a moça, tristemente. – Quem o convencerá de que a declaração de seu pai não foi obtida por artifícios de minha mãe? Quem lhe dará a prova de que, cedendo aos rogos de meu pai, não fiz mais do que executar um plano preparado já? São dúvidas que lhe hão de envenenar o sentimento e tornar-me suspeita a seus olhos. Resista quem puder; é-me impossível encarar semelhante futuro!

Helena caíra ofegante no banco. Estácio falou-lhe com abundância e ternura; jurou-lhe que sua família era incapaz da mínima suspeita; pediu-lhe por seu pai que não julgasse mal deles. Ela sorriu, mas foi um sorrir de incrédula.

Grossos pingos de chuva começavam a rufar nas árvores. Estácio pegou na mão de Helena para conduzi-la a casa. A moça fugiu-lhe, indo colocar-se alguns passos adiante, onde a chuva lhe caía mais em cheio na cabeça nua e no corpo levemente coberto. Quando Estácio, desvairado de terror, correu para ela, Helena afastou-se dele; mas nem seus pés o poderiam vencer nunca, nem lho permitiam agora as forças quebradas por tantas e tão profundas comoções. Ele alcançou-a; estendeu o braço em volta da cintura da moça, dizendo:

– Que capricho é esse? Vamos embora; eu quero que venha comigo para dentro.

Ao sentir o braço de Estácio, Helena estremeceu e fez um movimento para arredá-lo de si; mas a fraqueza traiu-lhe o pudor. Ela fitou no moço uns olhos de corça moribunda; as pernas fraquearam, e o corpo esmorecido iria a terra, se lho não sustivessem as mãos de Estácio.

– Deixe-me morrer! – murmurou ela.

– Não! – bradou o mancebo.

Com um gesto rápido, tomou nos braços, estendido, o corpo exausto de Helena, e caminhou na direção da casa. O vento flagelava-os; a chuva, que subitamente caía a jorros, alagava-os sem misericórdia; ele ia andando, o mais depressa que lhe permitia o peso de Helena, cuja cabeça pendia para a terra, e de cujos lábios brotavam trechos soltos de frases sem sentido.

Dona Úrsula viu entrar aquele doloroso espetáculo; correu a receber Helena, que Estácio depositou em um sofá, donde foi transferida ao leito. A febre, já começada antes dela sair, tomara conta enfim da pobre moça. Um médico foi chamado à pressa; o padre Melchior correu por baixo d'água até a casa de Estácio. As primeiras horas foram de ansiedade e susto; o estado da doente era grave; assim o disse o médico; assim o tinham já sentido os corações amigos.

Dona Úrsula pagou naquela ocasião os serviços que, em caso análogo, lhe prestara Helena, malgrado o peso dos anos, que lhe não permitiam longas vigílias nem aturado trabalho. Velou a boa senhora à cabeceira da enferma durante essa primeira noite de incerteza e terror. Mendonça, que ali fora sem suspeitar nada, porque a doença que lhe disseram ter padecido Helena supunha ele ser passageira, e em todo caso estar quase extinta, Mendonça recebeu essa triste notícia com a morte no coração.

Durante sete dias o estado de Helena apresentou alternativas que lançavam na alma dos seus a confiança e a desesperação. Algumas horas houve de delírio, durante o qual dois nomes volviam frequentemente aos lábios da enferma – o de Estácio e o do pai. Nas horas da razão, falava pouco, não proferia nenhum nome, salvo o de Melchior, que ela queria ver junto de si. O capelão obedecia docilmente. Ao pé dela, via-a com pena, mas sem desesperação; primeiramente, porque ele aceitava sem murmúrio os decretos da vontade divina; depois, porque não sabia ao certo se, em tal situação, era a vida melhor do que a morte. Em todo caso, consolava-a.

No quarto dia chegou a família de Camargo, e, sabendo da doença de Helena, apressou-se a ir a Andaraí. Ao ver Eugênia, a moça sorriu tristemente, lampejo de inveja que para logo se apagou e morreu no coração.

Estácio mal ousava entrar na alcova da doente e não podia viver fora dela. Sua aflição era patente. Ele prometia a si mesmo todos os sacrifícios em troca da vida de Helena, espreitava uma esperança no rosto do médico, e interrogava o coração da tia e do padre. Na noite do sétimo dia da cena do jardim, Dona Úrsula, que ficara ao pé de Helena, mandou chamar à pressa o sobrinho e o padre Melchior, que estavam na sala contígua. Acorreram os dois. Helena tivera uma síncope, que Dona Úrsula cuidara ser a morte. Voltando a si, leu a moça a sua sentença no rosto de todos três.

– Ainda não – murmurou ela –; ainda não é a morte.

Dona Úrsula chegou-se-lhe mais perto, beijou-a, disse-lhe algumas palavras de conforto.

– Deixe estar – respondeu ela –, deixe que eu não morro; estou só muito doente.

Estácio buscou animá-la, mas a voz morreu-lhe às primeiras expressões, e ele saiu. Melchior acompanhou-o.

– Uma coisa poderia talvez salvá-la – disse aflito o moço –; era a presença do pai. Vou mandá-lo procurar por toda a parte. Havemos de achá-lo; é preciso que o achemos.

Melchior aprovou a ideia do mancebo; e não lhe disse que o remédio viria talvez tarde, se viesse. Estácio ordenou as coisas para a seguinte manhã. Voltaram à alcova da enferma. Esta fechara os olhos, como se dormisse. Houve então entre aquelas quatro paredes meia hora de silêncio, interrompido apenas, de quando em quando, pelos movimentos que a doente fazia, como a querer mudar de posição. No fim desse tempo, abriu os olhos e murmurou algumas palavras. Chegou o médico, viu-a e desenganou a família.

Enquanto Melchior dava as ordens precisas para que Helena tivesse os socorros espirituais, Estácio saiu dali, para ir, longe, desabafar o desespero; desceu à chácara, vagou por ela delirante, a soluçar como uma criança, ora abraçado a uma árvore, ora ajoelhado e pedindo a Deus a vida de Helena. O coração do moço não conhecia o fervor religioso; mas a imagem da morte deu-lhe o que a vida lhe levara, e ele rezou, rezou sozinho, sem hipocrisia nem dúvida. Mendonça veio achá-lo nessa luta derradeira entre a realidade e a esperança. Não o consolou; não tinha consolações que distribuir, porque também a dor lhe devastara o coração. Nos braços um do outro, choraram o mesmo bem que se lhes ia embora.

Um escravo veio chamar Estácio à pressa; ele subiu trôpego as escadas, atravessou as salas, entrou desvairado no quarto, e foi cair de joelhos, quase de bruços, junto ao leito de Helena. Os olhos desta, já volvidos para a eternidade, deitaram um derradeiro olhar para a terra, e foi Estácio que o recebeu – olhar de amor, de saudade e de promessa. A mão pálida e transparente da moribunda procurou a cabeça do mancebo; ele inclinou-a sobre a beira do leito, escondendo as lágrimas e não se atrevendo a encarar o final instante. Adeus! – suspirou a alma de Helena rompendo o invólucro gentil. Era defunta.

A noite foi cruel para todos. Dona Úrsula, profundamente abatida pela dor e pelas vigílias, não consentiu, ainda assim, que outras mãos amortalhassem Helena; ela mesma lhe prestou esse derradeiro e triste obséquio. A morte não diminuíra a beleza da donzela; pelo contrário, o reflexo da eternidade parecia dar-lhe um encanto misterioso e novo. Estácio contemplou-a com os olhos exaustos, o padre com os seus úmidos. Melchior suportara a dor até ao momento da definitiva separação; agora, que a moça se ia de vez, deixou-se abater enfim, ao pé daqueles pálidos restos, despojo último de generosas ilusões.

No dia seguinte, prestes a sair o enterro, as senhoras deram à donzela morta as despedidas derradeiras. Dona Úrsula foi a primeira que lhe prestou esse dever; seguiu-se Eugênia e seguiram as outras. Estácio viu-as subir, uma a uma, o estrado em que repousava a essa. Depois, quando ia fechar-se o féretro, caminhou lentamente para ele; trepou ao estrado, e pela última vez contemplou aquele rosto – sede há pouco de tanta vida – e a coroa de saudades que lhe cingia a cabeça, em vez de outra, que ele tinha direito de pousar nela. Enfim, inclinou-se também, e a fronte do cadáver recebeu o primeiro beijo de amor.

Fecharam o féretro; ao moço pareceu que o encerravam a ele próprio. Saindo o enterro, deixou-se Estácio cair numa cadeira, sem pensar nada, sem sentir nada. Pouco a pouco, despovoou-se a casa; os amigos saíram; um só de tantos ainda ali ficou, a lastimar consigo a noiva, tão cedo prometida e tão cedo roubada. Esse mesmo saiu, enfim, não ficando mais do que a família, cujo pai espiritual era Melchior.

Sozinho com Estácio, o capelão contemplou-o longo tempo; depois, alçou os olhos ao retrato do conselheiro, sorriu melancolicamente, voltou-se para o moço, ergueu-o e abraçou com ternura.

– Ânimo, meu filho! – disse ele.

– Perdi tudo, padre-mestre! – gemeu Estácio.

Ao mesmo tempo, na casa do Rio Comprido, a noiva de Estácio, consternada com a morte de Helena, e aturdida com a lúgubre cerimônia, recolhia-se tristemente ao quarto de dormir, e recebia à porta o terceiro beijo do pai.

FIM

Um romance de sucesso

*Rodrigo Breunig**

Machado de Assis publicou *Helena* em 34 edições do jornal *O Globo*, em folhetim, formato novelesco, mais ou menos um capítulo por dia, de 6 de agosto a 11 de setembro de 1876. E o lançou em livro logo a seguir, em outubro, sem alterações, segurando seu espírito de revisor rigoroso: o volume foi impresso com a mesma composição tipográfica empregada pelo jornal, o que era rápido e barato para a editora. Esse seu terceiro romance tinha muito do que as pessoas buscavam nas trinta livrarias do Rio de Janeiro (até o ano de 1876, no Rio, as livrarias estavam abertas sempre, de segunda a domingo, das seis da manhã às dez da noite). Continha um melodrama cheio de sobressaltos, caracterização de artimanhas sociais, idealização e defesa de bons sentimentos, um caso de amor proibido ou inviável, a destruição lenta de um amor, pessoas puríssimas enfrentando males imbatíveis, com cenas como aquela em que uma donzela, soluçando pateticamente no leito, vertendo pelos olhos o "leite da alma", morde o travesseiro e tenta se enforcar com os próprios cabelos; ou como aquela outra em que um moço sem "fervor religioso", soluçando como criança, abraça uma árvore e pede a Deus que salve uma moribunda. *Helena* respondia, assim, ao gosto da época, ao tempo em que entrava em seu último ano de vida o autor de *Iracema*, José de Alencar, ídolo de Machado e farol da cena literária.

Machado já era popular. Como se lê em *O livro no Brasil*, de Laurence Hallewell, Machado, um talento que "não fazia qualquer esforço para conquistar popularidade fácil", teve vendas acima da média desde o começo. Seu livro de poesias *Crisálidas*, de 1864, pelo qual recebeu 150 réis por exemplar, vendeu oitocentos exemplares em um ano, fechando 120 mil-réis de direitos autorais. Excitantes romances franceses às vezes

* Jornalista, mestre em Literatura Brasileira pela UFRGS.

não vendiam nem metade disso, num Rio que ainda não tinha trezentos mil habitantes. Pela publicação de *Helena*, vendido a dois mil-réis o exemplar, Machado ganhou seiscentos mil-réis *além* dos direitos autorais por exemplar; tinha-se um *best-seller* assegurado. Dois meses depois, em dezembro de 1876, promovido a chefe de seção da Secretaria da Agricultura, ele passaria a receber pelo cargo uns 450 mil-réis por mês, o que era um farto salário.

Como podemos ver a fundo em *Os leitores de Machado de Assis* (estudo publicado em 2005), de Hélio de Seixas Guimarães, *Helena* foi aclamado pela imprensa de seu tempo. Em sua estrutura dramática, composta à semelhança das ficções populares francesas e inglesas, foi visto como uma beleza vibrante, quente, um modelo a ser seguido pelos romancistas brasileiros. Um resenhista saudou a "linguagem colorida", a "inspiração ardente", o "sentimento elevado". Virou moda batizar filhas com o nome Helena.

Em seu *Machado de Assis: estudo crítico e biográfico* (de 1936), Lúcia Miguel Pereira faz uma interpretação estritamente biográfica, sugerindo que a figura de Helena é intencionalmente a maior encarnação do passado pessoal secreto do autor. Como a personagem, que abandona o pai miserável para ser filha falsa do conselheiro Vale, Machado, em início de carreira, casando-se com mulher de família fina, cortou laços para sempre com sua pobre e amorosa mãe de criação. E Machado foi apadrinhado por uma viúva rica na infância. Lúcia diz que ele não teve "coragem para concluir", para mostrar se sua heroína estava ou não estava certa em "fazer o que fez". O amor pseudoincestuoso com Estácio, escreve ela, é um dramalhão inserido à força, um recurso que Machado "condenou tantas vezes".

Os personagens de *Helena* conversam numa falação açucarada e irreal, com uma linguagem quase irritante de romance romântico. Helena pede a Estácio: "não procure violar o sacrário de minha alma". Quando o filho do conselheiro expõe sua teoria de que os espíritos "nascem condores ou andorinhas", uns voam alto e uns baixo, o dr. Camargo, que só fala "em prosa", afirma detestar a "retórica dos poetas". Mas é numa conversa impregnada de "sensibilidade romanesca" que se exprime em voz alta uma inquietação fundamental do livro. Helena e Estácio, a cavalo, vão falando sobre as "vantagens da riqueza". Estácio associa a fortuna material à "maior felicidade da terra, que é a independência absoluta", e identifica na pobreza uma "escravidão moral que submete o homem aos outros homens". Ele continua: "Vê aquele preto que ali está? Para fazer o mesmo trajeto que nós, terá de gastar, a pé, mais uma hora ou quase". No olhar de Helena, esse tempo a mais, "hora de pura liberdade", "fará esquecer o cativeiro, se é cativo".

Helena é atravessado pela oposição entre o que está no alto e o que fica embaixo. A classe social das pessoas é tudo. Num deslocamento para cima, impossível, calamitoso, em direção à morte, Helena, protegida pelas "asas do favor", move-se entre figuras paralisadas. O que a faz "superior" é sua "arte de acomodar-se às circunstâncias". Dona Úrsula, depois de aberto o testamento que anuncia a intrusa na família, atormenta-se com a "origem possível" da garota. A primeira coisa que pergunta a Camargo é se a mãe dela foi "mulher de ordem inferior". Para Estácio, não quer dizer nada a "questão pecuniária" (para ele, isso é pensamento "de ordem inferior"), mas importa um pouco a "camada social" de que a suposta meio-irmã veio: é uma questão que exige apenas levantar a nova herdeira "até a classe a que ela ia subir" (mais adiante se lê que o "espetáculo da pobreza" é repugnante aos "olhos saturados de abastança" do filho do conselheiro). Segundo o que podemos ler ao longo de quatro páginas do início do romance, Estácio não se permite considerações inferiores, pois possui "elevação dos sentimentos", qualidade que herdou de sua mãe, que em vida contou "em alto grau" com "uma grande elevação de sentimentos" (Helena também será louvada, duas vezes, por *elevação* de *sentimentos*). Na mãe, a "elevação de sua alma" lhe permitiu viver calada, não dar voz a seu ressentimento de esposa, "dominar a paixão" e aceitar um marido sem feição, homem cuja única "paixão forte" foram os amores passageiros e as mulheres. Em Estácio, a "compostura do corpo e do espírito" e o "viço dos sentimentos" levam-no a jamais esquecer os "direitos e deveres" da "classe em que nascera": ninguém entra "mais corretamente numa sala" do que ele; ninguém conhece tão bem "o segredo de tecer um cumprimento". Para Estácio, a "retidão do espírito" do pai tinha a ver com zelar pela "boa fama da família".

Há um descaso assumido, ignorante e total de metade dos personagens no que se refere ao governo, aos rumos indefinidos do Segundo Império. O conselheiro Vale colheu suas poucas ideias políticas no terreno em que as "fronteiras conservadoras e liberais" se embaralham. Camargo é "indiferente e neutral" em política. Estácio é "indiferente ao ruído exterior" da política. O dr. Matos, advogado sem nenhuma noção de Direito, acha que tanto liberais quanto conservadores estão abaixo do que o país merece e é "alheio às paixões da política". Para Dona Úrsula, a sedução exclusiva da carreira política é a notoriedade, a posição elevada, o "rumor público". Quando Camargo intima Estácio a ser deputado – do nada, como quem chama um vizinho para jantar –, a "falta de opinião política" do jovem é um fato sem peso.

Todos têm intenções ocultas. Os três beijos gananciosos de Camargo na filha pontuam a história como numa fábula. O padre Melchior é moralista quando convém. No começo, Estácio pensa que o espírito maleável de Helena é uma postura calculada. Helena declara que sua "dívida não tem limites", e o que mais teme é que a vejam como "aventureira" (e na cidade ela ganha uma má fama de "andorinha viajante"). A única demonstração de sentimento completamente desinteressada é a adoração que o escravo Vicente dedica a Helena – uma afeição que, segundo a narrativa, só pode ser "despida de interesse", já que o garoto, "cria da casa", "estimado do conselheiro", não tem a menor perspectiva de vir a ser libertado.

Hélio de Seixas Guimarães sustenta que *Helena* é um passo na percepção de Machado de que, num Brasil atrasado, patriarcal, injusto e "sem leitores", os esquemas das narrativas realistas europeias, ligados a valores urbanos e democráticos, simplesmente não têm sentido. Decifrando a racionalização do paternalismo nos primeiros romances de Machado em seu histórico estudo *Ao vencedor as batatas*, Roberto Schwarz vê nas humilhações sistemáticas de uma sociedade paternalista o tom central de *Helena* e aponta no romance uma ideologia geral de que só o amor cristão e a mais rígida pureza familiar podem livrar nossas almas dos malefícios que, tirando proveito das desigualdades sociais, uns podem fazer aos outros. Resumindo as relações entre os de baixo e os de cima, Schwarz escreve: "o favor é a norma, o favor é insuportável, e fora do favor só existe miséria".

Alguns poucos trechos de *Helena* brilham passageiramente e prenunciam o estilo único das obras da fase milagrosa, o Machado das últimas duas décadas do século. Um homem, sentado no capim, usando um chapéu de "cor inverossímil", oferece cascas de laranja a uma mula que olha "filosoficamente para ele". À distância, "através da névoa luminosa da imaginação", Eugênia parece mais adorável a Estácio. Mendonça, julgando que seu amor por Helena é correspondido, sem sentir os pés no solo, "num estado de sonambulismo e êxtase", "nadando em plena glória", vê a cidade ser "transformada por uma vara mágica": as estrelas lhe acenam com "ventarolas elétricas", "asas invisíveis" roçam seus cabelos, "vozes sem boca" falam ao seu coração.

Na coleção de edições críticas da Comissão Machado de Assis, elaborada por célebres estudiosos durante vinte anos, publicada com apoio governamental na década de 1970, o prefácio de *Helena* coube a Antônio Houaiss, Francisco de Assis Barbosa e Hélio Pólvora. Nele podemos ler que, nesse romance, já temos um autor tentando encontrar "uma verdade ficcional e humana" fora dos "exageros caricaturais do Romantismo e do Naturalismo"; o gênio "fortalece as asas".

Consta que o filho de José de Alencar, Mário, um dia perguntou a Machado, de quem era muito amigo: "De que maneira, tendo escrito no passado um livro como *Helena*, o senhor pôde criar uma obra de gênio como *Memórias póstumas de Brás Cubas*?" O velho teria dito: "Eu mudei, perdi todas as ilusões sobre os homens".

lepmeditores

www.lpm.com.br
o site que conta tudo

IMPRESSÃO:

PALLOTTI
GRÁFICA

Santa Maria - RS | Fone: (55) 3220.4500
www.graficapallotti.com.br